邊荒傳說

卷12

黃易

異俠大系

新編完整版

邊荒傳說

卷12

目錄

第一章　魔門高手

高彥和尹清雅同時在坡頂躍起，再投往斜坡，然後借飛靴能在雪面滑行的特性，衝奔而下，直有一瀉千里之勢。

這個高彥名之爲「長命斜」的長坡，是小谷所在山脈的北麓，雖是起伏不平，地勢卻是向北傾斜，長達數里，高彥便是於此練成借飛靴滑翔遨遊雪野的驕人本領。

尹清雅雖由高彥傳授了種種在雪地滑翔的技巧，但動作仍然生硬，遇到坡道隆起處，可避則避，避不了時撞著沖上了半空，嚇得她「哇哇」尖叫，著地時左搖右擺，險象環生，但也大覺刺激好玩。

高彥則盡情表演賣弄，偏選地勢不平處彈上半空，或旋轉如風車，或凌空翻騰，總能履險如夷，保持暢順的滑行。

不到一里路，高彥便把尹清雅拋在後方三十多丈外。

「呀！」

高彥吃了一驚，別頭瞧去，只見尹清雅從斜坡直滾下來，和著地上的雪，揚起漫空雪花，直至滾入一堆樹叢，墜勢方止，仰臥不動。

下坡容易上坡難，高彥連忙施上坡法，藉著不住的縱躍，利用飛靴不會陷進積雪的特性，迅速來到小白雁身旁。

雨雪剛停，天上仍是層雲密布，雖天色已明，太陽仍躲在厚雲背後。小白雁全身裹在白色保暖的百寶袍內，只露出紅撲撲的粉嫩臉蛋，秀眸緊閉，不住呼出一團團的水氣，胸口起伏。

高彥撲下去，抓著她香肩，嚷道：「雅兒！雅兒！」

小白雁張開美目，炯炯有神地看著他，伸個懶腰道：「眞好玩！原來世間竟有這麼刺激的玩意。」

高彥愛憐的道：「雅兒跌痛了甚麼地方？讓我給你揉揉，我在這方面的功夫是好得沒有話可說，雅兒該最清楚。」

小白雁橫他一眼，坐將起來，環目掃視，讚嘆道：「看！這天地多美，甚麼都是白色的，但一點不覺寒冷。我從不知雪可以是這麼有趣的，穿上這靴子，就像是解除了所有束縛，變成了天空上自由自在的鳥兒。」

高彥興奮的道：「難得雅兒認同，我最愛在冰天雪地時出動，一個人在雪野自由自在地滑翔，那種滋味教人留戀陶醉，像遠離人世，又像再不用做『人』這俗物。返回邊荒集後又是另一番感受，像回到人間。」

小白雁瞧著雪野延綿至極限的無盡遠處，心迷神醉的道：「我明白你的感覺，在這個純白的世界裡，過往那一套全派不上用場，而我們卻借飛靴打破了所有局限，像魚兒暢泳、飛鳥翔空，棒死哩！」

高彥訝道：「雅兒把我一直體會著，卻不知如何表達出來的心底話說出來，眞想不到雅兒感覺這麼深入。」

小白雁歡喜地白他一眼，嘟著小嘴道：「你何時了解過人家心中的想法？整腦子只是歪念頭，看看如何佔人家便宜，你再不改過，看人家還會否理你。」

高彥現出深思的神色，點頭道：「對！即使沒有摟摟抱抱，但和雅兒說心事話兒已是最大的樂趣。」

尹清雅訝然審視高彥，接著掙扎著站起來。高彥忙把她扶起，又指示穿上飛靴後站起來的正確姿勢，忍不住問道：「雅兒剛才看我的眼光為何如此古怪？」

尹清雅笑道：「不告訴你。」接著用力一推，高彥登時立足不穩，變成倒地葫蘆，滾滑下斜坡去。

尹清雅一個縱躍，趕過了他，如飛地滑下去，銀鈴般的嬌聲像一陣遠去的風般送回來，笑道：「讓我們來個鬥快比賽，今次人家絕不會輸的。」

燕飛經過入村鎮的牌坊，心中感慨。

此鎮雖是數百戶人口的規模，但麻雀雖小，五臟俱全，充分地反映了和平時期，鎮民安居樂業的情況。

小鎮枕山環水，祖宅坐落牌坊之後，接著便是宗祠，數組各數十幢房宇廣布四方，道路都不是筆直的，而是依地勢彎彎曲曲的延展，遇有繞鎮而過的小河，便設石拱橋跨河而過，又有鎮壓風水的石塔，分設四方的寺廟。民居以四合院為主，形成院落式的建築群，鎮內廣植樹木，樸素恬淡中具體入微的表現出濃郁的生活氣息，令人有如入畫境的醉心感覺。

只可惜一切已成為過去，現在人去房空，小鎮靜似鬼域，令燕飛更深切感受到對無辜的老百姓來說——戰爭是多麼可怕？是怎樣的一種惡行？

燕飛繞過宗祠，右邊是沒有半點人跡的民居，石板路轉直，一個瘦削頎長的人出現長路的盡處。

此人有著高手所有的自負和信心，但卻不會令你覺得他是盛氣凌人，燕飛更曉得他不是一般的高手，而是有特別背景和來歷的人。

村鎮外被屠殺的狗兒當與此人沒有關係，這純是一種直覺，連燕飛自己也沒法解釋爲何可以這般肯定。

他的相格並不顯眼，沒有甚麼可予人深刻印象的特徵，除了過人的高度外一切都平凡不過，但燕飛總感到他異於常人，尤其當他以陰冷、審愼的目光上下打量著自己時。

秋風陣陣吹來，颳得對方一襲灰色長袍不住拂揚，露出裡面的黑色勁裝。

燕飛朝對方直走過去，到離此人三丈許處方停步。遠看時此人年紀該在五十過外，這並不是因爲歲月在他臉上留下可察覺的痕跡，而是因爲他有一雙似活厭了的人才有的眼神。

燕飛目光落在他背掛的長劍上，從容道：「攔路者何人？」

「砰！」

整條石板路彷彿顫動了一下，粗暴和充滿凶殘意味的「呵呵」笑聲從後方傳來，接著有人在燕飛身後五丈許處道：「老屈你聽到嗎？你對他來說只是個攔路者，這叫做長江後浪推前浪，我們這幾個老不死的出來也只是丟人現眼。」

燕飛不用回頭去看，亦知對方是以長棍、重鐵杖一類的東西觸地，且對方的氣功是專走剛猛的路子，已臻登峰造極的境界，方能生出如此威勢，收先聲奪人之效。

他昨夜的感覺沒有錯，不論是前方和身後的高手，均是接近孫恩那級數的，對他是志在必得，絕不容他活離此鎮。

他們究竟是何方神聖？爲何非置他於死地才肯罷休？就在此刻，他心中浮現出李淑莊的花容。

燕飛淡淡道：「來者何人？爲何連無辜的狗兒也不肯放過？」

後方那人大訝道：「老屈你聽到嗎？這是怎麼樣的後浪，連自己的性命都快保不了，卻還要管幾頭畜牲的閒事？」

嬌笑聲起。清脆嬌甜的女聲從右方房舍的瓦脊處傳來道：「哈公你何時才可以改改狂妄自大的性格？誰有殺死竺法慶的本領，誰便有資格去管閒事，這麼淺白的道理也不明白，枉你在江湖上混了數十年。」

燕飛心中微懍，此女的出現事先沒有引起他絲毫感應，只是這點已令他不敢託大。別頭看去，更不由心中起了個疙瘩。

乍聽聲音，燕飛還以爲對方是個妙齡女子。她或許曾經有漂亮迷人的歲月，但那至少是數十年前的事，現在的她只是個白髮蒼蒼的老太婆，使人感到歲月的無情。

後方被老婦稱爲哈公的人邪笑道：「小衛你才是死性不改，是否見對方生得俊俏，起了淫心，竟幫著外人來說話？」

燕飛嘆道：「你們走吧！」

哈公發出怪笑聲，故作驚奇道：「你們聽到了嗎？他竟叫我們滾蛋，這是個甚麼世界？他竟敢叫我們滾？」

燕飛心中暗嘆另一口氣。他真的不想與他們動手，因爲他已曉得對方是甚麼人。換作在掌握仙門訣前的他，此戰必敗無疑，因爲他清楚眼前三敵的實力。現在他也不是穩操勝劵，但卻知不動手則已，動手必不可留情，否則死的肯定是自己。

老屈首次開腔，道：「我們今次聯手對付燕小哥，亦是逼不得已，希望能給你一個痛快，事後我會將小哥好好安葬，這並不關乎個人仇怨，小哥只能怨自己短命。」

他說話的語調像他的人般平板無奇，且帶種似發自內心的謙和，但燕飛總感到這個毫無特徵、給人留不下任何印象的人，是三人中最危險的人，忽略了他，會有災難。

喚「小衛」的老婦嬌嗲的道：「小燕飛啊！你爲何明知會惹來嘲弄，還要說出這般愚蠢的話呢？近十多年來我們都極罕出手，三個人一起出動更是破題兒第一遭，可見小燕飛你是如何引人關注。」

哈公冷然道：「小衛你除了廢話外還會說甚麼？他根本不曉得我們是甚麼人，死了也只能做個糊塗鬼。」

燕飛淡淡道：「我當然清楚你們是何方神聖，才會好言請你們離開。」

三人同時沉默下來，三雙眼睛凝注他身上。

燕飛油然續道：「但有一事我眞的不明白，你們該從李淑莊處曉得我要去赴孫恩之約，爲何卻要代孫恩出頭，於此攔截？何不坐看我和孫恩之戰勝負如何，再看是否有便宜可撿，方是上策。不是嗎？」

三人臉上不見任何異樣，可是燕飛已感應到他們因被揭破與李淑莊的關係，心中激起的波盪，那是沒法瞞過他超凡的直覺的。

老屈點頭道：「說下去！」

燕飛皺眉道：「沒有甚麼好說哩！該輪到你們解釋才對。或許因你們與竺法慶是同路人，所以向我尋仇。甚麼都好！我沒有時間再和你們糾纏不清，一是你們立即離開，否則請恕我得罪了。」

哈公陰森的笑道：「這小子似乎真的曉得我們是甚麼人了！」

老屈仍是那副神態，平靜的道：「你真的曉得我們是誰？」

燕飛微笑道：「一動手，你們是誰已沒有任何關係，不是我燕飛小命難保，就是你們飲恨伏屍，再沒有第三個可能性，我想留手也不可能。試想這是何苦來哉？我與貴門一向河水不犯井水，更沒有興趣干涉貴門任何事。這是我最後一次對三位好言相勸，動手後再沒有說話的機會。」

喚小衛的老婦「嬌笑」起來，道：「你們兩個死不掉的老傢伙聽到嗎？他真的曉得我們是誰，且根本不把我們放在眼裡。」

老屈露出第一絲笑意，語氣平板沉悶的道：「假設小燕飛你真能幹掉我們三個老骨頭，保證敝門再沒有人敢來向你尋仇。」

燕飛從容笑道：「墨夷明之徒向雨田又如何呢？」

他目光所及的老屈和小衛終現出驚訝的神色。

強大的氣勁從身後襲至。

燕飛雖然背後沒長眼睛，卻有如目睹般完全掌握了後方哈公的動靜，這個表面剛烈暴躁的魔門高手，並沒有發動攻擊，只是以手上重武器送出一道勁氣，測探他的深淺。

墨夷明是否他的父親呢？假如是的話，他該長得一點不像墨夷明，否則這三個人怎會「認」不得他呢？如此說，墨夷明大有可能不是他父親，他的生父該另有其人。

勁氣侵體。

燕飛微笑道：「哈公你的勁氣是走外家硬功的路子，雖已達登峰造極的境界，但比起內家眞氣，始終有一段距離吧！」

「小衛」終於色變，不但因燕飛說的話，更因燕飛晃也不晃半下，硬捱了哈公的隔空一擊，且仍然從容自若，像沒發生過任何事。她心忖即使換了自己下場，也不可能如燕飛般，於經脈內化解哈公的勁氣，而是以護體眞氣擋格，絕不容對方殺傷力強的勁氣有一絲侵入體內去。因爲她曉得哈公的厲害。

「老屈」仍是那麼近乎無動於衷的冷漠，點頭道：「果然是長江後浪推前浪，但也更堅定我們殺你之心。孫恩辦不到的，便讓我們來代勞。燕飛你實足以自豪了。在過去的三十多年，我們聖門各派系，從未試過聯合起來對付一個人。本人屈星甫，另兩位是衛娥和哈遠公，這都是我們眞實的名字，如果你夠本領的話，赴黃泉路上時，起碼曉得陪你一道走的是誰。」

衛娥和哈遠公兩人默默聽著，並沒有抗議屈星甫報上他們的名字，戰場的氣氛卻忽然緊張起來，事實上沒有任何人有挑釁的動作或說話，只因魔門三大高手殺機大盛，令燕飛生出感應。

燕飛搖頭苦笑道：「我眞的不明白，爲何你們拚著犧牲性命，也非置我於死地不可？前輩故意透露高姓大名，是要讓我知道不應該知道之事，徒令我們之間沒有轉圜的餘地，須分出生死方可罷休。但讓我告訴你們吧！你們根本不知面對的是甚麼，亦沒法掌握我的深淺，一旦動手，誰都停不下來。你當我狂妄自大也好，好言相勸也好，走吧！我燕飛根本沒有興趣理會你們的事。」

哈遠公冷哼道：「小燕飛你只能怨自己命苦，我們已決定毀掉你，再沒有任何人可以改變這個決定。」

衛娥柔聲道：「今仗將會以一方敗亡作結，這是命運的安排，我們三人也沒法改變。橫豎孫恩有的是等待的耐性，我想問你怎會曉得李淑莊與我們有關係？更清楚墨夷明的事？是誰告訴你的？」

燕飛淡淡道：「是誰告訴我並不重要。我只想問一個問題，你們有把握憑你們三人之力，殺死孫恩嗎？」

屈星甫訝道：「你不想與我們動手，肯定不是出於恐懼或怯戰。而且你剛入村之時，心中充滿殺機，顯是因幾頭畜牲的死亡，激起憤慨之心。爲何忽然又不想動干戈呢？」

燕飛心中暗懍，曉得三人中確以此人最高明。沉聲道：「坦白說，直至此刻，可能因我尚未曉得與魔門有關的大惡行，所以對你們還有點同情之心。」

稍頓續道：「現在是最後一個機會，一動上手，誰都沒法停止。」

衛娥忽然道：「燕飛你和墨夷明是否有甚麼淵源？」

燕飛心中劇震，直沉下去。心忖難道衛娥終從自己身上「認出」墨夷明的影子？爲何她要到此刻才「認出」來呢？

他心中震動，包圍他的三大魔門高手同時生出感應，最先發動的竟是一直深藏不露的屈星甫。下一刻他已來到燕飛左前偏側的位置，右手收到身後，左手揚起，成鳥啄狀，朝他左耳啄來。

衛娥則從天而降，人未至，勁氣狂飆充塞於燕飛立處方圓數丈之地，形成一個像會凹陷下去的勁氣場，如此魔功，燕飛尚是首次遇上。

最後是後方哈遠公的重兵器，挾著驚人的剛猛氣勁，直搗燕飛背心而至。

燕飛嘆一口氣，手往後探。

第二章　妙言要道

桓玄坐在主堂內，看著譙嫩玉領著一個作文士打扮的男子，進入堂內。

此人三十歲許的年紀，身材修長，舉止從容，眼神銳利，像不斷審視著別人的模樣。桓玄對他的第一個印象，是此人乃無情之輩，一切全講利害關係，做甚麼都不會受良心譴責而感愧疚；一切全憑冷酷的智計和暴力，以達到其目的。

男子隨譙嫩玉向他下拜施禮。

桓玄道：「坐！」

男子道：「鄙人譙奉先，願為南郡公效死命，永遠追隨南郡公。」說畢這才和譙嫩玉一起站起來，坐到一旁。

桓玄心忖這人或許是個人才，如果能好好利用他，說不定可填補乾歸遺下的空缺。

譙嫩玉嬌嗲的道：「三叔剛抵廣陵，嫩玉便帶他來見南郡公哩！」

桓玄沉聲道：「奉先對今次邊荒之行，有多少成把握？」

譙奉先淡淡道：「南郡公勿要見怪，奉先根本沒有想過這方面的事，更認為不宜有此行動。」

譙嫩玉愕然道：「三叔！」

譙奉先打手勢阻止她說下去，向桓玄道：「乾歸的遇害，令我們心中很難過。不過死者已矣，最重要的是放眼將來。現在我們巴蜀譙家的命運，已放在南郡公手上，存亡與共。一切須以大局為重，個人恩怨只屬微不足道的小事。」

稍頓微笑道：「嫩玉能伺候南郡公，是我們譙家的榮幸，大哥更感寬慰。」

他的話，每句都直打進桓玄心坎裡去。事實上桓玄一直不願意讓譙嫩玉到邊荒去冒險，最後幾句話，更使他如釋重負，放下心頭大石，因爲譙奉先這般說，等於譙縱樂意接受他和譙嫩玉的新關係。

譙嫩玉一臉不依的神色，卻不敢駁嘴說話，由此可見譙奉先在譙家和她心中的分量地位。

桓玄表面不露心中的情緒，平靜的道：「不知先生對眼前局勢有何看法呢？」

他改稱譙奉先爲先生，正顯示他對譙奉先的尊重。

譙奉先凝視了桓玄好半晌，忽然問道：「請容鄙人斗膽先問南郡公一個問題。」

桓玄開始感到這個人不但有見地、有膽色，且非常有趣。點頭微笑道：「問吧！我也想知道先生想問甚麼！」

譙奉先欣然問道：「鄙人只想問南郡公是否相信氣運這回事？」

桓玄愕然道：「氣運這種東西太玄了，我只可說我是半信半疑，既不敢完全否定，也不敢肯定。爲何要問這樣一個問題呢？」

譙奉先神色自若的道：「因爲照鄙人看，邊荒集仍是氣數未盡，所以兩次失陷在慕容垂手上，最後都能失而復得。這打造了荒人的強大自信，所有條件合起來便會形成了一種半人爲的氣數。當每一個荒人都深信邊荒集氣數未盡時，他們將會成爲一支可怕的勁旅。最糟糕是他們絕不缺乏英雄。像燕飛，便穩坐天下第一劍手的寶座。」

桓玄點頭道：「我不得不說先生的這番話，令我有種拔新領異的感覺。如此說，先生是否想指出，我根本不該去碰邊荒集？」

譙奉先道：「只有在一種情形下我們可以去碰邊荒集，就是當燕飛被人送上了黃泉路之時。」

桓玄皺眉道：「燕飛有那麼重要嗎？」

譙奉先道：「燕飛之於邊荒集，就像謝玄之於北府兵，當然是不同的方式，亦可說是適得其所。」

桓玄道：「燕飛曾慘敗於孫恩手上，全賴後來斬殺竺法慶才能回復聲威。竺法慶或許只是浪得虛名之輩，先生是否過度高估燕飛呢？」

譙奉先淡淡道：「鄙人的責任，是提供各種意見讓南郡公選擇決定，所以不得不直言不諱，南郡公可先恕我冒犯之罪嗎？」

桓玄精神一振，大感興趣的笑道：「由此刻開始，先生想到甚麼便說甚麼，不用有任何保留。」接著向嘟著嘴兒滿臉嬌嗔的譙嫩玉笑道：「嫩玉可以作我這番話的人證。」

譙奉先欣然道：「那便恕我直言，南郡公的目標，該不是當天下第一高手，而是要完成桓溫大將軍未竟之志，登上皇帝的寶座、擁有南方的所有資源，再揮兵北伐、驅逐胡虜，完成不朽的功業。對嗎？」

桓玄雙目閃閃生輝，道：「可是劉裕之所以至今仍能呼風喚雨，正因有邊荒集作其後盾，不破邊荒集，如何收拾這個可惡的傢伙呢？」

譙奉先微笑道：「要破劉裕，先要破邊荒集；但要破邊荒集，卻必須殺了燕飛。燕飛一去，邊荒集將不攻而潰，這就是最佳的策略，再沒有第二個更好的辦法。」

桓玄露出思索的神色，好一會兒後沉吟道：「不破邊荒集，如何可以殺燕飛呢？」

譙奉先胸有成竹的道：「要破邊荒集，必須採取大規模的軍事行動，更要冒上很大的風險，若有甚麼閃失，將會影響南郡公進攻建康的計畫，實智者所不為。但要殺燕飛，用的是江湖手段，不論成敗，都不會影響南郡公的鴻圖霸業，請南郡公明察。」

桓玄嘆道：「不破邊荒集，如何可以殲滅大江幫的餘孽？這正是聶天還肯和我合作的主要條件。」

譙奉先微笑道：「在南郡公心中，聶天還只是一只有用的棋子，這只棋子下一步怎麼走，該由南郡公來決定，而不是由聶天還獨斷專行。」

桓玄用神思索了半晌，點頭道：「誰來爲我殺燕飛呢？」

譙奉先道：「此事由奉先負責如何呢？」

桓玄凝望著他，沒有說話。

譙奉先侃侃而言道：「現今天下形勢清楚分明。北方的形勢正繫於拓跋珪和慕容垂的鬥爭，邊荒集則因紀千千被擄而捲入這場鬥爭裡，成爲慕容垂的眼中釘，動輒惹來毀集人亡的大禍。如果我沒有猜錯，慕容垂會趁寒冬冰雪封路的時刻，截斷邊荒集潁水北面的水路交通，這時只要我們一扯荒人的後腿，可令荒人陷進絕境。」

桓玄道：「先生的意思是否指攻陷壽陽，截斷邊荒集到南方的水運？」

譙奉先道：「這是我們可以辦到的事，也可以安聶天還的心。由於邊荒集的特殊地理環境，不論誰要攻打邊荒集，都要付出沉重的代價。對付它的最佳方法，就是截斷它的命脈。且只有在一個情況下可以對邊荒集用兵，就是當荒人失去了信心和鬥志。而最直接觸發這情況的，便是殺死燕飛，將他的首級高懸在邊荒集的鐘樓頂上。」
桓玄大笑道：「聽先生一席話，我桓玄的鴻圖霸業事成半矣。先生舟車勞頓，須好好休息，今晚我會設宴款待先生，屆時我們再暢談如何？」
譙奉先欣然告退。

江文清進入大堂，慕容戰正對桌發呆，若有所思，桌面放著長條形的布包裹。
她在他對面坐下，道：「你是否在擔心高彥呢？擔心也於事無補。何況我們還得考慮最壞的情況出現時，該如何應變。這場與慕容垂的決戰，已全面展開。」
慕容戰訝道：「你定是追在我身後來的，我椅子都還沒坐熱呢。有甚麼指教？」
江文清微笑道：「先說你的問題，你有甚麼心事？」
慕容戰有點意興索然的道：「我給人出賣了！」
江文清一呆道：「誰敢出賣戰帥？」
慕容戰苦澀的笑了笑，把布包裹推向江文清，道：「大小姐請拆看。」
江文清依言解開黑布，失聲道：「這不是古叔被向雨田『徵用』了的鐵筆嗎？」
慕容戰嘆道：「我們今次眞是栽到家。黑布原本包著的是向雨田的長劍，我剛才回來卻發覺被人掉了包，當然是那傢伙幹的。縱然是敵人，我也要說一個『服』字。」
江文清也感頭皮發麻。
在正常的情況下，儘管以向雨田的身手，要神不知鬼不覺地偷進這裡來把劍掉包，成功的機會仍是微乎其微，可是在昨夜混亂的情況下，向雨田卻輕而易舉地辦到了。可見他自發與荒人的賭約，實有一石數鳥之效。

這人太聰明了。

江文清一時尚未會意過來，問道：「這與你是否被出賣，有甚麼關係呢？」

慕容戰道：「在昨夜的情況下，向雨田要偷天換日對他該沒有甚麼困難，難在他如何曉得佩劍放在這張桌子上。」

江文清皺眉道：「你是指有內奸？」

慕容戰搖頭道：「當然不是內奸。現在最値得我們荒人自豪的，是不會有叛徒。」

江文清一震道：「是朔千黛洩露的。」

慕容戰道：「你猜到哩！唉！我眞想不到她會出賣我。」

江文清凝神打量他好一會兒，道：「你是否對她很有好感呢？」

慕容戰道：「何不直接點問我是否愛上了她？答案便是『或許是吧』！剛才我一直在找藉口，例如她認爲這件事對我不會有甚麼大影響，所以賣個順水人情給向雨田等等。不過我心裡眞的不舒服。」

江文清垂首道：「你有甚麼打算？」

慕容戰訝然看了江文清一眼，道：「我還未請教大小姐來找我有甚麼話要說，爲何我感覺大小姐像是有點難以啓齒似的？大家自己人，應該甚麼都可以商量。」

江文清道：「先答我的問題，行嗎？」

慕容戰苦笑道：「若我告訴你，我根本沒有甚麼打算，只能等待高彥的消息，肯定會令你失望。但我眞的想不到辦法，向雨田太厲害了，我們能保著邊荒集和南路的交通已不容易。只有等燕飛回來，由他負責收拾向雨田，我們才有反擊燕軍的機會。」

江文清欲語無言。

慕容戰看了她好半晌，忽然道：「我明白哩！大小姐是否要親自到南方去助劉爺，但又覺得不是離開的適當時機，所以感到無法啓齒呢？」

江文清嬌軀微顫，苦笑道：「給你看穿了。」

慕容戰微笑道：「大小姐打算何時動身？」

江文清朝他瞧去，苦惱的道：「可是……」

慕容戰插口道：「我明白，事實上邊荒集內每一個人都明白，現在該是大小姐到南方去與劉爺並肩作戰的時候，直至桓玄和聶天還授首伏屍。邊荒集由我們和燕飛來看守，大小姐放心去吧！正如老卓說的，我們邊荒集仍是氣數未盡，而劉爺的確需要你。」

江文清霞燒玉頰，輕垂下螓首，輕輕道：「謝謝！」

慕容戰被她嬌態分神，一時說不出話來。此時下人來報，拓跋儀求見。慕容戰不由心中大訝，拓跋儀一向私下和他沒有甚麼交情，當然是無事不登三寶殿，今次又是爲甚麼來見他呢？

對方一出手，燕飛便曉得自己的預測沒有錯，今仗只能以一方敗亡作結，根本沒有中途休戰的可能。

對方的確無一不是宗師級的高手，且各有絕藝，配合起來更是威力倍增。純以招式、功力而論，他可能捱不過十招便要變成失去軀殼的遊魂野鬼。唯一可保命的便是仙門劍訣，且必須使出全力殺傷對方，在眞元耗盡前置這三個可怕的高手於死地。

形勢令他沒有分毫留手的餘地。

燕飛倏地後退，而此退並非尋常的退避，其中暗含精微奧妙的道理，非常考他的功夫。

首先是要避開屈星甫從左側攻來的啄擊，此擊看似平常，事實上卻是在此刻最要命的招數，令他擋又不是，不擋更不是。

若只是兩人對仗，他只要蝶戀花出鞘往前一挑，便可以破解，可是另兩個魔門高手正分從上空和後方攻來，當他硬接屈星甫的攻擊之時，將是他殞命的一刻，絕不會有另一個可能性。

隨衛娥而來的氣勁場更是古怪至極點，完全籠罩包圍住他，身處的空間像凹陷了下去的模樣，不但削弱他感官的靈敏，更令他生出無法著力的難受感覺。有點像深海裡的魚兒遇上暗湧漩渦，身不由己掙扎無力的情況。

還差三寸便抓到蝶戀花的劍柄。

燕飛整個人往後傾斜，哈遠公從後方襲至的氣勁，正隨他武器的接近迅速加強，縱然燕飛有護體眞氣，他背脊能承受的壓力已到了崩潰的邊緣。

「鏘！」

就在此生死懸於一髮的關鍵時刻，蝶戀花發出清響鳴叫，震盪耳鼓。

燕飛整個人像從一個幻夢被召喚回來般，心靈晶瑩剔透、無有遺漏。更掌握到敵方三人正從震駭中回復過來，精神出現了不應有的漏隙。

當他拔劍出鞘的一刻，他已後移三步，避過了屈星甫的啄擊，後者立即變招，改爲左手後收，右手一拳迎頭照面的轟來，配合奇奧的步法，如若附身之蛆，如果燕飛沒有手段，此可怕的魔門高手，將會如影隨形，直至他落敗身亡。在單打獨鬥的情況下，燕飛當然不懼，可是在其他兩人全力配合下，來自屈星甫的威脅，會成爲他致敗的主因，皆因燕飛根本沒法分心、分身去應付別人。

衛娥的奇異氣場出現變化，雖仍是籠天罩地，令燕飛有無處可逃的頹喪感覺，但重心已轉移到由她袖內射出的一條不知有多長的布帶處，布帶化成一個個大小不一的圓圈，從四丈高處隨她的下撲往他的脖子套下來，只要有一圈套著他，保證燕飛立要一命嗚呼。

電光在劍尖乍閃，發出悶雷般的鳴響。

首當其衝的是屈星甫，不論他魔功如何深厚，碰上的卻是能奪天地之造化、先天眞氣裡最終極的訣法，登時拳勁竄散，悶哼一聲，硬被震得踉蹌跌退。

燕飛同時解除了衛娥的暫時威脅，他這招仙門訣雖未能破碎虛空，其力已足以把她的氣勁場摧毀破壞。

她的飄帶變得圈不成圈，反向上揚起，衛娥嬌叱一聲，往橫移走。

燕飛心呼成功失敗，還看此刻，哪敢有絲毫猶豫，借身子往後斜傾姿勢，拔身斜沖而起，恰好避過哈遠公從後方攻來雷霆萬鈞的一擊。燕飛後背一片火辣，護體眞氣差點被哈遠公震散，但他已從幾近必死無疑的包圍圈脫身出來，有如龍回大海。

躍上空中兩丈許處，燕飛一個翻騰，往哈遠公處落下去，此時才看到哈遠公擊向他的是一枝重逾百斤的長鐵杖，黑黝黝的充滿殺傷和死亡的味道。而哈遠公本人竟是個粗壯的矮子。

哈遠公可能作夢也沒想過燕飛可以全然無損的在他們三人夾擊下脫身出去，還向他施以凌厲的反擊。魂飛魄散下，不往後撤反加速前衝，舉杖上擊，但已遲了一步。

屈星甫見勢不妙，於退到兩丈外時煞住退勢，箭矢般標過來。

衛娥正落到對面的房舍，足尖點在瓦簷處，彈了回來，撲擊燕飛。

燕飛像雄鷹撲兔般落在哈遠公頭頂，蝶戀花在電光石火的快速裡，連續三劍狠劈向哈遠公。第一劍用的是太陰眞勁，把杖內的外家眞勁化掉，也吸緊了鐵杖，令他沒法開溜。第二劍用的是太陽眞勁，硬把重鐵杖盪開。第三劍直取哈遠公胸口要害，用的是仙門訣。

哈遠公不愧是魔門高手，臨危不亂，任由鐵杖脫手而去，兩手回收胸前，化為雙掌推向燕飛從上直搠而來的一劍。

哈遠公的應變完全正確，在一般的情況下足以保命有餘，可惜他遇上的卻是仙門訣。

「啪喇」一聲，電光閃耀，哈遠公如遭雷殛，整個人往屈星甫拋去。

燕飛足尖觸地，衛娥已飛臨上方。

第三章　殊死之戰

拓跋儀坐到江文清剛才的位置，目光投往桌上程蒼古的成名兵器，訝道：「這是怎麼一回事？」

慕容戰解釋後，道：「拓跋當家找我有甚麼事呢？」

拓跋儀回頭瞥一眼江文清消失的方向，道：「先多嘴問一句，爲何我感到大小姐像比平時漂亮呢？」

慕容戰苦笑道：「或許這就是人逢喜事精神爽，她很快便可以和劉爺並肩作戰，洗雪大江幫的恥辱，心情當然不同，所以她看來特別容光煥發，艷光四射。」

拓跋儀愕然道：「你竟肯放她走？」

慕容戰攤手道：「換了你是我，你會怎樣做呢？」

拓跋儀搖頭苦笑道：「對，這叫成人之美，何況她更是我們大家都愛護的大小姐。好哩！言歸正傳，我剛收到燕飛從建康送來的飛鴿傳書，傳來一個令人百思不得其解他怎可能知道的驚人消息，就是赫連勃勃在慕容垂的煽動下，會於短期內攻打盛樂。」

慕容戰先是愕然，繼而思索，最後恍然道：「對！現在南北消息中斷，連我們荒人對北方的情況亦是知之不詳，燕飛怎可能曉得此刻在北方發生的事？且是慕容垂的軍事機密。」

拓跋儀雙目奇光閃閃的道：「他不但語氣肯定，且指明有波哈瑪斯爲慕容垂和赫連勃勃從中穿針引線，促成他們的合作。這已非一般的道聽塗說，就像燕飛他親眼目睹般。」

慕容戰道：「是否有詐呢？」

拓跋儀道：「若是假的，反解開了所有疑惑，但此信千眞萬確，確屬燕飛親筆，其中還有幾個字寫錯了，就像他少年學族文時犯的錯誤，絕無可能是假冒的。」

慕容戰苦笑道：「只有由他親口說出答案了，我們根本無從揣測。」又道：「你打算怎麼辦？」

拓跋儀道：「燕飛傳來的消息，我當然認眞處理。」

慕容戰皺眉道：「現在天寒地凍，冰雪封路，鴿兒能從建康飛抵邊荒集來，已非常了不起，目前只有靠人力，把消息傳往平城。」

拓跋儀道：「我會派出八個身手高強、輕身功夫特別了得的戰士，分八路到平城傳信，只要有一路成功，便完成使命。他們會繞過敵人的勢力範圍，雖然要多費點時間，但總好過遇上秘人。」

慕容戰沉吟片刻，道：「我開始相信王鎭惡的推斷，到邊荒來的秘人，只有一個向雨田。」

拓跋儀點頭道：「我也有想過這個問題。秘人今次答應慕容垂出手助陣，該是有條件的，例如只要慕容垂攻陷平城，秘人便可以功成身退。而對付邊荒集一事來說，秘人只須殺死包括燕飛和高彥在內的三個人，便完成任務。在這樣的情況下，秘人將會集中全力對付我族，到邊荒來的便只有向雨田一個人。唉！只是他一個人，已足教我們頭痛。」

慕容戰道：「你那八個信使上路了嗎？」

拓跋儀道：「他們正在整理行裝，我回去後，他們立即動身，到泗水這段路他們會借快馬的腳力，到泗水後才棄馬渡河。」

慕容戰嘆道：「燕飛在信中有沒有提及他何時回來呢？」

拓跋儀道：「他說會在十五天內趕回來。」

慕容戰頹然道：「希望他回來時，仍可見到活生生的高彥，否則即使他把向雨田碎屍萬段，我們仍要錯失南北夾擊慕容垂的時機，且會輸得很慘。」

慕容戰苦笑道：「慕容垂發威哩！」

兩人你看我我看你，均心有同感。

慕容垂的確是了不起的軍事大家，每一著都牽著他們的鼻子走，首先是利用天氣，只須有限的人馬，便切斷了荒人和拓跋珪的聯繫。再以秘族孤立拓跋珪，令他應接不暇，同時又煽動赫連勃勃攻打仍在重建中的盛樂。到明年春暖花開時，拓跋珪將再無餘力應付他的討伐，而荒人能自保已相當不錯，遑論組成勁旅，北上助戰。

形勢惡劣至極點，偏是他們毫無辦法。

邊荒集難道氣數已盡？

高彥和小白雁在樹木邊緣相偎的蹲著，掃視北面的丘陵平野，在眼前白茫茫的天地裡，不見人蹤獸跡。

尹清雅噴著白氣嬌聲道：「眞好玩！」

高彥今次倒沒有意亂情迷，雙目精光閃閃，全神打量前路，道：「對付探子最有效的手段是受過訓練的獵鷹和惡犬，幸好現在天氣苦寒，敵人該不會隨便出動鷹和犬，主要仍是靠人放哨，只要在北潁口方圓數十里之地，於高處廣設哨站，便可以有效地阻止我們接近。」

尹清雅見他說得頭頭是道，問道：「今次我們去探聽敵情，可以起甚麼作用呢？」

高彥解釋道：「我們的任務，是要掌握敵人的軍力、設置和戰略布局。值此冰雪遍地之時，敵人要在短時間內，構築有強大防禦力量的壘寨是不可能的，因此我要親臨其地，對敵人的情勢進行精確的評估，回集後向我的荒人兄弟作出詳盡的報告，再決定反攻的策略。這就叫知彼知己。所以今次的探察行程，實關乎到我們荒人與慕容垂之爭的成敗，起著決定性的作用，不容有失。」

尹清雅點頭道：「我現在開始明白為何人多反會誤事。唉！我們根本不曉得敵人的崗哨設在哪裡，如何可以瞞過敵人的眼睛呢？我們該不該等天黑後再行動？」

高彥傲然道：「我高彥豈是浪得虛名之輩？告訴你吧！天黑後反更危險，燕人肯定會放出獵鷹，發覺有可疑後，會從遍布各戰略據點的營地，派出精騎攜惡犬追截，我們肯定劫數難逃。倒是白天較安全，只要我們能憑地勢先一步推斷敵人崗哨的位置，便可以如入無人之境。這個包在我身上，我走遍整個邊荒之時，燕人還躲在娘的懷裡吃奶。」

尹清雅嗔道：「你只會誇大。照你說的，愈接近北潁口愈容易被人發覺，加上神出鬼沒的秘人，我們是沒有可能接近敵人營地的。」

高彥探手摟著她香肩，笑道：「別人做不到的，怎難得倒我高彥？嘿！我高彥之所以能成為邊荒集最出色的風媒，全憑老子比別人靈活的腦袋，懂得未雨綢繆。像北潁口這類特別具戰略性的地域，老子設有隱秘的觀測台，只要能潛到那裡去，便可以如欣賞風景般把敵人的情況看個一清二楚，還可以一邊和雅兒親熱。哈！眞爽！」

尹清雅皺眉道：「誰和你親熱？快放開你的臭手！」

高彥回復一貫本色，再沒有風媒的沉著和冷靜，嘻皮笑臉道：「摟摟肩頭有甚麼問題？你不舒服嗎？」

尹清雅聳肩道：「摟一摟並沒有問題，何況早給你摟得習慣了。問題在怕你控制不住自己，而我又不敢揍你，出了事時，不但我們完蛋大吉，你的荒人兄弟也要完蛋大吉。嘻！你認爲我說得對嗎？」

高彥頹然收手，狠狠道：「打死我也不相信有這麼可惡的練功心法。」

尹清雅站起來道：「你信也好不信也好，我只是告訴你事實。休息夠了嗎？我們必須於天黑前到達泗水南岸，這可是你說的。」

高彥驀地起身，一手拂掉沾在身上的雪花，一手正要摟住小白雁，尹清雅早滑了出去，嬌笑道：「你當我不清楚你佔人家便宜的招數嗎？快來吧！那個姓向的傢伙說不定正四處搜索我們呢！」

高彥恨得牙癢癢的追在她身後去了。

「蓬！」

哈遠公的屍身掉在地上，幾塊石板立告粉碎。早在落地前，這魔門高手已斷了氣。

屈星甫避過擲來的屍身，鬼魅般迅速地從左方掠向燕飛，但這麼給阻了阻，始終慢了一線。

正是這一線之差，決定了衛娥的命運。

燕飛曉得已收先聲奪人之效。

一個照面下，他不單逼退屈星甫和衛娥，還斬殺哈遠公。事實上他勝得極險，只要有任何錯失，又或時間上的拿捏失準，現在伏屍街頭的當會是他。

此刻他的危機尚未過去，只是眼前兩大魔門高手聯手之威，已有足以毀掉他「肉身」的力量。兩人的魔功已臻化境，幸好蝶戀花及時鳴叫，令他們的心靈出現了不該有的間隙，加上仙門訣的出奇不意，始能創下如此戰功。

今次敵人捲土重來，再不會犯剛才的錯誤。燕飛的唯一保命之法，就是殺死衛娥。而眼前更是唯一的機會。

飄帶分別從衛娥兩袖內射出，從空中一捲往他脖子，另一拂向他胸口。

燕飛往長街另一端退去。

衛娥的飄帶像長了眼睛般，隨她斜斜降落地面的身勢，一攻他面門，另一直取下陰，毒辣刁鑽。她的白髮往上揚起，顯示她的內功已達氣貫毛髮境界，面容卻如不波止水，不透露心中情緒。

屈星甫仍落後她兩步之遙。

蝶戀花劃出大小不同的十多個圓圈，布下一重又一重的太陰氣。

衛娥的飄帶先撞上第一圈太陰氣，立即受阻，出現波紋的形狀，詭異而好看。

燕飛知是時候，化進陽火為退陰符，登時劍嘯聲大作，太陽真勁從蝶戀花鋒尖噴射而出，串連起十多重凝而不散的太陰氣。

「劈啦」一聲震懾長街的激響，電光暴閃，衛娥身前閃現似能撕裂虛空、呈樹根狀的閃電，勝負立分。

衛娥飄帶碎裂，厲叫聲中，往後拋飛。

燕飛也被她眞氣的反震力撞得踉蹌後退，尙未回氣時，屈星甫已從衛娥的下方趕上來，幻出漫天掌影，朝他狂攻猛打，奇招異法，層出不窮，一時間殺得燕飛全無反擊之力，只能見招拆招，節節後退。

燕飛此時再無力施展仙門訣，只好忽然太陽眞勁，再使太陰眞氣，令屈星甫無從捉摸，逐漸扳回劣勢。

「蓬！」

勁氣交擊，燕飛先以太陰眞氣吸著屈星甫掃向頸側的手刀，再以太陽眞氣把他逼開，震得對方旋身退避。

歷盡艱辛後，他終於爭得喘一口氣的致勝機會。

燕飛曉得對方積數十年魔功，氣脈悠長，回氣後勢將展開另一波排山倒海的攻勢，哪敢大意。燕飛身往前傾少許，足尖點地，登時如炮彈般往對方射去，蝶戀花分中下劈。

屈星甫尙未旋定，蝶戀花至。

「啪」的一聲，當屈星甫倉卒迎戰，以雙掌封格下劈的蝶戀花，電光在劍掌間爆炸。

屈星甫慘哼一聲，挫退三步。

燕飛的蝶戀花在空中揮動，又往他右肩掃去。

屈星甫怒叱一聲，以手刀對眞劍，硬劈蝶戀花。

電火爆閃。

屈星甫被蝶戀花劈得橫跌開去，眼、耳、口、鼻全滲出鮮血，樣貌淒厲，再無復先前深藏不露的高手風範。

此時比之當日對上史仇尼歸，燕飛的仙門訣已不可同日而語，不但能操控自如，且能選擇攻入對方經脈的角度，開始具備「招式」的規模，威力當然倍增。

何況屈星甫正處於舊力剛竭，新力不繼的要命時刻，哪還不立即著了道兒。

燕飛如影隨形，搶到他後背的死角位，劍隨意動，橫掃他左腰側。

屈星甫狂喊一聲，不理正斬往腰部的利器，一拳往燕飛面門擊去，使的是同歸於盡的招數。

燕飛說退便退，拖劍後撤，在氣機牽引下，屈星甫疾撲而來。

蝶戀花又在空中劃出一個又一個的圓圈，不同處是沒有用上太陰真勁，純粹是虛招。

有衛娥作前車之鑑，正杯弓蛇影的屈星甫哪想得到燕飛會在此時刻使詐，慌忙橫移開去。

燕飛已蓄滿真力，大喝一聲，蝶戀花直搠而去。

「劈啪！」

閃電由劍尖逸出，以連燕飛也看不清楚的驚人速度，趕上屈星甫，命中他胸口。

屈星甫像個完全不受自己力量控制的布偶般被拋上半空，全身骨折聲響，再重重墜跌石板路上，著地後，屍身不自然地扭曲著。

「嘩！」

燕飛張口噴出漫空鮮血，身體幾近虛脫，往橫退去，坐到一間民房前的台階上，不住喘息。

三大魔門高手伏屍街頭，令寂靜無人的街道更添詭異陰森的氣氛。

燕飛喘息著把蝶戀花還劍鞘內，心中百感交集。他實無意殺死三人，只恨在剛才生死一髮的險境裡，他再沒有別的選擇。

魔門的人以後會怎樣對待他呢？會否從此不敢惹他？又或會傾巢而來，找他算賬？看來後一個猜測的可能性較大。

今次魔門派出這三人來殺他，顯示魔門正進行他們奪天下的陰謀，否則何用理會他？眼前有資格逐鹿南方者，不出桓玄、聶天還、徐道覆、劉牢之和劉裕等數人。劉裕當然與魔門無關，但其他人中，哪個是魔門的人，又或是魔門屬意和支持的人呢？他真的沒法弄清楚。

燕飛再吐出一小口鮮血。

此三人雖然厲害，但傷他的卻是仙門訣的反震之力，每次施展仙門訣，他本身也多少受到點傷害，因而也削弱了他施展仙門訣的能力，令他不能無休止的施展下去，否則即使孫恩也要飲恨在他燕飛劍下。

燕飛雖然受了不輕的內傷，但卻絲毫不放在心上。

對於心脈斷了仍可重新接上的燕飛來說，還有甚麼可令他害怕呢？

第四章　亡命鴛鴦

雪花又從天而降，天色暗沉起來。

高彥和尹清雅伏在一座小丘上，遙觀兩里外敵人一組營地。

尹清雅湊到高彥耳旁道：「現在該怎辦好呢？我們可以繞過他們嗎？」

十多個敵營，設於丘陵高地，俯瞰遠近平野，緊扼著通往泗水之路，右方是綿延的山脈，隔斷東西。

高彥忽然道：「聽到嗎？」

尹清雅豎起耳朵道：「好像是狗吠的聲音。」

高彥欣然道：「正是狗兒的叫吠聲。哈！牠們的叫聲眞悅耳。」

尹清雅嗔道：「虧你還有心情說反話，今回想不繞遠路都不行。」

高彥微笑道：「兵貴神速，我們幹風媒這行，更要來無影去無蹤，關鍵處在一個『快』字，否則縱然把消息帶回去，只是賊過興兵，最新的消息變成了舊聞，給錢也沒有人肯聽，遑論賣個好價錢。我們黎明前定要抵達我的北潁口觀察台，看足一天，把對方換哨的時間亦弄個一清二楚，日落後溜回邊荒集去，便大功告成。唉！從未想過做探子可以這麼風流快活，一邊摟著雅兒的小蠻腰，一邊觀看敵方千軍萬馬的調動。」

尹清雅氣道：「可以少點廢話嗎？今回如何闖關呢？」

高彥指著綿延在東面的山脈，道：「我們荒人稱此山爲縱橫山脈，潁水便在山脈之東六十多里處，只要我們越過此山，再沿山脈北行，黎明前當可抵達觀測台。」

尹清雅擔心的問道：「山中有秘道嗎？這麼黑，又下著雪，攀山越嶺太危險哩！」

高彥神氣的道：「我的其中一項本領就是走夜路，這方面老燕也比不上我。另一長處就是懂得利用地理形勢。山裡當然不可能有秘道，但我卻清楚最容易攀越的路線，保證不會迷路，我前前後後試過十多次攀越此山，可說是十拿十穩。」

尹清雅道：「如果迷了路，我便宰了你這最愛自吹自擂的小子。」

高彥正要答話，忽然露出注意的神色，接著臉色微變，別頭往後方瞧去。

尹清雅循他目光望去，只見雪花飄飄的深遠處，雪塵揚起，還隱傳來狗吠的聲音。

高彥一震道：「糟糕！我們被敵人的巡軍發現了。」

尹清雅道：「或許只是湊巧經過，不是衝著我們來的。」

此時已可隱見來者是數十敵騎，狗吠聲漸趨清晰。

高彥一邊探手到百寶袍的袋子掏東西，邊道：「若只是路過，不會全速奔馳，更不會放出惡犬領路，肯定犬兒是嗅到我們的氣味。」

然後從其中一個袋裡，取出一個巴掌大的布囊，除去布囊後原來裝的是個開了十多個小洞的瓷瓶子，還有繩子繫著瓶頸。

高彥一手把布囊塞回袋內去，另一手把瓶子掛在頸項處，接著扯著尹清雅站起來，道：「甚麼風浪我沒有見過，這只是小兒把戲罷了！」

話猶未已，「砰」的一聲，一枝火箭於來騎處沖天而上，爆開血紅的煙火，在茫茫雨雪裡有種說不出的詭異。

尹清雅一呆道：「他們在幹甚麼？」

高彥急道：「他們要通知己方營地的人，派出人馬協助。走吧！」

牽著尹清雅的柔軟小手，一陣風般滑下丘坡去，朝縱橫山脈全速逃逸。

燕飛坐在太湖北岸最著名的鼋頭渚。

鼋頭渚是沿岸充山向西伸入湖中的半島，層巒疊嶂、山環水復。位於此處，近觀則湖岸巨石臥波、浪濤飛濺、氣勢雄渾，遠望則一碧千頃、水天相接、茫無邊際。看得燕飛也感襟懷開闊，爲其浩淼而讚嘆。

孫恩與他訂下生死之約的縹緲峰，位於太湖的南部，湖泊的另一邊，是湖中最大也最美麗的島，洞庭西山的第一高峰，聳峙於島的正中央，島中其他山峰均臣服拜倒於四面八方，極具雄奇之勝。

據曾陪伴謝安遊覽太湖的宋悲風所言，西山怪石嶙峋、洞穴處處，隨著氣候的變化，晴明晦暗、秋月晚煙、積雪寒梅，美不勝收。

燕飛正體會天氣的變化，入黑後天氣開始變壞，天上烏雲密布，一場大雨似是無可避免。

他以隨身匕首砍下樹木，做了一條簡陋的木筏，好趕往洞庭西山。這是最快的方法，且可避過像今早般其他人沒有意義的糾纏，被逼大開殺戒。

而且他還要讓自己的心靜下來，好好思索在武技上的難題。魔門三大高手令他負上至今未癒的內傷，但也啓發了他對「仙門劍訣」的領悟，使他獲益匪淺。

驀地一道電光劃破右方黑沉沉的夜空，照亮了遼闊的太湖，接著是震得耳鼓嗡嗡作響的驚雷，模糊了遠方的雨暴，從另一方以橫掃太湖的威勢，遮天蓋地的朝渺小的他席捲而來。雨未至，狂風先至，在不住閃耀的電光裡，身後的樹木狂亂地搖擺著。

剎那間，大雨沒頭沒腦地打在他身上，天地被大雨融合爲一，他再弄不清楚雷電先後主從的關係，耳裡再聽不到大自然其他的聲音，只有雷電和滂沱大雨的交擊鳴震。夜空像崩塌下來，雨電肆意鞭撻著無助的大地。

他想像眼前只是一個幻象，但那是多麼令人感到不可思議，燕飛的感覺是如斯般眞實、有血有肉的存在著。

燕飛緩緩起立，舉起身旁他用樹藤把五條樹幹紮起來、長不過六尺的簡陋木筏，另一手拿起他一刀一刀削製出來的船槳，忽然縱聲長嘯，以宣洩心中沉鬱之氣。

接著先把木筏拋向湖中，騰身而起，落在風急浪湧的水裡載浮載沉的筏子上。

燕飛一槳打下去，筏尾水花激濺，在狂風急雨裡將筏子送出近十丈，另一槳又打下去，筏子箭矢般在閃電和雨暴裡破浪而行。

他想起向雨田，難道除孫恩和慕容垂外，向雨田也是老天爺給他安排了的勁敵，令他們注定是勢不兩立的死敵？

向雨田是個極端有自制力的人，面對萬俟明瑤如此風姿獨特誘人的美女，仍能不動心。是否爲了魔門的理想，他願意犧牲其他一切呢？他追求的究竟是甚麼？

即使在秘人中，向雨田也是個神秘的人。燕飛當時雖是萬俟明瑤的情人，但見到向雨田的機會並不多，更極少交談，較深入的一次談話，是向雨田見他在獨喝悶酒，主動走上前打招呼。

還記得那次他與自己談論夢境的世界，與自己分享他對夢的看法和心得。向雨田的行爲雖是神秘兮兮，說話卻率眞直接，也不隱瞞對燕飛的好感。

要和這樣的一個人對敵，心中實在不是滋味。

木筏在他操控下，履風浪如走平地，不住深入太湖。

就在此刻，他收到正熱切期待著來自紀千千的心靈召喚。

高彥解下掛在頸項處的透氣小瓶，隨手拋下深谷去。爲了方便翻山越嶺，他們早脫掉飛靴。

「小白雁」尹清雅吃了一驚，道：「你幹嘛丟了它呢？」

高彥探手過去，摟著她的腰，湊到她耳邊道：「雅兒累嗎？」

此時他們深入山中，再聽不到狗兒的吠叫聲或追兵的聲息，感覺上似已脫離險境。

在雪飄如絮、風拂雪揚的積雪深山裡，四周黑沉沉一片，不要說認路，連身在甚麼地方也難弄清楚。難得高彥一點也沒有這方面的困難。

尹清雅任他摟著小蠻腰，道：「不累！快答人家。」

高彥道：「因爲它已完成任務，瓶內裝的是我稱爲『迷犬散』的山草藥粉，狗兒嗅到它後鼻子立告失靈。可是有得也有失，假如敵方有擅長追蹤的高手，可依藥粉的氣味搜索我們。」

尹清雅道：「師父說，如果對方的確是跟監的高手，可由我們留下的氣息，追蹤我們。」

高彥笑道：「如果我這麼容易被人跟蹤，早就沒命了，哪還能和雅兒卿卿我我的說情話。哈！不要生氣。首先，是我們的百寶袍有防止體氣外洩的功能，除非是狗兒的靈鼻，時間的分隔又短暫，否則根本沒有被嗅到的可能。其次現在正下雪，亦會掩蓋了所有氣味。最後是當我們抵達東坡，我們便可以憑飛靴一瀉千里的滑下去，甚麼追蹤高手都要給我們甩掉，他奶奶的，你以爲我這邊荒集首席風媒的威名是騙回來的嗎？」

「砰！」

北面遠處的天空爆開一朵碧綠色的煙花，奪人心神。

高彥看呆了眼。

尹清雅道：「有甚麼好大驚小怪的？敵人肯定是追錯了方向。」

高彥神色凝重的道：「你再看下去。」

「砰！」

另一朵煙花火箭在西面爆開血紅的光花，今回近得多了，該不到半里遠。

尹清雅愕然道：「這表示甚麼呢？」

高彥放開摟著她的手，沉著的道：「如果我沒有猜錯，這邊的敵人已用烽火傳信一類手法，知會北潁口的敵方主力，我們已從這方向入侵他們的警戒範圍。」

尹清雅問道：「剛才那朵綠色的煙花又代表甚麼？」

高彥道：「那代表北潁口的敵人派出高手趕來協助，故以煙花火箭遙詢，要正追搜我們的敵人回覆所處的位置。」

尹清雅狠狠道：「惹火了本姑娘，我會殺他們一個落花流水。」

高彥道：「來的是向雨田又如何呢？」

尹清雅登時語塞。

高彥苦笑道：「這個可能性極大，因爲打開始向雨田便以我爲目標。」

尹清雅道：「那怎辦好呢？」

高彥笑道：「如果是向雨田親自追來，我們眞要謝天謝地，因爲只要我們一直把他撇在後方，將更添成算。好雅兒來吧！最好玩的時候到哩！」

領著尹清雅，繼續朝上攀去。

剛被命名爲「奇兵」的戰船，乘風破浪冒雨在大海航行，絲毫不懼大海的風浪，左方隱見陸岸。

劉裕站在船頭，任由雨水照頭灑下來。

他感到椎心的痛苦。被謝鍾秀拒絕後，他頗有失去了一切希望的沮喪感覺，但仍在強撐著，因爲他是絕不可倒下去的。但自「奇兵號」由大江駛進大海裡，他心裡湧起他自己也不明白和控制不了對謝鍾秀的恨意，然後他醒悟到自己眞的愛上了謝鍾秀。

沒有愛，又哪來恨呢？

既然對我沒有意思，爲何卻要投懷送抱？

第一次見謝鍾秀是在謝家的忘官軒，淡眞也是在那回由謝鍾秀穿針引線，令淡眞可以見到她最崇拜的謝玄。

對當時的他來說，在她們面前確有自慚形穢的卑微感覺，能看到她們已不容易，更遑論與她們發生戀愛。

她們爲何都能扣動他心弦呢？劉裕自問不是沒有自制力的人，且該比常人更堅強。說到底就是這種自卑和不配的感覺，那種打破社會禁忌的刺激滋味，使她們的垂青令人感到分外誘人和珍貴。

高門和寒門的分隔，是否老天爺的意旨呢？自己因觸犯了祂的旨意，所以受到最殘酷無情的懲罰，既使淡眞屈辱而歿，也令謝鍾秀深深的傷害了他。

對謝鍾秀他是徹底的失望，她究竟在想甚麼呢？她芳心裡的如意郎君又是建康高門的哪位公子？

宋悲風來到他身旁，打起傘爲他擋雨。

劉裕道：「有用嗎？」

宋悲風索性收起傘，道：「你有甚麼心事呢？」

劉裕苦笑道：「誰沒有心事？這樣在大海上任由風吹雨打，感覺非常痛快。」

目光往左方投去，思索道：「大海另一邊是甚麼地方？眞令人好奇。」

宋悲風知他是故意岔開話題，道：「你心中是否在痛恨劉牢之呢？」

劉裕心忖自己對劉牢之的感覺早有點麻木，「痛恨」兩字亦不足以形容自己和他的關係，終有一天他會教這個反覆小人深切後悔他過往的所有行爲。

答道：「對我來說，劉牢之只是個敵人，像桓玄或孫恩，我會用盡一切辦法去打擊他，直至他敗下陣來。我和他之間再沒有情義可言，假如孫爺有甚麼閃失，我定要他血債血償。」

宋悲風欲言又止。

劉裕訝道：「宋大哥想說甚麼？請直言無忌。」

宋悲風道：「孫小姐或會隨大小姐離開建康。」

劉裕聽到「孫小姐」三個字，心中一酸，湧起難堪的滋味，道：「她們要到哪裡去？」

宋悲風道：「大小姐仍未決定，只是有這個想法。她的確應到外地散心靜養，建康乃是非風雨之地，且令她睹物思人，更鬱結難解。我贊成她的想法。」

劉裕忍不住問道：「孫小姐爲何要隨她一道離開？」

宋悲風道：「這方面我並不清楚，是大小姐告訴我的，或許孫小姐想避開司馬元顯，又或是感到建康再不值得她留戀。」

劉裕心中暗嘆，謝家眞的沒落了，只剩下像謝混這種不知天高地厚的小子在支撐大局。想起當年謝安、謝玄在世時的風光，尤使人感到唏噓。

聽到這個消息，他感到更失落，又說不出失落的因由。自那晚謝鍾秀「拒愛」後，他好該把她徹底忘掉，不再讓她影響自己的心情，只恨明知如此，總是辦不到。

宋悲風勸道：「回去吧！人不是鐵打的，這樣淋下去，很容易著涼。」

劉裕探手搭上他肩頭，朝船艙走去，勉強笑道：「宋大哥有令，我怎敢不從？老手的船技還可以吧？大海的風浪都撂不倒他。」

宋悲風笑道：「老手的操舟之技在北府兵認了第二，再沒有人敢認第一。劉牢之眞的非常愚蠢，硬把老手趕到我們這邊來。」

劉裕嘆道：「劉牢之若是聰明人，就不會弄至今天四面受敵的田地。我們須謹記此點，就是他是個短視的人，說不定他眞的會再投桓玄的懷抱，此事不可不防。」

老手親自打開艙門，迎他們進去。

當門在後方關上，劉裕立下誓言，這是他最後一次想謝鍾秀，由此刻開始，他會把心神完全放在與天師軍的戰爭裡，直至分出勝負。

第五章　遙訴心聲

燕飛感到自己似從肉體的羈絆掙脫出來，回歸到心靈的淨土。儘管外面的世界充塞著狂暴的風雨，但只由他的軀殼去承擔和感受。紀千千的愛，就像一片熊熊的烈火般燃燒著他的魂魄，那是男女間可能達到的最熾烈的關懷和愛戀，是能彼此分享的愛燄情火。於肉體而言，他們仍是不同的個體，但精神上再無分彼此，他們的愛是那麼深沉，那般的開放、深廣和遙闊。縱然他想告訴其他人此刻他是多麼幸福、滿足和開心，但任何話語都難以形容其萬一。

他清楚掌握到紀千千有著同樣的感受，不再有絲毫懷疑，正因這心心相印獨特的愛戀方式，他們的生命、夢想、感情和思憶盡顯完美的一切。

紀千千在他的心靈內遙呼道：「燕郎呵！我又回復過來了，這不是挺奇妙嗎？只是短短兩晚的工夫！你現在是不是在建康呢？那裡是不是正颳著大風雨？」

燕飛在心靈中應道：「千千須謹記心靈的動能會像潮水般起伏，此刻千千正處於波頂，故能迅速回復過來，但別忘記也有低潮的時刻，千千勿要因此而沮喪失落。」

紀千千道：「只要有燕郎的愛，千千會堅強起來。你究竟在哪裡呢？爲何我感到燕郎似是不願答我，人家眞的感到雨水打在你身上的感覺，這裡又下雪哩！」

燕飛嘆息道：「我不是不想告訴你，而是在想著該如何告訴你。我現在身處風雨交加的太湖，操著小筏朝洞庭西山方向前行，去赴孫恩的生死決戰，他正在縹緲峰等待我。」

紀千千在他的心靈內回應道：「那就要祝燕郎旗開得勝，我的燕郎是絕不會輸給孫恩的，對嗎？」

燕飛欣然應道：「我是不會輸的。趁這個機會，我要告訴千千有關我們未來幸福的一個計畫，讓千千完全徹底地明白我。」

紀千千興趣盎然的道：「千千在聽著哩！」

燕飛心中湧起萬縷柔情，毫無保留地把有關仙門的一切，以最直接簡潔的語言，透過心靈向千里之外的紀千千傳達。

狂風怒號，雪花飛舞，愈往上攀，愈感受到風雪的天威。

尹清雅往上瞧去，咋舌道：「你不是要我攀過這座山吧！人家再沒有氣力了。過了這座山還有另一座山，這就是你所謂的山中捷徑嗎？你首席風媒的稱號肯定是騙回來的。」

此刻的她完全迷失了方向，四周黑漆漆的，她唯一可做的事只是跟著高彥不住往上爬，到高彥在半山一塊突出的懸石處停下來，她才喘過氣來。

高彥喘息著道：「我的捷徑是根本不用走路的，保證雅兒你大呼過癮。嘿！雅兒這麼寸步不離地跟著我，有沒有嫁雞隨雞，嫁狗隨狗的美妙感覺？」

尹清雅沒好氣的道：「你這死小子在這時候也不忘調侃人家，你再不拿出本領來，我會要你好看。」

高彥忽然露出警覺神色，嚇得尹清雅芳心劇顫，道：「不要唬人家，人家的膽子小嘛！開玩笑也該拿別的事說。」

高彥雙目精芒閃閃，令人感到他夜視功夫有異於一般的高手，是那種在這方面特別有天賦異稟的人。此時他正掃視北面的一座山。

尹清雅循他投視的方向望去，遠山離他們至少有三十多丈的距離，在飄舞的雪花裡黑壓壓的，不見有任何異樣的情況。

忙湊到高彥耳邊，低聲道：「有甚麼不妥？」

高彥探手摟著她香肩，道：「對面有敵人。」

話猶未已，長笑聲在對山響起，最令他們害怕的向雨田在一塊大石現身，道：「高彥你果然不愧邊荒集風媒中的頭號人物，竟有本領闖到此處來。不過你們的好運道完蛋啦！高彥你識相的話就自了殘生，如此我可以任由你的小情人離開。」

高彥尚未答話，「小白雁」尹清雅已「呸」的一聲不屑的道：「別人怕你向雨田，我們可不怕你。你要趕上我們，還要下山上山，虛言恫嚇有屁用？你夠本領便跳過來殺我們，不要只懂吹牛皮。」

向雨田笑道：「跳過去！哈！這倒是個好提議，且給你說破我的心事。」

尹清雅嘲笑道：「想跳過來嗎？先長出一雙翅膀給我們看吧！你當自己是甚麼東西，頂多只是慕容垂的走狗。」

高彥卻是神色凝重，上下打量向雨田。

向雨田和尹清雅的對話在兩山間激盪回響，打破了深山窮谷的平和安寧。

向雨田嘆道：「我現在的確可算是慕容垂的走狗，但有甚麼辦法呢？幸好只是暫時的。唉！我要過來哩！如有選擇，我哪來殺人的興致。」

尹清雅還要說話，卻被高彥拉起她的手，喝道：「不對！我們快走！」

向雨田取出曾助他在邊荒集橫越遙闊的高空、擊中空馬車的鐵球，笑道：「走得了嗎？」

高彥已領先奔行，看樣子是要繞到山的另一邊去，尹清雅仍弄不清楚是怎麼一回事，但對高彥在這方面她是絕對信任的，只好隨他亡命開溜。

鐵球在空中旋轉的「霍霍」聲在山風怒吼裡仍清晰的傳來，每一轉都敲擊著兩人驚悸的心神，隨著鍊子鐵球愈轉愈急，嘯聲愈轉尖銳，更添情況的緊張意味。

向雨田一聲長嘯，騰身而起，朝他們剛才立處投過去，那也是最佳的落點，雖然兩人已遠離數十丈，但憑向雨田的身手，追上兩人只是遲早的事。

高彥大叫道：「雅兒跳上來！」

尹清雅這時才知不妙，向雨田確有鬼神莫測之機，竟能借鐵球之力橫渡三十多丈的空間，兼且她曾擋過他脫手射出的榴木棍，曉得他的斤兩，哪還有選擇，腳尖用勁，電射而上，觸地處原來是另一方大石。

山風呼呼，下面是百丈深淵，前方再不見其他高峰，只有綿延起伏較低矮的山陵。

高彥正做著她不明瞭的古怪動作，似在解開他的百寶袍。

尹清雅聽到向雨田躍下的聲音，更不明高彥此時還何來這等閒情，高彥喝道：「從前面抱著我的腰，怕就閉上眼睛。」

尹清雅完全不明白高彥在說甚麼，卻顯示出她對高彥的信任，不顧一切地撲前緊抱高彥的腰。

向雨田衣袂飄動的聲音由遠而近，速度驚人。

高彥大嚷道：「我們情願跳崖死，也不會落在你這傢伙手中。」

接著低聲道：「只是騙他的。」

這才躍往石頭外，往下跳去。

尹清雅駭然驚呼，耳際風生，貼在高彥懷裡急速下墜十多丈，竟發覺跌勢減緩，原來高彥四肢張開，不知如何便把百寶袍展開如帳篷，吃著風的往下落去，一時間腦際一片空白。

尹清雅生出絕處逢生的感覺，忽然高彥一個轉身，變成她在上高彥在下，接著「蓬」的一聲重重掉在厚厚的積雪上。

高彥痛哼一聲，眼、耳、口、鼻全滲出血絲。

尹清雅全然無損的從高彥身上滾往一旁，連忙爬到全身埋入雪堆裡的高彥，悲叫道：「高彥你沒事吧？快答雅兒呵！」

高彥哼哼唧唧的，好一會兒才艱難的道：「我沒事，快拉我出來。向傢伙不是這麼容易騙的，等他下來不見我們的屍首，肯定會懷疑。」

尹清雅大喜，忙扶他坐起來。

高彥搭著尹清雅的肩膀作支撐，站了起來，然後訝道：「雅兒爲何哭呢？」

尹清雅嗔道：「我沒有哭！」

高彥吐出一口鮮血，竟笑起來道：「這道臨時的捷徑不錯吧！」

尹清雅道：「看你這樣子，還有心情說笑？我的高爺呵！現在該往哪個方向逃呢？」

高彥指著東北方道：「在此兩山之間有一道溪流，保證可甩掉向雨田。」

尹清雅忙扶著他，一步高一步低依他的指示離開。

暴風雨平息下來，變成漫天的雨絲，天邊一角不時閃起電光，顯示風暴仍在耀武揚威，只是轉移了地點。

燕飛仍在回味著剛才與紀千千的約會，他和紀千千的熱戀，已遠超過他曾擁有過的一切。是他從未夢想過的福分，是自他離開萬俟明瑤後，於無數孤獨的夜晚一直期待但又以爲永遠不會發生的事。

那種刻骨銘心、毫無保留的感覺，更因仙門的啓示而無限的強化，把他們的愛戀提升到另一層次，超越俗世間的男女之情。

他們究竟是向老天爺挑戰生死的界線？還是老天爺在開他們玩笑？他並不清楚，只曉得朝著目標邁進，因爲不論如何，他絕不容紀千千老死在他懷抱裡。

聽到燕飛描述有關「天地心」三珮的異事；有關仙門開啓的情況，紀千千從難以接受、震驚變爲好奇，分享著他因仙門的出現，而對人世看法天翻地覆般的變化。

他向她提及安玉晴，說明與安玉晴微妙的關係，果如燕飛所料，紀千千在剎那間已掌握了他和安玉晴之間的事。在他和紀千千不受距離阻隔的心靈交流裡，雖然沒法探索深層的思想，但卻能共享所有感覺和情緒，這令他們互相間的了解水乳般交融，遠超過任何語言的描述力，人與人之間慣常的隱瞞和虛假根本沒有容身之所。

要說他和安玉晴間沒有絲毫觸及男女之情，只是自欺欺人。安玉晴對他的吸引力及他對安玉晴的好感，總在相處時不知不覺的浮現，可是他們的交往早昇華到另一層次，而紀千千正因感受到這方面的情況，明白了他和安玉晴之間的關係。

他沒有向紀千千提及萬俟明瑤，因爲他有種特殊的想法，萬俟明瑤只屬他的過去，似像另一空間和時間裡發生的事，他不想讓萬俟明瑤闖進他和紀千千純淨無瑕的天地裡，就像他從不去深思紀千千和徐道覆的往事。

毛毛細雨灑在燕飛身上。

忽然間，他又從深沉的思慮回到現實的世界，操控著小木筏，朝茫茫的水域不住深進。

就在此刻，他發覺內傷早不翼而飛。

解決了孫恩後，他會趕返邊荒集，進行另一場的生死鬥爭。

高彥和尹清雅同時滾倒積雪上，急促的喘氣，疲頓不堪。

他們終於離開山區，抵達縱橫山脈和潁水間的雪原平野。

尹清雅關心的喘著氣道：「你好點沒有？」

高彥急促的喘息道：「我很好！從沒這麼好過，雅兒放心，我高彥身具天下最神奇的眞氣，毒都毒不死我，何況只是重重摔了他奶奶的一記。」

今回尹清雅倒沒罵他吹牛皮，好奇的問道：「你以前是否每次都是這樣從半山跳下來的，眞的沒受傷過嗎？」

高彥苦笑道：「我是第一次這麼的跳下來。」

尹清雅失聲道：「甚麼？」

高彥嘆道：「哪有捷徑是要拿命去博的？剛才是別無選擇，只好跳下來，事實上下面是厚軟的積雪，還是鋒利的巉岩山石，我根本不知道，只曉得不這樣做肯定不能活命。」

尹清雅呆看著他，好一會兒才道：「但你的百寶袍的確有減緩跌勢的神妙功能。」

高彥解釋道：「我當初設計這兩件百寶袍時，確實有這個從高處躍下來的構想，可是每次想做試驗時，都因臨場心怯取消了。哈！總算成功了一次。」

尹清雅皺眉道：「那你原本的捷徑呢？」

高彥道：「原本的捷徑，是繞到山的東麓，以預備好的長山藤，滑到山下去。不過肯定在抵達捷徑前，就會被那姓向的壞傢伙趕上，又或被他發現捷徑，仍是難逃他的毒手。」

接著望著後方，道：「不知是否已撇掉這個可惡的傢伙呢？」

尹清雅默然無語。

高彥仍在往後張望，到轉過頭來，發覺尹清雅神情古怪，問道：「雅兒在想甚麼？」

尹清雅輕輕道：「沒甚麼。現在該怎麼辦好呢？」

高彥沉吟道：「現在離天明尚有兩個時辰，如果順利無阻，憑我們能在雪地飛翔的神靴，該可在天亮前趕抵觀測站。」

尹清雅道：「遇上敵人如何應付？我們已暴露了行藏，敵人會大舉出動來搜索我們，愈接近北潁口便愈危險。」

高彥欣然道：「打當然打不過，但要溜我們可是綽有餘裕。他奶奶的，照我看，敵人的兵力將不過五千人，否則我們現在便可看到敵蹤。別的不行，但觀敵我肯定是一等一的人才，只從敵人力量的分布，可以大概推測出敵人的實力。」

接著探手到尹清雅百寶袍其中一個口袋去，為她掏出其中一隻飛靴。

尹清雅嬌軀輕顫，抗議道：「我自己會拿，不用你幫忙，給你探手進袍袋內，感覺挺古怪的。噢！我自己會穿哩！」

高彥笑著掏出飛靴，坐起來穿到腳上去，道：「雅兒可以放心，沒有人比我更清楚由這裡到觀測台的地勢，加上我們來如風去如電，保證敵人摸不著我們的影兒。」

雪愈下愈密了，視野更趨模糊不清。

高彥道：「看！老天爺正在大力幫我們的忙，任老向如何擅長追蹤覓跡之術，也要一籌莫展。」

尹清雅剛穿好飛靴，朝他望來，在雪花飄飄的暗夜裡，她一雙眸神仍像寶石般閃閃發亮，活像雪夜的美麗小精靈。

高彥一時看呆了眼。

尹清雅嗔道：「有甚麼好看的？時間無多，我們要趕路了！」

高彥牛頭不對馬嘴的讚嘆道：「雅兒真美！」

尹清雅垂下螓首，輕輕道：「你是個好人哩！」

高彥劇震道：「雅兒在說甚麼？」

尹清雅跳將起來，拂掉沾在百寶袍上的雪花，嬌呼道：「甚麼都沒有說，也不准你想歪了心，快起來！你是邊荒遊的指揮嘛！當然由你來作團領。」

高彥興奮的跳起來，道：「雅兒剛才不是說我是你的好夫婿嗎？」

尹清雅大嗔道：「人家何時說過你是好夫婿，只是說你是個好人，你怎麼聽的？」

高彥大樂道：「終於由雅兒口中再聽到稱讚我是好人的動聽話兒。哈！通常愛上了對方，又害羞時，才含蓄地讚對方是好人。我高彥如果還不明白，怎配作雅兒好夫婿。」

尹清雅方知中了他奸計，正要發作，驀地後方遠處上空爆開一朵綠色的光花。

高彥一震道：「向小子追來哩！我們快溜。」

一個縱躍，觸地時滑翔而去，尹清雅哪還有心情和他計較，忙追在他身後去了。

第六章　復仇之旅

平城。

拓跋珪披上外袍，從臥室走出內堂，崔宏正全副武裝的等待他。

拓跋珪微笑道：「秘人中計了，對嗎？」

崔宏道：「城西的太平糧倉於半個時辰前起火，同時燒著十多個火頭，致火勢一發不可收拾，還波及附近民居，幸好我們早有準備，只傷了十多人。現在道生正於現場指揮救火。」

拓跋珪點頭道：「雖然明知秘人會燒我們儲糧的主倉，我仍感事情來得突然，事前更沒有半點先兆，秘人確實是這方面的高手。」

崔宏道：「在我們加強城防前，秘人的縱火隊早潛伏城內，摸清楚了形勢。今晚更趁天氣轉寒、防守鬆弛的一刻發動，幸好儲糧已被散往城內各處的臨時糧倉。不過我們雖然沒有實際上的損失，卻被秘人成功動搖了民心，很可能會造成城民外逃的情況。」

拓跋珪斷然道：「誰要走，便讓他走吧！我本族的戰士絕不會有臨陣退縮之徒。」又沉吟道：「秘人既然一直潛伏城內，你們搬糧的情況會否落入他們眼裡？」

崔宏道：「每次搬糧前，我們都會在城內進行逐家逐戶的大搜索，秘人只顧著躲避，根本沒法理會其他的事。我們又以種種手法掩飾，所以秘人該眞的以爲成功燒掉我們大部分的糧食。」

拓跋珪思索道：「如果太平倉眞的被燒掉，餘糧只夠我們支撐兩個多月的時間，所以往邊荒集的購糧隊必須在短期內出發，這才可令秘人更深信不疑。」

崔宏道：「放火的十多個秘人從城北以勾索攀牆離開，打傷了我們五、六個戰士，照我看，城內該沒有秘人，但明天我們仍會進行大規模的搜索，以肯定此點。」

拓跋珪點頭道：「小心點總是好的。」

崔宏問道：「購糧隊該於何時出發呢？」

拓跋珪反問道：「崔卿有甚麼意見？」

崔宏道：「今次我們是不容有失，只有這個方法可引萬俟明瑤現身，再將她生擒活捉。所以我們必須等待邊荒集的消息，看如何與他們配合，如果燕兄可以及時趕來，便更理想。」

拓跋珪嘆道：「現在很多地方都在下大雪，令信鴿停飛，消息的傳遞只能靠人力。我們就靜待十天，如果仍沒有邊荒集來的消息，購糧隊必須立即起程，以免招秘人的懷疑。」

崔宏道：「如得族主賜准，我可以負責此一行動，且不須動用族主一兵一卒，我崔家的二百戰士會在數天內抵達平城，願為族主效死命。」

拓跋珪欣然道：「得崔卿負責此事，我有甚麼不放心的？」

崔宏恭敬的道：「我擬好整個計畫後，會上稟族主，再由族主決定。」

拓跋珪心中暗讚，崔宏最令人激賞處，除了他的智慧武功，更因他懂得與人相處之道，故能贏得長孫道生的交情，也使自己感到他一切以他拓跋珪為尊，不會獨行其是、妄自尊大，又或恃寵生驕。

點頭道：「就這麼辦吧！好哩！是到災場去看看的時候了。」

「到啦！」

尹清雅來到高彥身旁，訝道：「望台在哪裡呢？」

這是綿延數十里的丘陵區其中一片雪林內，高彥止步處地勢較爲平坦，一道溪流穿林而過，北岸是一座小山丘，擋著吹來的寒風，雪花仍是下個不休。

高彥指著東北方道：「觀察台在這方向的十多里處。」

尹清雅不解道：「那即是尚未抵達目的地，爲何你卻說到了呢？」

高彥道：「如果我們定要在黎明前趕抵觀察台，肯定我們要做一對同命苦鴛鴦。」

尹清雅搖頭道：「我不明白！」

高彥道：「道理很簡單，老向那傢伙剛才射出煙花火箭的時間地點，你不覺得有古怪嗎？」

尹清雅道：「有甚麼好奇怪的？他放出火箭，是要知會北潁口的敵人在前方攔截我們嘛！」

高彥道：「那老向是不是看到我們呢？」

尹清雅雖然江湖經驗不足，但終究是冰雪聰明的人，點頭道：「你說得對！他若發現我們，好應悄悄接近，攻我們不備。哼！這壞東西在打甚麼鬼主意？」

高彥道：「如果我沒有猜錯，當時他仍在山上，離我們尚有一段距離，見我們在整理飛靴，知道我們動身在即，故從山上把火箭射向我們處，造成在較近距離把火箭射上天空的假象。」

尹清雅皺眉道：「這有甚麼用呢？」

高彥道：「如果我們中計，會駭得亡命奔逃，因爲怕他追上來，慌不擇路下，大有機會直衝進敵人的天羅地網去。老向還可以跟在我們後方，不住朝天發射煙花火箭，指示燕人我們進入的位置，如此我們豈有僥倖可言？他奶奶的！老向想算計我，還差點道行。」

尹清雅欣然道：「有你這小子的！我們現在該怎麼辦？躲在這裡也不是辦法。」

高彥胸有成竹的道：「剛好相反，躲在這裡方是上策。愈接近北潁口，被發現的風險愈高。最大的問題是老向曉得我們的目的地，現在我們玩的遊戲叫捉迷藏，一旦被發現便完蛋大吉。」

尹清雅興奮的道：「是最刺激的捉迷藏。可是到不了觀察台，便沒法完成任務。」

高彥望著黑壓壓的天空，道：「我這條是惑敵之計，比的是耐性。趁現在下大雪的良機，我們神不知鬼不覺的在這片密林躲他娘的兩天，待老向以爲我們完成了任務又已離開，我們才到觀察台去，舒舒服服的看敵人在幹甚麼，有甚麼比這更寫意的呢？」

尹清雅聽得眉頭大皺，嘟著嘴兒道：「要在這鬼地方捱這麼久嗎？」

高彥笑道：「有我陪你，保證不會悶，何況我備有神奇營帳，躲也躲得舒舒服服的。哈！我沒有說錯吧？跟著我雅兒是絕不用捱苦的。」

尹清雅懷疑的道：「營帳？」

高彥拍拍百寶袍，道：「我若要騙雅兒，怎會找可被立即揭破的事來騙你？」又笑道：「看！這座林內小丘也不錯吧！環境優美，與世隔絕，便讓我們先過過兩天芙蓉帳暖、雙宿雙棲的夫妻生活如何？」

尹清雅從容道：「別忘記我的素女心法。」

高彥躍過小溪，頹然道：「這已成了我的椎心刺，怎會忘記呢？雅兒可否做個好心，告訴我你說的話不是眞的？」

尹清雅騰身而起，越過高彥，領先往丘頂掠去，嬌笑道：「你道我是你嗎？最愛瞎說騙鬼，人家才不會那麼低劣。」

高彥還有甚麼好說的，追在她後方上丘去了。

江文清站在指揮台上，發出命令，她的帥艦「大江號」解纜起航，駛離小建康的碼頭。來送行的卓狂生、慕容戰、拓跋儀、程蒼古、費二撇、姚猛、劉穆之、王鎮惡、呼雷方等人齊聲歡呼，益添行色。

順流而下，雙頭艦轉瞬間把邊荒集拋在後方。

大雪在黎明前停了，寒風仍繼續吹拂，江文清衣袂飄揚，心懷大暢。

自父親江海流飲恨於聶天還手底下，她便像陷進一個永無休止的噩夢裡，不但失去了信心，更失去了鬥志，因爲在殘酷的現實下，要重振大江幫的聲威根本是不可能的，更不要說殺聶天還爲她爹報仇雪恨。

可是劉裕把這一面倒的情況扭轉過來，令大江幫的戰船隊可重返大江，她定要好好把握這個機會，縱然最後與劉裕雙雙戰死，亦永不言退。

抵鳳凰湖後，她將與新建成的九艘雙頭艦會合，共赴建康。還有另十艘雙頭艦正在日夜趕工建造中，可於短期內陸續投入與天師軍的戰爭去。

站在她身旁的陰奇有感而發的道：「又和大小姐並肩作戰了。」

開始時，江文清並不喜歡陰奇這個人，那並非陰奇做了甚麼對不起她的事情，而是她一向不欣賞像陰奇般愛玩弄陰謀手段的這類人。可是經過多番並肩作戰、出生入死，他們之間已建立起絕對的信任和交情。

江文清道：「離開穎水後，我們分道揚鑣，陰兄領五艘戰艦直接由淮水出海，趕赴海鹽與劉裕會合。餘下的五艘由我領往建康，接載在建康的兄弟。」

陰奇點頭道：「大小姐思慮周詳，這個安排非常恰當，如此方不會引起司馬道子的戒心，還以爲我們元氣未復。」

又道：「但防人之心不可無，特別是像司馬道子這種反覆難靠的小人。」

江文清道：「如被司馬道子看破我們有防他之心，後果難測，所以我必須對他表示絕對的信任。」

陰奇聽得眉頭皺了起來。

江文清笑道：「陰兄放心好了！在建康借父蔭我還有一定的影響力，且司馬道子一方面知道我最大的仇人是聶天還，另一方面更要倚賴劉裕去應付天師軍，在這樣的情況下，他是不會蠢得自毀長城的。」

陰奇同意道：「是我過慮了。或許是因我們一直與司馬道子處於敵對的立場吧！」

江文清遙望穎水遠方山環水曲處，想起父親江海流因穎水而慘敗身亡，自己卻因穎水而能捲土重來，心中感慨。

離開邊荒集時，她已下定決心，與劉裕並肩作戰到底，一天未斬殺聶天還，她絕不會回去。

這將是她最後一個報父仇的機會。

「平湖萬頃碧，峰影水面浮。」

正午時分，洞庭西山終於浮盪於煙波浩淼的湖面上。

天氣仍未穩定下來，天上烏雲此去彼來，秋陽只曾短暫現身，瞬即被層雲掩去。

隔遠望去，洞庭西山峰影重重，數之不盡，山石景色，神奇莫測。眼前所見的岸崖滿目瘡痍，洞孔累累千奇百怪，岩石層層疊疊，景中有景，景景生情。

燕飛看得神舒意暢，因連夜操筏而來的勞累一掃而空。

這是第三度與孫恩決戰。首仗以自己慘敗告終，次仗可算作不分勝負，今仗又如何呢？

一路操筏而來，他都不住思索如何把仙門訣融入日月麗天劍法的武學難題，如何減少被仙門劍訣反震之力反傷己身的侵害，卻沒有想及孫恩方面。

孫恩又從天地心三珮合璧得到甚麼啓示呢？論才智武功，孫恩均在他之上而不在其下，且他積超過一甲子的功力，加上學貫天人，今回悍然向自己下戰書，當有一定的把握。

自學會仙門劍訣，先後與敵交鋒，例如聶天還、史仇尼歸、盧循和魔門三大高手，他一直是無往而不利，但今次是孫恩，會否有不同的結果呢？

他沒法肯定。

絕世的劍法，對上像孫恩般的人物，也必須有良好的戰略配合。如單與對方硬拚仙門訣，一個不好，會輸個一塌糊塗。

天才曉得孫恩能擋他多少記仙門訣。

尹清雅一覺醒來，昨夜臨睡前的渾身痠痛已不翼而飛，睜眼看到的是雪白的營帳內部，令她生出高度隱秘，但又明知只是錯覺的安全感。營帳的確是特製的，以眞絲織成，薄如蟬翼。

探手一摸，卻摸不到高彥。

尹清雅坐了起來，低呼道：「高彥！」

高彥剛好揭帳鑽進來，欣然道：「雅兒醒來哩！」

尹清雅道：「現在是甚麼時候？你到哪裡去了？」

高彥在她對面坐下，道：「尚有個許時辰便天黑，雅兒睡足一整天。我到了哪裡去？當然是探聽敵情，幾次回來雅兒仍熟睡未醒，我不敢打擾你的好夢，只好親個嘴兒後再出去辦事。」

尹清雅粉臉通紅，大嗔道：「你敢！」

高彥立即岔開話題，道：「一切果如我所料，敵人兵力薄弱，根本沒法擴大搜索範圍，只能局限在北潁口附近。這批燕兵不是慕容垂的精銳部隊，搜索行動更是敷衍了事。這也難怪他們，整晚沒覺好睡的，又捱夜又捱冷，照我看今晚我們已可出動。」

尹清雅仍不肯放過他，紅著臉兒道：「你快清楚交代對我做過甚麼使壞的事。」

高彥攤手道：「君子動口不動手，我的確沒有摸過雅兒，雖然想得要命。」

尹清雅一拳照他面門轟去。

高彥往後仰跌，低笑道：「我只是吹牛皮，實際上連口都沒動過。」

尹清雅拿他沒法，氣鼓鼓的不作聲。

高彥坐起來，笑道：「所謂一夜夫妻百夜恩，雖然隔著兩件百寶袍，我們總算……」

尹清雅喝道：「你這死小子、臭小子！」

高彥後悔道：「早知道該一件百寶袍作枕；一件百寶袍作被，我們便可同衾共枕了。今晚就這麼辦。」

尹清雅沒好氣道：「你倒想得美，我還沒有問你，爲何百寶袍有兩件，飛靴亦有兩雙，帳幕卻只有一個，是否你故意藏起來？」

高彥叫屈道：「營帳眞的只有一個，還是爲了雅兒的緣故，才特別帶來。換了是我一個人，把百寶袍一捲，甚麼地方都可以大睡一覺。」

又道：「不要看我這人吊兒郎當，事實上我做事一向小心穩妥，所以百寶袍和飛靴都有備份。哈！這樣的夫君，到哪裡去找？」

尹清雅冷哼一聲，不置可否。想了想道：「我們眞的不再多等一天嗎？」

高彥道：「我說要等待兩天，不是怕燕兵，而是怕秘人。幸好剛才我微服出巡，竟見不到半個秘人的影蹤，可知到邊荒來的秘人只有一個向傢伙，其他的都到平城和雁門湊熱鬧去了。這是個重大的發現。」

尹清雅皺眉道：「你不怕遇上向雨田嗎？」

高彥笑道：「向雨田雖然厲害，但總不是鐵打的，他也要休息和睡覺。何況隔了這麼一段長時間，他也不知搜到哪裡去了，撞上他的機會是微乎其微。」

尹清雅擔心道：「不要輕敵好嗎？」

高彥一呆道：「對！我確實有點被暫時的成功沖昏了腦袋。我就算不爲自己著想，也該爲雅兒著想。就這樣吧！待下一場大雪來臨時，我們才行動。看天色，兩個時辰內必有另一場風雪。」

尹清雅又以奇怪的眼光瞧他。

高彥笑道：「雅兒累不累？我最拿手幫人推拿，保證雅兒從未試過那麼舒服。」

尹清雅沒好氣的橫他一眼，爬起來鑽出帳幕去。

第七章　四大奇書

桓玄獨坐內堂，心中思潮起伏。

他想到譙嫩玉，此女眞是天生的尤物，女人中的極品，每次都能令他樂而忘返，令他完全忘掉了王淡眞，再沒有剛失去她時那種憤怨失落的感覺。

譙奉先更是超卓的智士，絕對可以代替侯亮生和乾歸，令自己對得天下更有把握。最湊巧的是譙奉先和屠奉三，他們的名字是那麼接近，這是否一種奇異的宿命，奉三會否有一天因奉先而亡？

門衛此時上報堂兄桓偉求見。

桓玄精神一振，知道是有新的消息來了，自侯亮生自殺身亡後，桓偉便負責侯亮生的職務。對桓偉的能力他是絕對的信任，而桓偉在情報方面的工作也做得非常出色。

桓偉直抵他身前，施禮後坐下。此人身材修長，腰板挺直，神色冷靜而自信，算不上英俊，但方形的臉卻予人穩重踏實的感覺，兩道濃眉更使人感到他精力充沛，永不會因事情的艱難而退縮。

桓玄微笑道：「建康方面是否有好消息？」

比桓玄長兩歲的桓偉深悉桓玄的性格，恭敬的道：「確有來自建康的最新消息，表面看還是個壞消息。」

桓玄不知如何今天心情特佳，興致盎然的道：「那就更要聽哩！」

桓偉道：「謝琰和朱序的南征平亂軍旗開得勝，接連收復吳郡和嘉興兩城，廓清了直攻會稽之路，隨時可沿運河南下，攻打會稽。」

桓玄眉頭大皺道：「是否太過容易了？」

桓偉道：「所以我說只是表面看來是壞消息，這擺明是徐道覆避其鋒銳、誘敵深入之計，因爲當謝琰派兵攻打附近海鹽、吳興和義興三城，天師軍卻據城力守，寸土不讓，令謝琰只能控制運河，卻沒法主宰運河旁的遼闊區域。」

桓玄道：「謝琰雖然名士習氣極重，但終究曾隨謝玄打過淝水之役，並非初出道的雛兒，怎都該知道是敵人的誘敵之計。」

桓偉道：「就算他不知道，朱序也會提醒他，可是他卻另有盤算。此刻他攻打的三城中，其中義興和吳興可互爲呼應，故穩如磐石，任南征平亂軍狂攻猛打，仍難以動搖其分毫。但另一靠海大城海鹽卻只是一座孤城，全賴隔著海峽的會稽、上虞和餘姚從海上支援，始能力保不失。謝琰有見及此，又見吳郡和嘉興得來容易，竟一意孤行，不理朱序的反對，一邊分兵牽制吳興和海鹽的天師軍，自己則率兵南下，意圖攻克會稽。」

桓玄道：「在策略上，這是正確的，只要佔據會稽，便可以牽制附近上虞和餘姚兩城，使天師軍無法從海路支援海鹽，如此海鹽絕撐不了多久。」

桓偉道：「表面看來如此，可是徐道覆乃善於用兵之人，肯輕易放棄吳郡和嘉興兩城，必有後著。而謝琰這傻瓜在陣腳未穩之際，冒險南下，一旦被切斷南歸之路，肯定全軍盡墨。」

桓玄思索道：「另一支由劉牢之率領的南征平亂軍動向又如何呢？」

桓偉微笑道：「劉牢之的水師船隊，由大江駛進大海，沿岸南下，看情況該是攻打天師軍沿海諸城，以配合謝琰進軍會稽。不過即使兩軍能會師會稽，情況仍沒有分別，兩支大軍加起來人數超過五萬，耗糧極巨，若被徐道覆成功切斷運河的糧線命脈，他們可以捱多久呢？」

桓玄聽得一雙眼睛亮了起來，卻沒有再追問南征平亂軍的情況，反問起楊佺期和殷仲堪來。

桓偉答道：「殷仲堪近月來與楊佺期往來甚密，聽說楊佺期把女兒許給殷仲堪的兒子，以進一步加強他們之間的關係。據探子回報，楊佺期日夜練兵，又與荒人日浹往來，暗中向荒人購買戰馬和軍備，且大幅加強轄地的城防。」

桓玄不由想起王淡眞，當日王恭亦有意把女兒嫁入殷家，以加強王殷二家的關係，被自己看破遂把王淡眞奪到手上。以門閥地位高低論之，殷家是高攀王家，現在則是楊家高攀殷家了。

桓偉低聲道：「楊佺期精通兵法，如據地力保，要收拾他須費一番工夫。」

桓玄微笑道：「如果殷仲堪有難，楊佺期可以坐視不理嗎？」

桓偉點頭道：「於情於理，楊佺期都要向殷仲堪施援手，更何況他們已成姻親的關係。」

桓玄不屑的道：「我明白殷仲堪這個人，膽小如鼠，只要令他感到我們正準備攻擊他，他肯定會向楊佺期求援，一旦楊佺期離開轄地，便如虎落平陽，任我宰割。」

桓偉點頭同意，更知桓玄早有定計，識趣地等他說下去。

桓玄沉吟道：「首先我們撤離江陵，然後在宜都集結兵力，如此必可嚇得殷仲堪魂不附體，哭著向楊佺期求援；另一方面，我們向司馬道子要求擴大領土，把楊佺期和殷仲堪的軍權全收到手上。司馬道子這個卑鄙小人，當然樂得看我們分裂互鬥，肯定會中計。」

桓偉叫絕道：「南郡公此計妙絕。」

桓玄哈哈笑道：「這叫天助我也，司馬家的天下將會被我桓玄取代，誰敢擋著我，誰便要死，而且死得很慘。」

他的笑聲充滿殘忍的意味，響徹廳堂。

拓跋儀進入北騎聯的主堂，慕容戰正在把玩一把精緻的匕首，見他進來，把匕首掛回腰帶去。

拓跋儀在他對面坐下，道：「昨天我來找你，你正像現在般坐著，令我有昨日又再重現的古怪感覺。」

慕容戰笑道：「我無聊時最愛坐在這裡想東想西的，不過你也說得對，人總會不住重複的做某一件事，養成了習慣。再扯遠些，大部分人每天都在重複昨天做的事，我們荒人算幸福的了，今天不知明天的事。」

拓跋儀嘆道：「我不敢斷定這是否幸福，就像駕小舟在驚濤駭浪上航行，任何一刻都有舟覆人亡之禍。」

慕容戰有感而發道：「所以我們每一刻都在奮鬥，爲的是未來勝利的一刻。拓跋當家的前景比我好，我唯一的願望只是千千主婢能無恙歸來，邊荒集會有一段較長的安樂日子。」

拓跋儀想起與拓跋珪的關係，暗嘆一口氣，但當然不會說出來。

慕容戰振起精神，道：「好哩！今回拓跋當家又有何指教？」

拓跋儀正容道：「我今次來見戰帥，是禁不起姚猛等央求，代窩友來向戰帥傳話，他們希望能得到戰帥的許可，出集接應高彥。」

慕容戰道：「有用嗎？」

拓跋儀老實的答道：「我認爲於事無補，但也認同他們的想法，怎都好過在這裡乾等。」

慕容戰道：「有幾分道理。」

拓跋儀道：「小軻最清楚高小子，每逢冰天雪地之時，從泗水回來，他總會循精心挑選的幾條路線，所以我們並非盲目的去找他。」

慕容戰道：「這事交由拓跋當家去辦吧！其中分寸利害拓跋當家該懂得拿捏。」

拓跋儀欲言又止。

慕容戰訝道：「拓跋當家還有甚麼想說的呢？」

拓跋儀道：「別怪我多事問一句，剛才戰帥把玩的匕首，是不是朔千黛送給你的呢？」

慕容戰訝道：「拓跋當家的眼睛很銳利。」大方的把匕首連鞘取出來，送到拓跋儀眼前。

拓跋儀沒有觸碰匕首，只以目光審視，道：「我果然沒有猜錯，是柔然族王族女子的『守貞刃』。」

慕容戰不解道：「守貞刃，名字爲何如此古怪？」

拓跋儀道：「這是柔然族王族女子於成年禮獲授的匕首，終身隨身攜帶，危急時可以之自盡，避免受辱。朔千黛是柔然族主之女，身分尊貴，此刃更具特殊意義。現在朔千黛肯把此刃贈你，自然更有深意，不用我說戰帥也該明白她的意思。」

慕容戰劇震不語，但目光再離不開桌上的匕首。

拓跋儀想起香素君，完全體會到慕容戰的心情，起身探手緊抓他雙肩一下，默然離去，當他離開北騎聯的外門，天色已黑，朔風迴雪又再飄降大地。

燕飛登上縹緲峰，孫恩傲然立在峰頂邊緣，正遠眺北面太湖煙雨迷濛的美景。

在燕飛到達山腰時，夜空灑下毛絲細雨，欲斷還續。自踏足洞庭東山後，他便感應到在縹緲峰恭候他的可怕敵手。孫恩的精神力量比之以前實不可同日而語，深博如淵海，無有窮盡，可知受到仙門的啓發後，孫恩攀上了武道的極峰，令他首次想到不能活著離開的可能性。

他再沒有絕對的把握。

忽然間，他曉得自己在精神力的比拚上，正處於下風。

但他卻沒有絲毫懼意。論火候，他的太陽眞火當然比不上孫恩千錘百煉的陽火，但他卻有孫恩欠缺的太陰眞水。孫恩是得其一偏，自己卻兩者兼得。

孫恩的一偏會否成爲他致敗的因由？而自己的水火並濟又能否使他贏得這場決戰？一切將於今夜揭曉。

沒有人比他們更明白對手的強弱，大家要比的是眞功夫。

在這宛如人間仙境的湖上大島，峰巒起伏，步步美景，景景觸情，令燕飛完全放鬆下來，一點不把即將來臨的決戰放在心上，且生出非常奇怪的感覺。

執眞爲假，執假爲眞。

從沒有一刻，他能如此深刻的去體會生命，體會眼前的這一刻。

置身於此突出群山之上的高峰處，對面則是平生大敵「天師」孫恩，山風拂拂，苦雨飄搖，在這似是孤立隔離的世界外，人間世正進行改朝換代、爭霸逐鹿的鬥爭，似與此刻無關，但在這裡發生的事，將會直接影響到外面激烈鬥爭的成敗。

背負在他身上是紀千千主婢的命運、邊荒集至乎南北的命運，造成他眼前的奇異處境，而這一切只是一個心的幻象，人類執假爲眞的錯覺，偏又是那麼有血有肉無比的眞實——這層次內與他血肉相連的眞實。

眼前的人不單是自己的勁敵，另一方面也是最知心的人，只有他和自己不只是「曉得」，而是眞的同時感應到仙門，同時勘破醒悟到正置身的天地，只是其中某個層次的現實。

從仙門的角度去看，眼前的鬥爭是全沒有意義的。

這眞是何苦來哉？

燕飛從容道：「天師別來無恙？」

正深情鳥瞰腳底下遼闊無垠太湖夜雨美景的孫恩，緩緩轉過身來面對燕飛，含笑欣然道：「燕兄你好！」

當孫恩轉身之時，燕飛感到整個峰頂都似隨著他旋動，這並非一種錯覺，而是一種異常眞實的感受。孫恩雖然身量高頎，但終究是凡人之軀，可是卻予燕飛一種頂天壓地的氣勢。燕飛在刹那間已掌握到孫恩之所以能使他有如此奇怪的感覺，皆因這對手的黃天大法已功行圓滿，成功與「黃天」渾成一體，再無分彼此。他面對的再非一個宗師級的高手，而是奪天地造化史無先例的異人。

一切都因仙門而來。

正因孫恩能引天地的力量爲己用，才能在精神和氣勢上壓著自己，令燕飛生出無法擊倒眼前武道

「巨人」的感覺。

燕飛嘆道：「我不明白！」

孫恩目光閃閃地打量他，整個人散發著深邃不可測度又詭異莫名的神氣，柔聲道：「燕兄明白與否並不重要，最重要是你來了。今夜我們之間只有一個人能活著下峰去，這是命中注定的。」

燕飛的心靈變得晶瑩剔透，一切清晰起來，包括每一個降落身上的小雨點，以及孫恩緊鎖著他的黃天眞氣。

微笑道：「這眞的是無可避免嗎？天師是否過於執著呢？在我來說一切只是個選擇問題，包括仙門在內。」

孫恩定神打量他，忽然道：「我們這世界是個非常奇異的地方，天數氣運更像一個大餅，於整個歷史而言，某時代分多了，另一時代會變得黯然無光，其中情況微妙難言。像春秋戰國之時，諸子百家興起，老莊孔孟綻放光芒，以後的秦漢便只能重複或加以演繹，卻無法超越前人。仙門更是天運裡的天運，能沾仙緣的固是無比的福分，但能破空而去者，也不會是人人有分。你相信好，不相信也好，你和我只有一個人能進入洞天福地，其他的都是廢話。」

燕飛皺眉道：「即使你擊敗我又如何呢？如此便可練成破碎虛空，抵達彼岸嗎？」

孫恩現出一個詭異的笑容，油然道：「你怎會曉得『破碎虛空』此載於天下第一奇書《戰神圖錄》的最後一招？」

燕飛微笑道：「誰告訴我並不重要，天師如決意一戰，我燕飛只有奉陪。」

孫恩欣然道：「橫豎你來了，我也不急在一時。難得有這個機會，先讓我們閒聊幾句，否則恐怕以後再沒有機會。」

孫恩雖說得友善輕鬆，但燕飛卻清楚他正全面施展黃天大法，一陣火熱的眞氣像海洋浪潮般沖擊而至，無隙不窺的在找尋自己的破綻弱點，只要他燕飛的心神稍有失守，孫恩的攻勢會排山倒海的直攻而來。

他以仙門劍訣爲骨幹的「日月麗天大法」亦全力施展，以對抗孫恩挾天擁地般的「黃天大法」，生命正處於最濃烈異常的境況。

燕飛淡淡道：「天師有甚麼好話題呢？」

孫恩道：「你聽過四大奇書嗎？」

燕飛道：「《戰神圖錄》是否其中之一呢？」

孫恩點頭應是，然後道：「其他便是《天魔策》、《慈航劍典》和《長生訣》。除了《慈航劍典》仍安然供奉於佛門的一個神秘聖地外，另三本奇書均不知所終。此四書均有一共通點，就是與破空而去有直接關係，代表著人們對洞天福地的憧憬和追求。燕兄你明白嗎？在我們之前無數的前賢智者，殫思竭慮，無非在追尋這開啓仙門之法，以武入道。我和你能親身體驗仙門開啓的異況，實是無比的福分。」

燕飛微笑道：「我明白了！」

孫恩訝道：「你明白了甚麼？」

燕飛油然道：「我明白了此戰爲何勢在必行，無可避免。」

「鏘！」

蝶戀花出鞘。

就在這一刻，漫天風雨似全聚集到蝶戀花的劍鋒去。

第八章　縹緲之戰

漫天的風雨當然不會集中到劍鋒去，可是蝶戀花的劍氣，卻確實令人有漫天風雨集此一劍的感覺，筆直射向立在崖緣處的孫恩。

孫恩現出錯愕的神色，顯然未曾想過燕飛竟可以單獨使用太陰氣，不含絲毫陽火，令陰水至純至淨，沒有其他任何雜質。要知陰陽術家有所謂物物一太極——就是任何事物，不論大小，都是一個太極，而太極正是由一陰一陽組成，沒有東西能例外。

例如孫恩的黃天大法，也是由陰陽組成，他的太陽眞火亦是一陽一陰，只不過是「陽中之陽」，「陽中之陰」。正因爲如此，他必須把「陽中之陰」化爲「陰中之陰」。在一般情況下，這根本是不可能的。

所以安玉晴雖因洞極丹練就太陰之氣，可是她的陰中之陰仍含有「陰中之陽」，要練成極端相反的「陽中之陽」，是毫無可能的，正如水和火不能以等勢等況同時存在、互補長短，增添對方威勢，共同發揮效用。孤陰不長，要練成純陰而不含陽的太陰氣已是難之又難，遑論同時擁有純陰、純陽之氣。

從這角度去看，燕飛現今的「日月麗天大法」，實是獨步古今的曠世絕學。

孫恩的目標，就是要把「黃天大法」裡的「陽中之陰」，借燕飛而化爲「陰中之陰」，燕飛等於他的洞極丹，服食後他將變成另一個燕飛，遂可施展「破碎虛空」此一終極招數，開啓仙門，渡往彼岸。

他之所以爲之錯愕，除了燕飛不像上一次決戰般陰陽並施，更因爲太陰眞氣的特性，在這天地濕寒之際，威力倍增，就如上次在火場內，燕飛能把凡火轉爲己用，令其劍氣有無堅不摧的威力。

在天時、地利、人和上，他已是失時，而於其他兩項上，他也佔不到便宜。

要就那麼擊敗燕飛，孫恩自問有十成十的把握，問題在如果眞的殺死了燕飛，他的仙門夢將告完蛋，終其餘生只能對洞天福地望洋興嘆，緣盡於此。

孫恩的難處是必須佔奪上風，控制戰局，牽著燕飛的鼻子走，令燕飛的太陰眞氣無所宣洩，太陽眞氣卻逐漸損耗至一滴不剩，然後他便可以施展從仙門領悟回來的「黃天無極」招數，逼燕飛比拚功力，最後把燕飛的太陰眞氣完全吸納，便可大功告成，完成不可能的事。

可是如果燕飛只以純陰之氣來抗衡自己，那損耗的只是燕飛的太陰之氣，燕飛陰氣愈弱，對他的大計愈是不利，他哪能不爲之愕然。

燕飛是否已看破他的企圖呢？

孫恩閃電飄前，撮指前劈。

方圓十多丈內的寒風細雨，隨著蝶戀花離鞘而出，以驚人的高速聚集到劍鋒噴發的劍氣去，突破了任何劍術宗師人力有時窮的極限，變成至陰至寒之氣，實有非人力所能抵擋的可怕力量。

但當孫恩移離立身處的一刻，燕飛卻感到高峰的整個天地似被孫恩牽動的樣子。孫恩再非孫恩，而是天和地的本身，也像天地般雖然不住轉化，但卻是無有窮盡。

這才是黃天大法的極致，盧循的黃天大法比起來只像剛學爬行的初生嬰兒。

孫恩的手掌在前方擴大，變成遮天覆地的一擊。

燕飛明知肉眼所見是一種錯覺，但仍然被孫恩龐大無比的精、氣、神完全吸攝，沒法破迷得眞，遂也沒法變招化解，就那麼被孫恩的手刀一分不差的命中蝶戀花鋒銳最盛處。

沒有絲毫勁氣交擊的爆響，亦沒有勁氣激濺的正常情況，被孫恩劈中劍鋒的一刻，劍勁如石沉大海，無影無蹤。

燕飛醒悟過來，在刹那間明白了甚麼是黃天大法，但已痛失先機。

那種極虛極無，滿身氣力卻無處宣洩的感覺，令燕飛難受至極點，且在沒有選擇下，不得不以陽火代替陰水，同時往後疾退，蝶戀花化作一個又一個以太陽眞氣劃出來的劍圈，布下一重又一重的陽勁。

果如所料，孫恩一聲長笑，黃天大法從虛無變爲實有，一時方圓十丈之地，盡是如火如燄的狂流勁飆，從四面八方向燕飛打去，他本人則雙手幻化出無數掌影，每一掌都準確無誤穿入燕飛劃出的劍圈去，而燕飛的獨門圈勁則應掌而破。

燕飛在疾退，孫恩則如影隨形的窮追不捨，不予他有絲毫喘息之機。

燕飛心中有數，這一刻是生死勝敗的關鍵，像他們這般級數的高手對壘交鋒，勝負只在一線之差，一旦落在下風，將失去反擊之力，至死方休。

更可慮者是以陽氣對陽氣，他根本不是孫恩對手，這等於以己之短，抗敵之長，失去了太陰氣天性剋制太陽氣的奧妙功能。

勝負的關鍵一刻，就在此時。

一著之差，又或一念之失，將會令他輸掉此仗。

唯一可扭轉敗勢的，只有施出孫恩作夢也沒有想過的劍法——仙門劍訣。

燕飛此時已退至峰緣，再退一步，便要往陡峭的峰坡掉下去，連忙化退陰符為進陽火，劃出最後一個劍圈。

太陰眞氣布下最後一重圓滿和充滿張力的劍氣。

原來陰氣、陽氣各有本身不能改移的特性。

陽主進，陰主退；陽氣速進速退，陰氣卻是進緩退緩。所以燕飛這招把仙門劍訣融入日月麗天劍法的奇招「仙蹤乍現」，必須利用陰陽不同的特性，先布下以純陰之氣形成的劍勁，始能再以純陽之氣點燃引發陰陽激盪所產生的仙門劍氣。

換句話說，如果他是以太陰眞氣布下劍勁，孫恩絕不會像現在般見招破招，輕鬆容易。

孫恩的掌刀穿花蝴蝶般往他這最後一圈攻來，令人看得目眩神迷，根本沒法測度他最後穿進圈內的是左掌還是右掌。以招式論，孫恩確已臻達出神入化、登峰造極的境界。

燕飛再由進陽火變為退陰符，太陽眞氣透劍鋒烈火般噴射，直擊孫恩穿入最後一重的太陰眞氣裡吸攝了燕飛心神的手掌。

「劈喇！」

驚心動魄的電光，閃於劍鋒和掌鋒之間，燕飛全身劇震，眼、耳、口、鼻滲出血絲，但雙腳卻穩立於峰緣，沒有倒跌下去。

孫恩則像斷線風箏般向後拋飛，在空中連續兩個翻騰，落回另一邊崖緣處。

一切便像沒有發生過任何事，只有當事者方曉得剛才龍爭虎鬥的激烈處，彷如在鬼門關前徘徊，稍一失足便會錯踏進去。

兩人目光交擊。

燕飛體內眞氣翻騰不休，五臟六腑倒轉了過來般難受，太陰、太陽兩股眞氣於經脈內激盪衝突，因而沒法趁勢追擊，無從得知孫恩還能捱多少招仙門訣。

孫恩也一時說不出話來。

好一會兒後，孫恩沉聲道：「我眞的沒有想過，你竟練成了小三合。」

燕飛以手拭抹沾在鼻下唇邊的鮮血，右手握著的蝶戀花斜指地上，輕鬆的問道：「甚麼是小三合？」

孫恩神色平靜的答道：「天地心合璧爲大三合，你能在劍法上重演三珮合一的情況，但威力仍未足以破開虛空，便是小三合。」

燕飛直覺感應到表面看來全無異樣的孫恩亦受了點傷，卻比自己受傷較輕。這個發現令他心中震盪，因爲自悟通「仙門劍訣」後，他還是首次在施展此招時，對手能佔上便宜。由此推之，眼前此刻的孫恩，他的黃天大法，實在他燕飛的「仙門劍訣」之上。

爲何會如此呢？難道「破碎虛空」並非最終極的招數？又或他的「小三合」仍未成氣候？

孫恩的眞氣又開始籠罩過來鎖緊他，在氣機牽引下，對手又是孫恩，他想逃也逃不了，只有竭盡所能，敗此強敵。

「好！好！好！」

孫恩連說了三聲好，接著兩手高舉張開，本隨風拂揚的衣衫反靜止下來，而他卻似成爲一個風暴的核心，把整座山峰完全置於他引發的風暴威力籠罩下。

天地先靜止了刹那光景，然後燕飛身處的四周開始狂風大作，風雨隨著勁氣形成一個又一個漩渦，如實質旋轉著的兵刃，割體而來，短促而有力，愈颳愈猛，沒頭沒腦地攻向燕飛。

一時間漫天風雨在孫恩勁氣的引導下，狂舞亂竄，山峰景物輪廓變得模糊不清，燕飛腳踏的實地也似變成泥沼浮沙般不穩，那種感覺，若非身歷其境，怎也不會相信天下間竟有如此威力無儔的招式，似永不衰竭、無有窮盡的可怕功法。

比起孫恩，魔門前輩高手衛娥的氣場，只是小兒的玩意。

這是不可能的。

孫恩功力的表現，已完全突破了人力至乎任何武學大師的極限，高深莫測。

不過事實擺在眼前，正如他從三珮合一領悟了「仙門訣」，孫恩也從中得到大益處，把黃天大法推展至這至高無上的層次。

每一下割體而來的氣勁漩渦，都損耗了燕飛少許的護體眞氣，而當漩渦前仆後繼，接踵而來，甚至有些時候兩個或以上的氣旋同時襲體，燕飛的損耗更大。

孫恩的黃天大法有種把天地宇宙的狂暴全集中於此的驚人感覺，令燕飛生出被完全隔斷了與外界的連繫，絕對地孤立無援，被氣海急旋淹沒了的感受，只要他撐不下去，就會像玩偶般任憑孫恩的勁氣擺布，失去自主力量。

此時的孫恩，在他眼中變成了個能操天控地的巨人，而他卻生出藐小和不自量力的頹喪感，狂怒的氣旋從四面八方襲來，咆哮怒叫。

對方似是有用不盡的力量，而自己則在不住損耗中，那種彼長我消的可怕感覺，構成最難以抗拒的壓力。

一時間，他知道自己又落在下風，而孫恩則正逼他在極度劣勢裡作出反擊。

他如何才可以扳平呢？

蝶戀花遙指對手。

燕飛神色平靜，彷如一座任由風吹雨打亦永不會動搖分毫的高山峻岳，雙目異芒遽盛，全身衣袂則飄揚作響，加上先前眼、耳、口、鼻滲出猶未乾透的血絲，形相詭異至極點。

在孫恩力逼下，燕飛只好施出全身真功夫來拚個生死，在如此正面對決的情況下，甚麼計謀手段都派不上用場。

連孫恩也不曉得，他現在即將施展的反擊，實在是被孫恩逼出來的，他從未試過是否可行，只知道唯有此招方可破去孫恩那人力所沒法抵擋的功法，不成功便要成仁，其中沒有絲毫緩衝的餘地。

太陽真火源源不絕注入遙指著孫恩的蝶戀花裡去，左手則緩緩舉起，掌心向外，當蝶戀花積蓄了爆炸性的能量，燕飛從容道：「不知天師此法可有名稱？」

孫恩雙目厲芒大盛，長笑道：「告訴你又如何呢？此招乃本人『黃天大法』中名為『黃天無極』的絕學，像你的『小三合』般已超乎一般武學的範疇，非人力所能抗衡。」

燕飛微笑道：「小三合又如何呢？」

剛說畢此話，左掌推出。

以孫恩的眼光識見，一時也弄不清楚燕飛出掌的玄虛。

原來燕飛此掌不但無聲無息，且非直接攻向孫恩，反是向孫恩立處左方的虛空發出，表面看似不含任何勁力，可是卻帶得孫恩正籠罩燕飛的氣場，整個隨燕飛虛無至極的一掌往孫恩左方移開去。

燕飛頓感渾身一鬆，曉得成功失敗，就在此刻，連忙逆氣流而上，人劍合一的刺向孫恩。

孫恩嘆道：「你想找死嗎？」高舉的雙手合攏起來，掌心互向，一股氣勁立時誕生於雙掌之間，向衝至的燕飛潮沖而去。

燕飛長笑道：「天師中計哩！」

驀地旋轉起來，竟是要硬捱孫恩一招，蝶戀花鋒尖氣發，太陽眞火如雨暴後激發的山洪，沖向孫恩的左方虛空處。

「蓬！」

燕飛硬受孫恩的一擊後，變成個陀螺般反旋開去。

同一時間，孫恩左方被眩目的激電以樹根狀的形態撕開，猝不及防的孫恩被突如其來的電火震得整個人踉蹌往橫急跌，還差點滾倒地上，狼狽非常，當然也沒法趁勢追擊燕飛。

在抵峰緣前丈許處，燕飛的旋轉開始減緩，到崖緣處旋動終止，剛站穩了，猛地張口噴出漫天鮮血，顯然受了嚴重的內傷。

孫恩也終於立定，又往橫再跌一步，這才立穩，張口吐出一小口鮮血，容色轉白，望往燕飛，臉上露出難以置信的神色。

燕飛俊偉的面容血色褪盡，亦感到難以相信，孫恩竟能在直接被仙門劍訣命中的情況下，仍只是吐出小口鮮血，受的傷比自己還要輕。

這是不可能的。

問題究竟出在甚麼地方呢？

至陰、至陽相激下產生的小三合力量，絕不是孫恩以太陽眞火爲主的黃天大法所能抗衡的。

孫恩的位置轉移到燕飛右方，正以奇怪的目光瞪著燕飛道：「三十年來，還是首次有人令我孫恩負上不輕的內傷，敢問燕兄是否還有再戰之力？」

燕飛盡量不去視察經脈內的傷勢，嘆道：「孫天師如仍不肯罷休，我燕飛只好捨命陪君子。不過再交鋒，勢將分出生死，恐怕這非天師想見到的吧？」

孫恩點頭道：「你能如此施展小三合，確實在我意料之外。」

又笑著道：「你的確是靈慧俱全、有大智慧的人，看破本人與你決戰背後原因。今次算你勉強過關，但下一仗將是另一回事，如果你仍只限於小三合的功夫，肯定輸得很慘。」

燕飛道：「天師是否要約期再戰？」

孫恩道：「不論你躲到天涯海角去，我仍有辦法尋著你，這方面你該清楚。」

燕飛淡淡道：「我從沒有想過避戰，正如天師所說，我們之中只有一個人能破空而去，不是你便是我，在天師眼中，我燕飛乃天師能否練成『破碎虛空』的關鍵，但不知天師是否曉得，你現在亦已變成我能否練成大三合的決定因素。不如這樣，一年後的今天，我們在此重聚，再決雌雄如何？」

孫恩仰天笑道：「好！就此一言爲定。」

說畢縱躍而起，落往右方峰坡，消沒不見。

燕飛全身劇顫，坐倒地上，再吐出另一口鮮血。

第九章　深入敵境

尹清雅掠到高彥身旁，像他般俯伏雪地上，往小丘另一邊望去。問道：「有甚麼問題？」

他們置身處是北潁口西南方的丘陵山地，愈接近北潁口，地勢愈趨平坦。此時他們已抵達丘陵地盡處，外面盡是雪原雪林，如果不是雪花紛飛，又值夜深之時，很容易便會敗露行藏。

高彥湊在她耳邊道：「外面縱橫七、八里之地，本是個容易藏身的長草原，現在卻變成個一望無際的雪原，只間中有幾棵冷得發抖的老樹在撐場面。」

尹清雅皺眉道：「不要誇大，樹怎會像人般發抖呢？」

高彥笑道：「當你一個人在荒野中悶得發慌的時候，你會把一草一樹都當人般看待，如此荒山野嶺才會變得有趣起來。嘿！邊荒不論是畜牲和花草樹木，或是高山小石，都是我高彥的朋友，還有山神地仙都在保佑我，只要你睡覺時緊靠著我便成，一定可沾到我的福氣。」

尹清雅為之氣結的道：「說來說去，兜兜轉轉，最後都是這些話。少點廢話好嗎？天亮前我們必須抵達觀察台，否則肯定會死得很慘。」

高彥道：「往觀察台的所有路線中，以這無遮無掩的雪原最容易被敵人發現，只要對方在雪原另一邊的樹林設置瞭望台，任何想偷過雪原的人都要無所遁形，所以這條路線也是最危險的。」

尹清雅不解道：「那你為何還在此發呆呢？還不快到最安全的路線去，我們有很多時間嗎？」

高彥胸有成竹道：「敵人中最令我害怕的只有一個人，就是向雨田，如果在另一邊守候我們的是他，肯定我們要完蛋。」

尹清雅道：「看你的樣子，是肯定他不會在雪原的另一邊。」

高彥點頭道：「當然肯定，因爲向雨田是個聰明的傢伙，聰明人當然沒想過笨辦法。如果我沒有猜錯，由於在潁水西岸老向和燕人遍尋我們而不獲，當會猜測我們躲往東岸去，至乎逃進了巫女丘原的沼澤區，卻不知我高彥膽大包天，依然留在西岸。」

尹清雅道：「你的話合情合理，我也相信向雨田不在附近，但如何越過這雪原區，又不虞被敵人的哨兵發覺呢？」

高彥坐了起來，笑道：「這便要靠我們特製的雪上飛車了！」

尹清雅陪他坐起來，訝道：「雪車？」

高彥道：「我們先借飛靴滑行的便利，深入雪原，到離那邊的樹林區尚有里許的距離，把兩雙飛靴脫下來，再用我帶來可伸縮的鋼枝造成支架，飛靴當作輪子，變成可乘載我們兩人偷渡雪地的滑車，便可神不知鬼不覺地溜進雪林去。」

尹清雅欣然道：「你這小子古靈精怪，最多鬼主意。」又懷疑道：「你以前試過嗎？這樣的車子眞能在雪地滑行？」

高彥道：「當然試過！這正是我要造兩雙飛靴的原因。我在下你在上，只要把手變成櫓槳，把雪當作水，可像船兒般在雪海上滑行，快捷便妥。由於我們的百寶袍沾滿了雪，兼之敵人哨兵身疲眼倦，在風雪連天中，保證我們在他們面前闖過，敵人仍要懵然不覺。」

尹雅道：「那我不是要整個人伏在你身上嗎？」

高彥笑道：「老夫老妻，有甚麼好計較的？」

尹清雅探手過去，重重在他臂上扭了一記，痛得高彥齜牙咧嘴時，狠狠道：「想佔我便宜嗎？這就是要預付的代價。假如我發覺另一邊根本沒有敵人，我會要你好看。」

高彥把另一邊手臂伸向尹清雅，道：「再多扭一下，我願付出更大的代價，多佔點便宜。」

尹清雅「噗哧」笑道：「死小子！」

高彥把嘴巴移往她耳旁，道：「好玩嗎？」

尹清雅俏臉紅起來，狠狠白他一眼，跳將起來，道：「我們動身吧！」

燕飛在縹緲峰站起來，環目掃視遠近臣服於腳下高矮不一的群峰，心懷舒暢。

綿綿細雨下個不休。

經過近兩個時辰的運功療治，他勉強壓下了傷勢，但若要完全痊癒，至少還須十天的工夫。孫恩的黃天大法，其殺傷力遠超過魔門三大高手，對他造成嚴重的損害，令他經脈受損，如果不是他身具至純至淨的先天奇功，恐怕永遠不能完全復元過來。

由此看，孫恩的確有「殺死」他的力量，或說是力能摧毀他的肉體，使他變成永遠徘徊於人間的孤寂遊魂。

即使他確是能永生不死的人，回想起剛才的情景，也有死裡逃生抹一把冷汗的驚悸感覺。

他能安度此戰，造成兩敗俱傷的局面，令孫恩無功而退，靠的當然是實力和本領，但更重要的是先一步看破孫恩的意圖。而他之所以能掌握孫恩的情況，是因爲他明白孫恩。

對孫恩來說，只有仙門才具有意義，所以孫恩要與他決戰，肯定與仙門有直接的關係，與孫恩能否練成「破碎虛空」有關。

燕飛暗嘆一口氣，如果孫恩的目的只是殺死他，恐怕他已橫屍縹緲峰，孫恩的黃天大法肯定在他之上，幸好他心有圖謀。

假設他不能在明年今日之前，勘破擊敗孫恩的法門，不要說甚麼攜美進入洞天福地，還會「死」得很慘。

燕飛搖搖頭，啞然失笑，下山去也。

高彥和尹清雅在雪林內滑翔，頗有逍遙寫意的感覺。

他們終於偷越過敵人最後一重警戒線，深入敵境。這片雪林綿延廣被，縱橫數十里，覆蓋穎水西岸和泗水南岸的遼闊區域，也是偵察敵人的最佳掩護。

今鋪高彥可說是賭贏了，押注在向雨田到了穎水東岸去，賭注則是他們的生命。高彥的障眼法可輕易瞞過燕人的哨兵，卻絕瞞不過像向雨田般高明的人。

倏地高彥停了下來，接著撲往就近一棵大樹，把耳朵貼向樹幹去。

尹清雅來到他身邊，卻不敢打擾他。

好一會兒後，高彥把頭移離樹幹，道：「大批敵人正從北面徒步走過來。」

尹清雅大吃一驚道：「還不快逃！」

高彥道：「逃往任何一個方向，都一樣危險，敵人精通搜索之術……」

尹清雅截斷他道：「我們躲到樹頂如何？」

高彥道：「這絕不是辦法。最頭痛是我們必須在天明前趕到觀察台去，否則若日上三竿，雪又停了，敵人派出獵鷹、惡犬，我們更難倖免。」

尹清雅差點哭出來：「那怎辦好呢？」

高彥出奇的冷靜，忽然道：「出嫁從夫，隨我來！」

尹清雅有點哭笑不得的感覺，但哪還有閒情和他計較，忙隨他在林內迂迴曲折的前進，片刻後來到林內一個隆起的小丘旁，這裡的樹木特別茂密，一道小溪繞著小丘的低窪地流過來，溪旁怪石嶙峋。

高彥道：「脫下百寶袍，千萬勿要拂掉袍上的雪。」

尹清雅開始有點明白高彥要玩的把戲，連忙依他之言小心翼翼的把百寶袍脫下來，露出青色的勁裝和玲瓏嬌美的身段。

高彥正全神觀察溪旁一組又一組的大石，選擇目標，當他的目光移到尹清雅身上，立即亮起來，讚道：「雅兒眞美！」

尹清雅氣道：「死到臨頭，仍是這副德性。」

高彥探手抓著她柔軟的小手，拉著她直抵溪旁一組亂石陣去，笑道：「我們扮一塊大石如何？這塊石若不是叫姻緣石便是夫妻石。」

尹清雅擔心的道：「若給燕人踏在我們這塊石上，我們還有命嗎？」

高彥道：「技巧便在這裡，我們這塊石擠在兩塊巨石間，一半浸在溪水中，加上我們福大命大，肯定可以過關。」

尹清雅沒法子，照高彥的指示先蜷伏在溪旁兩石之間，讓高彥把百寶袍覆蓋在身上，接著高彥鑽進百寶袍來，把他那件百寶袍蓋著臨溪的另一邊，接著探手把尹清雅摟個結實，還在她耳邊道：「好玩嗎？」

尹清雅「咿唔」一聲，沒有說話。

高彥收回一手，掀開百寶袍，探頭外望，又立即縮回來，低聲道：「我看到燕人的火把光了！」

尹清雅嬌軀輕顫，以低語般的聲音道：「死小子！不准吻我。」把俏臉埋入他的頸項處。

高彥軟玉溫香抱滿懷，眞不知人間何世，今夕何夕。甚麼危險都拋於九霄之外。嗅著尹清雅醉人嘴唇有意無意間輕碰尹清雅的香唇。

的體香髮香，感受著她動人胴體的溫熱，心忖人生夫復何求？

尹清雅道：「你以前扮過大石嗎？」

高彥道：「雅兒放心，扮石頭是我拿手本領之一，扮雪石更是十拿九穩，絕不會出岔子。」

人聲傳來。

不知是否出於害怕，尹清雅主動摟緊他的腰，還相當用力，高彥樂得差點靈魂兒出竅，心花怒放。

迷迷糊糊間，四周盡是長靴踏上積雪的沙沙聲，獵獵作響的火把聲和間中傳來的叱喝叫聲。

那種處於最危險但又似是最安全地方的極端對比，令兩人生出同命鴛鴦的感覺。

吵聲漸去，忽又有蹄音傳來。

高彥暗呼好險，因爲他差點掀袍去看外面的情況。

倏地感到尹清雅在他背上以指尖比畫了一個字，只可惜他心神放到外面去，漏了開始的筆畫，根本不曉得尹清雅畫了個甚麼字。頑皮起來，也在尹清雅背上寫了個「妻」字。

來騎已抵兩人隱藏的大石處，還停了下來。

兩人大氣也不敢透半口，因怕最細微的動作，都會令敵人驚覺，但尹清雅心兒卻在「霍霍」急跳著，顯然她心中害怕，反是高彥心跳聲更微細了，可見在冷靜功夫上，高彥確實勝過武功比他高的尹清雅。

高彥並不擔心，馬兒噴氣的「呼嚕」聲、火把燃燒的聲音，可將任何微細的聲音蓋過，何況還隔了件百寶袍。

一個男聲響起道：「高彥和小白雁可能眞的溜到東岸去了。」

高彥還是首次聽到此人的聲音，更奇怪他不說鮮卑話而說漢語。

另一個男聲道：「高彥這小子別的不行，但做探子的確非常出色，且狡猾如狐，我始終認爲向雨田是低估了他。哼！他這個人太驕傲了，根本不把任何人放在眼裡。」

高彥有耳熟的感覺，偏是一時間沒法想起此人是誰。

先前的男子道：「向雨田是有資格驕傲的，只要他能殺死燕飛，荒人將不戰而潰。唉！看來今次的搜索又沒有結果，高彥究竟躲到哪裡去了？」

另一個男子道：「我管他躲到哪去，正如向雨田說的，他始終要到北潁口去，我們已在那裡張開天羅地網，等他和他的小情人投進去。」

胡沛！

高彥終於記起他是「大活彌勒」竺法慶的徒弟胡沛，一直潛伏在以前邊荒集的漢幫內做臥底，極得漢幫龍頭祝老大的寵信，重創祝老大後潛逃，祝老大終告不治。想不到他竟成了慕容垂的走狗，今次更被慕容垂派來對付他們荒人。此人對邊荒的形勢頗爲熟悉，難怪在防守放哨上這般嚴密，連他高彥也差點著了道兒。

不過今回自己能在一旁偷聽他說話，正顯示自己仍穩勝他一籌。

最早開腔說話的男子道：「當雪停了，我們便可以放出獵鷹，那時高小子和小白雁勢將無所遁形。」

胡沛諂媚的笑道：「我們今趟是穩操勝券，只要我們夾岸建成六座堡寨，任荒人如何悍勇，也難越北穎口半步。宗將軍立此奇功，將來必得皇上重用，宗將軍可千萬別忘了我胡沛。」

高彥心中一動，從「宗將軍」猜到另一人必是有「小后羿」之稱的宗政良。

宗政良道：「今次皇上派我來之前，曾找我說話，問我可曉得爲何會派我負此重任？」

胡沛興致盎然的問道：「宗將軍如何回答？」

宗政良嘆道：「坦白說，我是眞的不明白。嚴格來說，我是有過無功，屢次吃虧在荒人手上。於是我只好說不明白。你道皇上如何答我？他說正因我多次失敗，故不會有輕敵之心，只要我能從失敗中汲取教訓，明白荒人的手段，今次將可不負他所託。」

胡沛沉默下去，高彥也爲他難過，因爲他拍馬屁拍錯了地方。

宗政良道：「所以我絕不會認爲自己是穩操勝券。這場早來的大雪，對我們有利也有弊。好處是荒人在我們建成堡寨前難以反攻，壞處是我們的支援隊伍在風雪停下前沒法開赴北穎口來。今次我會打起十二分精神，不容有失。」

胡沛道：「皇上眞會用人，宗將軍肯定是主持這次任務的最佳人選。一旦我們的援軍開到，那時只要據寨力守，寨與寨間又能互相呼應，以逸待勞，荒人來攻，與送死並沒有分別。」

宗政良道：「現在當務之急，是拿下高小子，令荒人弄不清楚我們虛實，到建成堡寨後，荒人若要反攻，已痛失時機了。」

接著一陣長笑，策騎而行。

隨行的百多騎隨他往南馳去，迅速去遠。

尹清雅放開了摟著高彥的玉手。

高彥又待片刻，在尹清雅耳旁道：「雅兒剛才在我背上寫的是甚麼字？」

尹清雅在他臂彎內輕掙了一下，沒有說話，只「嗯」的叫了一聲。

高彥找到她的臉蛋，親了一口，道：「是不是個『夫』字？」

尹清雅把他的下巴抓著，令他沒法再輕薄她，大嗔道：「我去你的娘，我是絕不會嫁給你這個壞蛋的。快放開我。」

高彥道：「親個嘴兒……噢！」

尹清雅另一手在他脅下戳了一記，痛得他全身抖震。

尹清雅狠狠道：「若不是見你半邊身子浸在水裡，還有得你好受的，居然摟人家摟得這麼用力。」

高彥道：「彼此彼此，你摟得我很輕嗎？差點連卵——噢！沒甚麼。」

尹清雅掀開蓋在身上沾滿雪花的百寶袍，掙開他坐了起來。

高彥也坐起來，笑道：「剛才舒服嗎？」

尹清雅仍是粉臉通紅，橫他一眼道：「不要說廢話，我們還要趕路呢！」

第十章　覆舟之喜

「到哩！」

尹清雅趕到高彥身旁，見前方黑漆漆一片，也分不清楚是樹叢還是山丘，不解道：「你的觀察台在哪裡？」

高彥往後便坐，原來後面有塊大石，這小子坐個四平八穩，輕鬆的道：「雅兒坐到我身旁來，這塊石頭是我精心挑選的，又平又滑，保證雅兒坐得舒舒服服。」

尹清雅實在累了，只好依言靠著他坐下，旋又站起來，改在他另一邊坐下，以背靠著他的背，嘆道：「這才舒服嘛！噢！人家的腿痠死了。」

她這主動親暱的行動，令高彥喜出望外地直甜進心底裡去，忙道：「要不要我給雅兒揉揉腿？」

尹清雅警告道：「不要得寸進尺，我只是借你的背脊休息，如果這塊鬼石頭就是你的觀察台，我會狠揍你一頓的。」

高彥傲然道：「脫掉飛靴再說吧！你剛才沒聽到嗎？連敵人都要稱許我。這塊大石只是進入觀察台秘道的入口。你現在看著的是個茂密的荊棘林，當年不知費了我多少工夫，才弄得成這個隱秘的觀察台，你現在正享受著我心血的成果。」

尹清雅現出傾聽的神色，道：「這是甚麼聲音？」

高彥脫下靴子，分別塞進百寶袍的兩個長袋子去，油然道：「這是敵人營地的號角聲，一長三短，表示仍沒有發現外人入侵。他奶奶的，怎會沒有外人入侵呢？我們不是外人嗎？只是你們窩囊，沒有發現我們吧！」

尹清雅邊解靴邊笑道：「你這小子最愛發瘋。究竟脫靴子來幹甚麼呢？穿上靴子在雪上走路不是方便點嗎？」

高彥笑道：「雅兒習慣了我設計的好寶貝啦！是不是脫下靴子後，每一步都像重了十來斤的樣子？」

尹清雅道：「少說廢話，秘道在哪裡？是否掀開石頭便見到入口？」

高彥跳將起來，同時抓著尹清雅兩邊香肩，助她站起來，笑道：「讓我變戲法給你看。」說罷移到荊棘叢林前，俯身把緊貼地面高約尺半的大截荊棘，用力一拉，雪花四濺下，荊棘應手移開，露出一個僅可容人貼地爬進去的小洞。

高彥得意的道：「雅兒現在明白為何要脫靴子了吧？因為要爬進去啊！」

尹清雅眉頭大皺道：「這個鬼洞有多深？」

高彥道：「大約七、八丈。弄這秘道就像築長城般辛苦，是由我和小軻兩人開拓出來的。以前我多次被人追殺，全賴這秘道脫身。雅兒請！」

尹清雅道：「你先進去！」

高彥嘆道：「我不是不想打頭陣，只是須負責關門，把這荊棘造的活動門紮綁好。」

尹清雅拗不過他，只好領先爬進去。

高彥低嚷道：「密道是筆直的通往觀察台，雅兒只往前去便成。」

接著把移開的荊棘拉回原位，他們兩人便像消失了。

當他們仍在秘道摸黑深進的當兒，一隊巡兵經過荊棘林，毫不在意的巡往別處去，確是險至極點。

黃昏時分，燕飛在太湖北岸棄筏登陸，朝建康奔去。

這時他方有閒情思考與孫恩在縹緲峰的決戰。歸途的水程比去時用的時間多出一倍，因爲他一邊操筏，一邊療傷，精神似與肉體分開了。

對孫恩的黃天大法，他有更深刻的體會。以前與孫恩的兩度對仗，都沒有這種了解和感受。孫恩想從他身上得到開啓仙門的功法，事實上孫恩亦在啓發他掌握「破碎虛空」的秘密。

孫恩的「黃天無極」，代表了孫恩已練成了「破碎虛空」一半的功法，以天地心三珮作譬喻，他已得到心珮，只差能合璧的天地珮。「黃天無極」無有窮盡，完全超越了人力和武功的範疇，與天地渾融一體。黃天大法之可以無極，皆因孫恩能提取天地的能量，奪天地之造化精華，故能著著領先，壓著他來打。

如非燕飛人急智生，先以至陰之氣吸引至陽之氣的天性，移動孫恩的氣場，再以奇招擊傷孫恩，令他沒法再施展「黃天無極」，後果實不堪設想。

比起孫恩，燕飛的仙門訣就像兩邊都不著岸，故只能施展孫恩所說的小三合。但假如他的太陽、太陰均能無限地提取天地的能量，他豈非可使出大三合，破空而去？

他生出悟通了「破碎虛空」的感覺，雖然實際上如何可以辦得到，他仍是毫無頭緒，但孫恩既能成功，他當然也有可能達成。

忽然間，他感到心懷開闊至無盡的遠處，天地的秘密盡在掌握之中。

斜陽在厚雲後初現仙姿，灑射下沒落前金黃的餘暉，平原美麗得像個仙境。

燕飛一聲長嘯，加速朝目的地奔去。

太陽沒入海灣西面綿延的山脈後，高掛於「奇兵號」帆桅上兩綠一黃的風燈揮散著詭異的彩芒，這是與屠奉三約定的燈號。

「奇兵號」緩緩駛進小海灣，這是與屠奉三約定會合之處，離海鹽城只有一天的水程。

劉裕、宋悲風和老手三人站在望台上，用神觀察海灣和陸岸的情況。

追隨老手的二十五名精通操舟之道的兄弟也全神戒備，以應付任何突發的情況。

宋悲風皺眉道：「難道奉三尚未抵達嗎？」

劉裕搖頭道：「他的船論速度不在我們之下，且比我們領先了近一天的時間，怎都該到了。」

老手掃視海面，沉聲道：「在不久前，這裡應發生過激烈的船戰，你們看！海面仍漂浮著火油漬。」

宋悲風一震道：「奉三可能中伏了。」

老手沉著的道：「不用擔心，屠爺該已成功突圍逃脫，否則火油漬不會直延往海灣外。」

劉裕神色凝重的依老手指示觀看海面。

老手道：「我們該立即離開，此灣不宜久留。」

劉裕道：「我們駛出海灣，卻不要離得太遠，奉三若成功逃掉，必會回來與我們會合。」

宋悲風叫道：「看！」

劉裕大喜道：「是屠兄！」

只見在海灣口的一座山上，燈火有節奏的閃爍著，正是荒人打燈號的手法。

不待劉裕下令，老手早指示手下把「奇兵號」駛過去。

「雅兒！雅兒！」

尹清雅睜開眼睛，接著駭然坐了起來，道：「現在是甚麼時候？我睡了多久？」

高彥在小帳幕的暗黑裡蹲在她身前，愛憐的道：「現在該是初更時分，雅兒睡了足有一天半夜。」

尹清雅發覺高彥的輪廓清晰起來，事實上整個以真絲織成、薄如蟬翼的帳幕也亮了起來，透著金黃的色光，迷迷糊糊的訝道：「怎會這麼亮的？」

高彥探手抓著她兩邊香肩，柔聲道：「是月兒的光嘛！今天午後天氣轉晴，碧空一望無際。來！快穿上百寶袍，是離開的時侯了。」

尹清雅清醒了點，道：「你完成了你的任務了嗎？」

高彥像伺候小公主般助她穿上百寶袍，笑道：「我在觀察台上看了整整一天，甚麼都看得一清二楚，此時不走，更待何時？」

尹清雅「噗哧」嬌笑，白他一眼道：「你的所謂甚麼觀察台，不過是一棵長得特別高的大樹吧！

我還以爲是甚麼了不起的地方。」

高彥正爲她整理衣襟，欣然道：「有我這超級探子徵用它，這棵老樹也自然的成了超級的觀察台，且會名傳於邊荒的歷史上，由卓瘋子的『天書』一直傳誦下去。」

尹清雅仰起俏臉，凝望帳頂，似可透帳看到夜空上的明月，悶哼道：「你最愛自吹自擂——噢！眞美！」

高彥借著透帳而入的月色，看著她有如神蹟的美麗花容。尹清雅天眞爛漫的神情，在月兒的光色下更是不可方物，高彥一時心神皆醉，朝她香脣親去。

豈知尹清雅一個閃身，竟鑽出帳外去，害得他不但撲了個空，還差點失去平衡，仆倒帳內。

高彥垂頭喪氣的鑽出帳外去，只見尹清雅一邊伸著懶腰，一邊抬頭仰望掛在夜空上的月兒，她站在荊棘林核心處被開闢出來的窄小空間裡，活像長期生活在雪林裡最可愛的美麗精靈。

觀察樹孤零零的獨立在敵境靠東北的一角，直聳夜空。

號角聲從只有一林之隔的敵方陣地傳來，還隱約聽到潁水流動的水響。

這片雜樹叢生的荊棘林，綿延於泗水南面和潁水西岸的丘陵地，而觀察台所在處正是丘陵高地，登樹後可把北潁口的情況盡收眼下。

尹清雅目光往高彥投去，露出頑皮的笑容，道：「你該趁人家未醒時使壞嘛！現在錯失機會哩！」

高彥收拾營帳，若無其事的道：「雅兒放心，每次我從樹上落到地面休息時，我都會到帳內和雅兒親個嘴，所以絕不存在甚麼痛失機會的問題。」

「甚麼？」

高彥把帳幕摺疊起來塞進內袋去，別過頭來，只見尹清雅扠著小蠻腰，杏眼圓瞪的狠狠望著他。

高彥道：「沒甚麼——哈！我已非常克制。雅兒的小嘴眞香。」

尹清雅嘟著小嘴生氣的道：「你只是在胡謅！快告訴我，你是在胡謅。」

高彥聳肩道：「對！我只是在胡謅。」

尹清雅「噗哧」笑起來，横他一眼道：「你這死小子臭小子，如果眞的佔了本姑娘便宜，我會和你沒完沒了的。」

高彥仰望夜空，道：「打從第一天見到你，我和你這一生已沒完沒了。唉！說到佔便宜，嘿——」

尹清雅神色不善的道：「你在說甚麼？」

高彥忙道：「沒說甚麼！時候無多，我們必須立即離開，這裡太危險了，最怕向雨田那小子來了。」

尹清雅道：「我們不等另一次大雪嗎？」

高彥道：「看天色接著的幾天都不會下雪，若明天太陽出來，我們便危險了。」

尹清雅再沒有和高彥算賬的閒情，領先朝秘道入口走去。

屠奉三和十多名兄弟登船後，「奇兵號」迅速開離海灣。

屠奉三在艙廳內說出經過，原來他的船於午後時分抵達海灣，幸好他一向小心謹愼，一直處於高度戒備的狀態下，沒有下錨或泊岸，而是選擇沿海灣巡弋，這才避過大難。就在毫無先兆下，天師軍的十多艘戰船忽然來襲，屠奉三等只好且戰且走，憑優良的戰術突圍出海，沿南岸逃逸，可惜戰船受創過重，多處起火和入水，最後只好棄船逃上陸岸，再潛回海灣守候劉裕。

屠奉三總結道：「今次是不幸中的大幸，只有五個兄弟被矢石所傷，但均非重創。」說罷現出笑容。

坐在桌子另一邊的宋悲風訝道：「我是不是看錯了，奉三似乎還相當興奮雀躍？」

屠奉三微笑道：「宋兄不但沒有看錯，還看得很準，我心情的確極好。」

接著向劉裕道：「劉爺明白我的心情嗎？」

劉裕心中一陣溫暖，想起屠奉三從與自己誓不兩立的敵對立場，發展至成爲絕對信任對方的戰友和生死之交，其中的過程，實在令人回味不已。笑道：「又來考量我嗎？你不是早認定我是眞命天子，仍要來這一套？」

屠奉三和宋悲風交換個眼神，同時放聲大笑。

劉裕點頭道：「好吧！屠兄的心情之所以這麼好，皆因曉得今回覆舟之恨的債，不但可以本利討還，還可以要敵人連老本都賠出來。」

宋悲風苦笑道：「我想不認蠢都不行，我仍是不明白有甚麼好高興的？」

屠奉三解釋道：「我們一直不明白徐道覆在玩甚麼陰謀手段。他敢放棄吳郡和嘉興兩個位於運河線上的重要城池，定有後著，可是這後著是甚麼？我們看不通更摸不透。在現時的情況下，徐道覆能保著海鹽、吳興和義興三城已不容易，更不要說能奪回吳郡和嘉興兩城。現在劉牢之的水師船隊已抵達海鹽，並在海鹽南岸登陸，與由朱序指揮的部隊聯手攻打海鹽。在這樣的情況下，海鹽的失陷只是早晚間的事。一旦海鹽淪陷，謝琰的大軍將會長驅直下，攻打會稽。而劉牢之在奪得海鹽後，會渡峽助謝琰圍攻會稽，當會稽被南征平亂軍收復，整場大戰的決勝時刻將會來臨。而天師軍的成敗，正繫於能否重奪吳郡、嘉興和海鹽三城，從而截斷南征平亂軍的糧線，令南征平亂軍陷於天師軍勢力所在的泥沼中，變成無援的孤軍。」

宋悲風皺眉道：「我仍不明白，這與屠奉三在那海灣遇襲有何關係？」

屠奉三道：「沒有直接的關係，但天師軍卻露了形跡，讓我們曉得海灣附近有天師軍的秘密基地，所以警覺性會如此高，我們逗留了不到兩個時辰，天師軍便可調動水師來圍剿我的戰船。失去一艘戰船對我們來說無關痛癢，可是讓我們曉得天師軍在海灣附近有個秘密基地，對天師軍卻是個非常嚴重的失誤。所以我的心情會這麼的好。」

宋悲風恍然，點頭表示同意。

劉裕嘆了一口氣，沒有說話。

屠奉三淡淡道：「這是個以命搏命換回來的珍貴情報，只可供我們私用。如果我們的目標，只是助南征平亂軍打贏這場仗，我會請劉爺立即去通知朱序，但現在的情況當然不是這樣子，這更是劉爺軍事生涯一個重要的轉捩點，宋兄同意嗎？」

宋悲風苦笑道：「我可以說甚麼呢？如果南征平亂軍大獲全勝，第一個沒命的肯定是我們的劉爺。」

屠奉三冷哼道：「我敢大膽說一句，即使我們向南征平亂軍洩露這關乎勝敗的情報，南征平亂軍仍沒有回天之力，因爲徐道覆對南征平亂軍有精密的監察和防範，只有我們這支奇兵，在徐道覆的算計之外，故可以扭轉乾坤。劉爺認爲我說得對嗎？」

劉裕斷然道：「一切依你的話去辦。」

宋悲風道：「天師軍的秘密基地在哪裡呢？」

屠奉三微笑道：「我們很快便會知道。」

第十一章　一士難求

海鹽城是個中等規模的城市，城分兩重，中有衙城，是地方統治機構所在。外城開七門，以兩條十字街爲布局，當然以通向南門的大街最爲繁華，因爲南門外便是碼頭區，平時車水馬龍，裝卸貨物晝夜不停，所以南門大街被城民稱爲聚寶街，是海鹽城商貿的命脈。

在城防上海鹽也是無懈可擊，周圍有城壕環護，引進海水成護城河，以吊橋供出入之用。外城牆高達二十丈，城門設箭樓，重簷歇山，大大增強了防禦力。

現在的海鹽當然盛況不再，天師軍起義後，大批居民逃往北方，商貿斷絕，五天前北府兵更從嘉興開來，不分晝夜對海鹽狂攻猛打。昨天由劉牢之率領的水師大軍更於城南的碼頭登陸，夾擊海鹽，任何人均知海鹽大勢已去，陷落是早晚間的事。

徐道覆立在南牆牆頭，望著潮水般退去的北府兵，牆下遺下數以百計的屍體，腦海中仍浮現著剛才激烈的攻防戰。

北府兵憑著壓倒性的兵力，對海鹽發動一波又一波的攻擊，令海鹽的天師軍疲於奔命，鬥志逐漸瓦解。敵方策略雖然成效顯著，卻非智者所爲，因爲付出的代價實在太大了，更會讓戰士們意識到主帥爲求成功，不擇手段的本性，從而削弱士氣。

換作是謝玄，絕不會如此急於求勝，由此也可以看出謝琰和劉牢之是何等樣人。

大晉的南征平亂軍對海鹽是志在必得，所以集中力量來攻打海鹽，而對附近其他兩城吳興和義興用兵，只是牽制的作用。從這方面看，徐道覆曉得謝琰和劉牢之已踏入他精心安排的陷阱。取得海鹽後，南征平亂軍將進軍會稽，希望能以會稽作據點，收復附近其他沿海城池。這是南征平亂軍的如意算盤，但徐道覆知道南征平亂軍的算盤不但打不響，還會輸得很慘。

盧循來到徐道覆身旁，嘆道：「劉裕仍沒有死。」

徐道覆微笑道：「師兄路途辛苦了，昨晚那場大雷雨很厲害吧！」

盧循仰觀晴朗的夜空，道：「昨晚的雷雨確實來勢洶洶，但我卻有痛快的感覺，在那種天地難分、天威莫測的情況裡，人的腦袋會生出很多奇怪的念頭。唉！你想知道我兩度暗殺劉裕而不果的過程嗎？」

徐道覆道：「我已大約知道了情況。不用擔心，劉裕這個眞命天子該是假的，他絕對不是殺不死的怪物，只是暫時仍命不該絕。」

盧循訝道：「道覆怎能說得這麼肯定呢？」

徐道覆道：「是天師親口告訴我的，他在到太湖縹緲峰與燕飛決戰前，到海鹽來見我，說了這番話，可是當我追問下去，天師卻笑而不答。」

盧循皺眉苦思道：「天師怎能這麼肯定呢？或許他只是安慰你。」

徐道覆搖頭道：「師兄和我該最清楚天師是怎樣的一個人，他從不作虛言妄語，只會實話實說。」接著嘆道：「但我也眞的不明白，他怎可以說得這般肯定？自上一回他決戰燕飛，無功而還，天師就像變成另一個人，對我們天師道的事不聞不問，似乎天下間只有燕飛一人可令他緊張在乎，究竟他和燕飛之間發生了甚麼事呢？」

盧循沉聲道：「我在建康為天師送戰書給燕飛時，和燕飛過了一招。」

徐道覆訝道：「一招？這不似師兄一向的作風。」

盧循苦笑道：「燕飛只一招便令我知難而退。他的眞氣非常怪異，防無可防，擋無可擋，只能硬抵，看是否能消受。如此武功，我是聞所未聞，見所未見。作夢也沒有想過。」

徐道覆只有聽的分兒，不知說甚麼話好。

盧循續道：「在我離開前，忍不住問他與天師第二次交手的情況，當時他說了幾句非常奇怪的話，雖然每一句話的含意非常清楚，沒有絲毫含糊，但我卻聽得似明非明，似解非解，事後回想起來，則是愈想愈糊塗，但又隱隱感到燕飛說了實話，而不是敷衍之詞。」

徐道覆大訝道：「燕飛說了甚麼呢？」

盧循現出回憶的神情，徐徐道：「他說……他說……唉！燕飛說：『我該怎麼答你？可以這樣說吧！在機緣巧合下，決戰未分出結果前便結束，令師卻意外地知悉成仙並非癡心妄想，也可以說令師是忽然悟通了至道。』」

見徐道覆一臉茫然之色，苦笑道：「你說吧！這番話是否令人愈聽愈糊塗呢？」

徐道覆回過神來，道：「如果燕飛說的是眞的，天師何不成仙去也？卻還要留在塵世打滾，且要與燕飛再決雌雄？」

盧循道：「昨夜我在雷雨中縱情狂奔，想到了很多事。依時間推算，上次天師決戰燕飛，該與傳言『火石天降』的時間差不多，兩件事會否有關連呢？」

徐道覆道：「這個可能性很大，正因天師曉得天降火石是怎麼一回事，所以斷言劉裕的『一箭沉隱龍』與之無關，劉裕更非甚麼眞命天子。哈！不瞞師兄，燕飛這番話令我如釋重負，放下了心頭大石。」

盧循冷笑道：「劉裕現在已成了魔門欲去之而後快的人，乾歸刺殺他不遂，反飲恨在秦淮河，更添魔門對他的仇恨，劉裕待在建康，避得過一次災禍，並不代表他永遠這般幸運。只要道覆能擊潰南征平亂軍，便可大舉北上，司馬道子憑甚麼來抵抗道覆呢？」

徐道覆雙目神光閃閃道：「劉裕算有點手段，但仍遠未足成氣候，只要他不是眞命天子便成。」

盧循目光落到城外，道：「道覆打算何時撤走？」

徐道覆微笑道：「劉牢之的大軍尙未站穩陣腳，合圍之勢未成，我說走便走，誰攔得住我？」

盧循欣然道：「如果道覆在三天內撤走，我可以留在這裡陪道覆耍樂子。」

徐道覆笑道：「就這麼說定三天！難得師兄如此有興致，便讓北府兵嘗嘗敢來捋我們天師軍虎鬚的滋味吧！」

盧循欣然道：「守城而不出擊，只是死守，待我領一支軍隊出城襲敵如何？」

徐道覆道：「今趟師兄到建康去雖殺不了劉裕，卻揭破了劉裕『一箭沉隱龍』的神話，這作用等同殺死他，去除了我的心障。現在我充滿生機鬥志，頗有勝利在手的舒暢感覺。今晚便讓我們大幹一場，狠狠教訓敵人，令他們更無法形成合圍之勢，即使能攻陷海鹽，也要得不償失，師兄意下如何呢？」

兩人對望一眼，齊聲大笑。

兩道人影迅如輕煙似的在雪林裡移動，直至林區邊緣，倏然停下，正是高彥和尹清雅。

離開觀察台所在的荊棘林，雖然沒有遇上最令他們顧忌的秘人向雨田，可是燕人趁雪停後天朗氣清的好時機，追騎四出的搜捕他們，又出動獵鷹、惡犬助陣，全賴高彥用盡渾身法寶，使盡看家本領，才成功溜到這處來。

高彥道：「最接近我們的敵人，正於左方三十多丈外的大樹上放哨。」

尹清雅看著林外無遮無掩的雪原，道：「我們是否要再弄一輛雪車來呢？」

高彥嘆道：「說真的，我確實想得要命，因爲可多享受一次雅兒乖乖伏在我背上的動人滋味。只恨在月照當頭下，以雪車試圖暗渡只是個笑話，還影響了我們的速度和靈活性，萬萬不可。」

尹清雅皺眉道：「那怎辦好呢？」

高彥笑道：「暗渡不行便來個明闖，憑的是我們能在雪地飛翔的神靴。現在雅兒控制飛靴已是駕輕就熟，可以和馬兒在雪地上比拚腳力。」

尹清雅傲然道：「就算是碰上向雨田那傢伙，我也不怕，在平原區誰都追不上我，包括你這小子在內。」

高彥道：「最重要是有信心，遇上敵人勿要害怕。我們還有另一優勢，就是沒有人比我更熟悉邊荒的地形，所以不論在甚麼情況下，雅兒都要緊跟著我，這是名副其實的嫁夫隨夫，絕不可自作主張，又或三心兩意。」

尹清雅嗔道：「還要說這些話，是否要我以後不理你了？」

高彥道：「如果我不再說這種便宜話，雅兒是否以後都理我呢？」

尹清雅沒好氣道：「你這叫死性不改，兜兜轉轉最後說的都是同一類的話，你時間多得很嗎？」

高彥道：「準備！」

尹清雅緊張起來，道：「早準備好了！」

高彥道：「你心裡要有個預備，一衝出林外，將會警號大作，搜索我們的燕人會從各處擁來，後面追來的當然不用擔心，但在前方的敵人會全力攔截我們，雅兒要跟隨我每一個落腳點，因爲我每個踏足點都是有分寸的。」

尹清雅欣然道：「曉得哩！」

高彥喝道：「走！」

領頭急步奔出，然後飛躍而起，落往兩丈之外，尹清雅表現了比高彥更出色的身手，如影隨形，宛如高彥的影子。

果如高彥所料，號角聲在後方響起，顯示敵人發現了他們。

高彥一聲怪嘯，落地後蹲身舉手保持平衡，腳底滑不唧溜地衝前直行，尹清雅緊跟在他身後，像兩隻不須費力的飛鳥，在白色的世界裡貼地滑翔，說不盡的輕鬆寫意。

衝力把高彥帶上一道矮坡之巔，接著高彥沖天而上，在雪地上空劃出美麗的弧線，落到數丈外的地面上，速度不減反增，迅速遠去，超乎了任何高手在雪地上奔掠的速度。

尹清雅拋開心中害怕的情緒，嬌呼一聲，繼高彥後沖天而起，緊追在高彥身後。

後方置身於樹上高處哨台的燕人看得目瞪口呆，眼睜睜目送兩人在起伏不平的雪原間乍現乍隱，轉眼消沒。

宋悲風回房休息，艙廳內剩下劉裕和屠奉三兩人。

屠奉三聽罷劉裕到廣陵過門而不入的情況，道：「當我看著『奇兵號』駛入海灣的一刻，心中有很奇怪的感覺。」

劉裕訝道：「奇怪的感覺？」

屠奉三點頭道：「的確是很奇怪的感覺。對戰船的認識，我自認是個大行家，甚麼戰船讓我一眼望去，便可以分門別類，大致上掌握了該船的優缺點和其結構性能。可是當『奇兵號』出現在我眼前，我卻有看不通摸不透的感覺。『奇兵號』外形似改進了的大型海鶻船，左右置浮板，形如海鶻翼翅，履風浪如平地，若鷗翔於水面，但其氣勢卻如蒙衝鬥艦，且船頭裝了鐵角，能於作戰時衝撞敵船，猶如犁鏵耕地。船是一流的戰船，但駕舟者更是高手中的高手，只看它駛入海灣時無懼風濤怒潮的雄姿，便感到其君臨天下的霸氣。劉爺終於有了帥艦哩！」

劉裕欣然道：「老手是北府兵水師中的著名人物，當年玄帥要他送我們到邊荒集時，我們便建立了交情，到與焦烈武作戰，大家更變成共患難生死的戰友。」

屠奉三道：「世事禍福難料，像今回我雖然差點沒命，卻無意中識破天師軍的布置，令我對此仗更有十足把握。」

劉裕嘆了一口氣。

屠奉三訝道：「劉爺有甚麼心事呢？」

劉裕道：「我是有點心事，所以不像你這般樂觀。」

屠奉三不解道：「你對這場仗沒有信心嗎？」

劉裕道：「雖說戰場上千變萬化，但我今次準備十足，策略妥善，確實有致勝的機會。但我的憂慮並非戰場上的優勝劣敗，而是民心的問題。之前我在建康見過王夫人，她問了我一句話。」

屠奉三露出注意的神色，問道：「她問你甚麼話呢？」

劉裕道：「她問我是否明白會稽當地的民心。我們可以憑武力佔據一座城池，但卻無法改變城民的心。所謂順民者昌，逆民者亡。天師軍的崛起如此迅速，正是個民心所向的問題。天師軍由孫恩至盧循、徐道覆和將領們，都是受壓抑的本土豪門，他們代表本土人士的利益，我們若不能扭轉民心，最後只能慘淡收場。亂事會接踵而來，像燒不盡的野草。」

屠奉三露出深思的神色，點頭道：「劉爺說得對，天師軍是得到地方上民眾的廣泛支持，才能這麼快壯大成長。但如何把民眾爭取到我們這邊來，則需要政策方面的配合，而這卻正是我方最大的弱點，劉爺在這方面可有對症的良方嗎？」

劉裕苦笑道：「我在這方面更是完全缺乏經驗，安公在世時辦不到的事，我更不行。高門大族和寒門的對立，已是持續了過百年的社會矛盾，僑寓世族和本土豪門間的敵意亦非可一笑泯之。這是個令人頭痛的問題，也是我們能否消滅天師軍的關鍵。」

屠奉三點頭道：「我們需要一個似侯亮生般有遠見、有謀略的智士，可惜……」

劉裕振起精神道：「我們暫時仍不用在這方面費神，現在最重要的，是如何奪取海鹽！」

屠奉三道：「訣竅便如劉爺旗艦的名字，就是靜候時機，以奇兵制勝。」

接著又道：「我想問劉爺一個問題。」

劉裕道：「問吧！你不是又來考我吧？」

屠奉三笑道：「奉三怎敢呢？自從你老哥一箭沉掉隱龍後，我對你的能力再沒有絲毫懷疑。我想問你的是，如司馬元顯成了我們的障礙，你會否狠下心腸來對付他？」

劉裕沉吟片刻，苦笑道：「你可以嗎？他真的視我們為朋友。」

屠奉三道：「在爭霸的路上，絕不可以講人情。司馬元顯之上還有司馬道子，他老子絕不會和我們講人情。讓我告訴你吧！到最後每一個人都只會為自己著想，為自己所代表的利益團體作打算，司馬元顯也不例外，他代表的正是一個民心盡失的末世王朝，當有一天他察覺我們是決定王朝存亡的因素，在無可選擇下他也會背棄我們。」

劉裕嘆道：「希望這樣的情況不會出現吧！」

屠奉三道：「不要抱著這種主觀的願望，我無意逼你去對付司馬元顯，但至少要有個心理上的準備。對謝家也是如此，婦人之仁只會壞事，今次我們是不容有失的。」

劉裕想起謝琰和謝混的嘴臉，想起王淡真，又不爭氣的想起謝鍾秀，一時百感交集，說不出話來。

屠奉三目光投往艙窗外，沉聲道：「在海鹽東南三十多里的海面上，有一系列的島嶼，當地人稱之為長蛇島，其實是臥虎藏龍的好地方，更是天賜的基地，我們就在那裡集結船隊，靜候最佳出擊的時機，再沒有人能阻止我們。」

第十二章　逃出生天

高彥和尹清雅在月照下的雪地上滑翔，尹清雅忽然從後趕上來，叫道：「這麼走不是太危險嗎？爲何不避進山區去？」

高彥探出左手，尹清雅毫不猶豫地把玉手送入他的掌握內，一個是精於飛靴絕技；一個是輕身技法高明，兩個手牽手的衝高滑低，就像化爲一體，速度上沒有太大分別。

當滑行出平野，他們便送出掌風，如若船槳打進水裡，製造前行的新動力。

尹清雅的話是有道理的。

原本他們是沿潁水西岸走，卻有敵騎從南而來，逼得他們要改變逃走的路線，採取偏離潁水的路線，以繞過迎頭攔截的敵人。

豈知走了不到五里路，再有數起敵騎從前方逼至，令他們不得不朝西面的縱橫山脈遁去，到進入山脈東坡的丘陵地，方朝南再闖。照敵人攔截他們的格局推斷，如此沿縱橫山脈南逃，肯定會再遇上敵人的攔截隊伍。

高彥冷哼道：「如果我們進入山區，肯定會中了向雨田那奸鬼的計。他奶奶的！當我高彥是第一天到江湖來混嗎？不過這傢伙確實狡猾，曉得我們有穿越縱橫山脈的捷徑，所以故意把攔截我們的人，布置在山脈東面返回邊荒集的路上，以漁翁撒網之勢，硬要逼我們從原路逃走，我敢肯定他正在那裡等我們送上門去，老子我才不會中計。」

尹清雅叫道：「可是前方肯定也有敵人啊！」

高彥信心十足的道：「只要沒有向雨田那傢伙在，憑我們的飛靴，絕不成問題。」接著往天空望去，笑道：「連獵鷹也追不上我們，看我們跑得多快。」

兩人齊聲歡叫，皆因正從一座雪丘頂沖上半空，越過近五丈的空間，四平八穩的攜手落在雪地，繼續飛掠，感覺舒暢美妙至極點。

高彥道：「聽到蹄聲了！讓我們看看對方有多少人馬。在雪地上，馬兒絕快不過我們的飛靴，論靈活性更遠遠不及。」

兩人衝上另一丘坡，當沖天而上時，只見里許外一隊多達五、六十人的敵人馬隊，正迎頭馳至。

尹清雅嚇了一跳，嬌呼道：「很多人哩！」

他們看到敵人，敵人也看到他們，立即扇形散開，像一張大網撒過來，且人人彎弓搭箭，絕不客氣。

燕人騎射之術，名著天下，只五、六騎已不容易應付，何況在視野良好的丘陵地，對方更是五、六十騎之眾，保證如果兩人在他們射程內衝上半空，定會變成箭靶。

高彥卻是哈哈一笑，神情冷靜，牽著尹清雅柔軟的小手，朝另一座小丘腳下用勁，飛靴生出搖櫓划水般的作用，而他本身便是在「雪海」上滑行的輕舟，瀟灑自如的不住加速。

尹清雅一時間全賴他帶動，不過她對高彥的逃生本領有十足信心，乖乖的跟從。

高彥急忙道：「到山坡前我會將雅兒朝橫擲出去，雅兒甚麼都不用理，只要繞過敵人，到前方十多里外的雪林等待我來會合。」

尹清雅擔心的道：「那你怎麼辦呢？」

高彥道：「我自有妙法脫身，說不定比雅兒更早到達雪林。沒時間了！雅兒準備。」

此時已抵丘坡，高彥忽然先衝上丘坡，然後利用斜坡的特性，握著尹清雅的手運力扯動，令尹清雅往上繞彎，當尹清雅轉了大半個圈，旋轉加速。高彥大喝一聲，以自己為旋軸的中心，而尹清雅則變成了像向雨田手上的鍊子鐵球，飛旋三匝後，動力已足。

高彥鬆手，尹清雅小鳥翔空般橫飛而去，越過十多丈的距離，落到遠處，著地後還疾如流星的滑過近二十多丈的雪野，離開險境。

尹清雅的確是高彥的知己，熟知他性情，知他自有單獨脫身之法，哪敢猶疑，連忙改向，先往東南方疾掠，剎那間已抵來敵左方，於箭程外的雪原，往南逸逃。

高彥送走尹清雅後，沒有耽擱，往相反方向橫掠，還以鮮卑語大叫道：「高彥在此，哪個王八旦逮得著我！」

接著表演似的衝上一座小丘，射向半空，往西面山區滑去。

箭矢「嗤嗤」，幸好全射在他後方空處，但最接近的箭矢只離他三、四尺，確實險至極點。

敵方叱叫連聲，分出二十多騎掉頭去追小白雁，但明顯落後了一段距離，此時高彥從空中別頭瞧去，心愛的小白雁早變成一個小白點，沒入茫茫夜色中。

他並不擔心小白雁，只要非在曠野之地，不用應付燕人的強弓勁箭，她有足夠的能力自保。反之他仍未脫離險境，必須在燕人趕上前，避進山區去。

「蓬！」

高彥從天降下，直滑往山區去，敵騎從東南方全速趕至，領先的數騎已在千步之內。

高彥一手伸進其中一個百寶袋內，取出以彈簧機栝發射的索鉤，這是初識劉裕時，他以情報向劉裕換回來的寶貝，乃出自江南匠人的巧手，而高彥對此寶貝的運用之巧，絕不在劉裕之下。

弓弦聲響。

高彥倏地加速，與勁箭比拚速度似的衝上另一山坡。

箭矢再度落空。

此時高彥已進入了山脈西面的疏林區，再非沒有遮掩的丘陵地。

一聲長笑，高彥投石般射上半空。

敵騎像被搗翻了蜂巢的惡蜂般登丘越坡的追來。

高彥心忖幸好後方的追騎中沒有宗政良在。否則此位有「小后羿」之稱的射箭高手，會對他造成很大的威脅。

這個想法仍在高彥的腦海盤旋之際，後方叱喝傳來，高彥認得正是宗政良的聲音。

高彥想也不想，手中索鉤噴射，投往左方一棵老樹去，若箭是由宗政良的強弓射出，任何猶豫都會帶來利箭貫背的結局。

倏地改向，橫移開去。

利箭擦頸而過，差兩寸便透頸而入，快如電閃。

高彥施出看家的本領，足踏老樹伸出來的橫幹，使個手法抖脫嵌進了老樹主幹的索鉤，兩腳使勁，利用橫幹的彈力，彈往山區，附在橫幹枝葉上的雪，同時細雨般灑向雪地。

他在高空上連續兩個翻騰後，順勢後望，宗政良剛躍離馬背，竟凌空把強弓拉成滿月，正朝他發射第二箭。

兩人之間的距離達千步以上，不過宗政良既有把握射擊，誰都不敢輕視。

「颼！」

鉤索射出。

高彥橫移開去，勁箭在身旁呼嘯而過，且餘勁未衰，插入附近一棵樹的主幹處。

高彥心呼「好險」，長笑道：「宗兄不用送哩！」

落在另一棵樹的橫幹上，如前法般施爲，投往山坡去，沒入坡上的雪林裡去。

宗政良落到地上，目送高彥消沒山上，從懷中取出火箭，點燃後擲上高空，爆開一朵血紅的光花。

尹清雅在雪林邊緣心焦如焚的苦候著，追殺她的二十多騎被她引往穎水的方向，成功撇掉，現在只等高彥趕來會合，他們這次闖關便功行圓滿。

她置身處離邊荒集只有六、七十里遠，憑他們的「靴程」，不到兩個時辰便可以抵達邊荒集。

唉！這小子……

驀地雪原出現一道白影，如鳥般滑翔而來。

尹清雅大喜奔出林外，來的果然是高彥，他加速掠至，在尹清雅沒有絲毫防備下，把她抱得雙腳離地的擁個結實，還旋轉著進入雪林去，高呼道：「成功哩！」

尹清雅被他抱得嬌軀發軟，既喜又癢，大嗔道：「放我下來！」

高彥轉了十多個圈，才把她放下，接著拉著她柔軟的小手，深入樹林。

尹清雅忘了責罵他，嚷道：「我們是否直接趕回邊荒集去？」

高彥道：「我本有這個打算，但宗政良那混蛋在背後放煙花歡送我，又使我改變了主意，說不定他是通知向雨田那傢伙。如果我們直撲邊荒集，就會落入向傢伙的算計中，不是智者所爲。」

尹清雅道：「那怎辦好呢？我給人追得心都慌哩！」

高彥道：「與我高彥在邊荒玩捉迷藏，老向只是不自量力。讓我們先到一號行宮去，再繞往邊荒集西南方才回集，保證老向摸不著我們的袍邊。」

尹清雅欣然道：「算你這小子有點能耐吧！」

高彥得尹清雅讚賞，立即生出飄飄然的感覺，怪叫一聲，拉著尹清雅往雪林的西南方穿林過樹的滑去。

卓狂生、王鎮惡、姚猛、方鴻生、拓跋儀、小軻、紅子春、姬別在馬背上極目遠望，雪原上仍不見人跡。

除他們外，尚有近千名夜窩族戰士，策馬立在邊荒集北面二十多里一座小丘上，焦急的等候著。他們出集迎接高彥和尹清雅的行動，在午後展開，開始時兵分多路，到發現燕兵的蹤影，才集中到這裡來。

燕人見他們大舉出動，立即朝北退避，而荒人亦有顧忌，不敢繼續前進，怕誤入埋伏陷阱。

卓狂生道：「照敵人的情況看，高小子和小白雁該尚未落入敵手，否則燕人不用追到這裡來。」

拓跋儀道：「該如你所說的，可是敵人在離開北潁口百里之處布下截擊兵，卻不是好兆頭，顯示敵人重重封鎖高小子的歸途，布下天羅地網，竭盡全力的攔阻高小子。」

姚猛道：「我看只要我們小心點，揮軍北上，將可以擾亂敵人，搗破敵人的攔截網，製造混亂，令高小子和他的小情人有脫身的機會。」

王鎮惡道：「這不失爲沒有辦法中的辦法，雖然要冒上風險，卻是値得的。」

紅子春道：「只要我們分三路挺進，互相照應，避林而不入，可不懼敵人埋伏。」

小軻欲言又止。

拓跋儀道：「小軻最清楚高小子的手段，有甚麼話放膽說出來。」

小軻道：「高大哥每次到北潁口，都是穿過縱橫山脈。今次爲了避開敵人，大有可能從山區的西面潛回來。」

卓狂生點頭道：「依高小子的性格，這個可能性極高。」

拓跋儀道：「我們想到這個可能性，敵人也會想到這個可能性，所以高小子最後會採哪條路線回集，仍難說得準。」

姬別道：「我有個兩全其美的提議：立即兵分兩路，把主力集中在這裡，再派一隊人到另一邊去接應高小子。」

拓跋儀同意道：「這確實是個辦法。這裡便由我和姬大少，還有老紅主持，另一隊人馬由卓館主指揮，小軻負責領路，鎮惡、小猛爲輔。如何？」

卓狂生道：「那邊該不用打硬仗，撥五十人給我們便成。」

方鴻生道：「我該歸哪一支人馬？」

拓跋儀道：「方總跟在我身旁，如果能嗅到高小子的氣味，我們便不用深入敵境了。」

卓狂生喝道：「就這麼辦吧！兄弟們隨我來。」

劉裕睜大眼睛躺在床上，一時弄不清楚是身在建康還是在大海上，對大海波濤的拋蕩他已習以爲常，便如呼氣吸氣般自然。

上床整個時辰後，他仍沒有絲毫睡意，腦海中不住重複響起謝道韞在建康與他說的那番話。

「你明白他們嗎？」

坦白說，他並不明白天師道的信徒，屠奉三也不明白，但只要看看天師道在南方沿海一帶所受到的廣泛支持，便知道天師道那一套是受歡迎和認同的。

以往他只想著如何打敗敵人；如何去贏得每一場戰爭，但對付天師道，這肯定不是辦法，去了個徐道覆，還有無數的徐道覆，因爲禍亂的因素仍然存在，那不是幾場戰爭可以決定的。但如何可以一邊與天師軍作戰，另一方面卻把支持天師道的民眾爭取過來，他卻是茫無頭緒。

他失眠了。

他有點不知自己在幹甚麼、爲甚麼而努力奮鬥的感覺，不過也清楚，到明天太陽出來時，他會回復鬥志，現在困擾他的思緒會不翼而飛，但是在這一刻，一切都像不具有任何意義；一切都似再沒有任何價值，所有努力最終都只會是徒勞的愚蠢事。

這種想法使他感到心中一片茫然，宛如一艘在大海航行的船，失去了風的動力，隨著情緒的波盪無主孤魂的漂流著。

即使在最失意的時候，他也未嘗過此時此刻般的失落。

忽然間，他醒悟了。

一切都因謝鍾秀而來，雖然當時他的意識有點模模糊糊的，事實上他早在不知不覺中，深深的愛上了謝鍾秀。

他對謝鍾秀的愛是突如其來的，快速而猛烈，當她縱體入懷的一刻，一切再不由他的理智控制。正因愛得深、幻想得太多太完美，她給他的傷害才會這麼重。

劉裕從床上坐起來，急促的喘息。

自己前世究竟造下甚麼冤孽，今世要受到這樣的折磨？

謝鍾秀絕不是另一個淡眞，她根本看不起自己這個寒門，不論自己的成就有多高，在她眼中自己奴才的身分從沒有改變。

劉裕心中湧起一陣怒火，並非只針對謝鍾秀，也針對自己。

我劉裕是頂天立地的男子漢，怎可以如此窩囊沒用，早下定決心忘掉她，卻於夜深人靜時被她的影子纏繞。

他奶奶的，有一天我會教她後悔，後悔曾如此不留餘地的拒絕我、誤會我、指責我。

劉裕心中湧上一陣痛苦的快感。是的，以自己眼前的身分和成就，當然配不上她。可是有一天這情況將會改變過來。

劉裕對謝鍾秀再不能以理智思考去原宥，而是被極端和不理性的情緒控制滋生了恨意，但在此刻他已失去耐性去自省對與錯，也只有這樣去想像未來某一可能性，方可以舒緩他內心的不平之氣和苦楚。

劉裕深信終有一天，謝鍾秀會爲如此殘忍的對待自己而悔不當初。

第十三章　卿卿我我

高彥嘆道：「老子當風媒以來，最驚險該算今回了，尤其是還要擔心你大小姐的安全，那種壓力眞叫我受不了，幸好終於完成任務，燕人今趟有禍哩！」

尹清雅坐在床邊，默默看著他把各式法寶放回秘庫去，沒有作聲。

高彥情緒高漲，續道：「我有種奇怪的感覺，就像過去幾天的事從未發生過，我是首次帶雅兒到一號行宮來，天亮前我們會從這裡出發。哈！這個想法眞可怕，幸好不是事實。咦！雅兒爲何不作聲？」

尹清雅垂下螓首，輕輕道：「我要走哩！」

高彥未能醒悟，把地庫蓋好，點頭道：「我眞想摟著雅兒睡他奶奶的一個不省人事，待疲勞盡去才返邊荒集去，不過想起老向，便有仍在險地的可怕感覺，還是先返回邊荒集穩妥點，待我應付了議會後，便和雅兒去吃烤羊腿，我保證雅兒沒吃過這麼棒的羊腿肉。」

尹清雅的聲音更小了，道：「我是要回去啊！」

高彥聽尹清雅說得沒精打采的，終發覺有不妥當的地方，轉過身來面對尹清雅。

尹清雅露出一絲苦澀的表情，避開他的目光，道：「我要回兩湖去了。」

這句話像青天霹靂，轟得高彥從地上跳起來，嚷道：「雅兒在開玩笑吧！」

尹清雅迎上他的目光，咬牙道：「誰和你開玩笑？我只答應你到邊荒集玩三天，現在是第四天哩！」

高彥撲前半蹲在地上，探手抓著尹清雅兩邊肩頭，驚慌失措的道：「唉！你在邊荒集逗留了不足兩個時辰，怎夠三天之數。這樣吧！一切等回邊荒集再說，好嗎？就當是我求你吧！」

尹清雅堅決的搖頭道：「我再不回去，師父會擔心死哩！」

高彥差點哭出來，苦著臉道：「你這麼走了，我怎麼辦？上次和你分手後，我已差點被相思症折磨死了，你若走了，我再不想活下去。」

尹清雅沒好氣道：「好好一個男子漢，怎可以要死要活的？我眞的要走了，再留在這裡，我會內疚，感到對不起師父。」

高彥痛苦的道：「你只顧著師父，那老子我怎辦呢？」

尹清雅道：「師父對我恩重如山，最疼惜人家，你明白嗎？」

高彥跳將起來，點頭道：「我當然明白。好！雅兒先和我回邊荒集去，待我向議會報告了敵人的情況後，我立刻陪你回兩湖去。」

尹清雅凝望著他，好一會兒後，大嚷道：「你這小子的腦袋是用甚麼做的，如此冥頑不靈？告訴你事實吧！我和你是不會有結果的，更沒有未來，由始至終都只是你一廂情願的想法。」

高彥如遭雷殛，挫退半步，臉上血色盡去，兩唇顫震的道：「雅兒難道對我沒有半點意思嗎？」

尹清雅豁了出去的扠腰罵道：「你這小子沒有半點明白的，我對你有意思也好，沒有意思也好，總言之師父是絕不容我和你在一起的，我尹清雅今次到邊荒集來，已是對你很好哩！還不心足。」

高彥燃起希望，坐到尹清雅身旁，探手摟著她香肩，道：「雅兒你聽我說，你尊重你師父，是天經地義的事，但也好應爲自己的終身幸福著想，也請爲對你癡心一片的高小子我想想。說到底我和你師父往日無冤，今日無仇，他若是眞的對你好，當然希望你有個好歸宿。唉！我的娘！我說得有點語無倫次了。」

尹清雅任他摟著，瞟他一眼道：「你是我的好歸宿嗎？」

高彥大喜道：「這個當然。試想想過去的幾天，你是不是覺得時間過得特別快，是否有一寸光陰一寸金的感覺？雅兒這麼開心過嗎？這麼刺激好玩過嗎？是不是有種情話說不盡的美妙感覺呢？是否……」

尹清雅「噗哧」的笑了起來，然後苦忍著笑的道：「你這小子，最愛自吹自擂，強派人家這般那般的。坦白告訴你，和你在一起算好玩吧！但並不表示我愛上了你。」

高彥搖頭道：「雅兒不要騙自己了，如果你不喜歡我，怎會讓我這樣摟著呢？」

尹清雅微聳香肩，若無其事的道：「或許被你摟慣了吧！」

高彥氣得鬆開手，恨得牙癢癢的道：「雅兒望著我。」

尹清雅別過俏臉迎上他不服的眼神，道：「看著你哩！又如何呢？」

高彥差點語塞，忙道：「你如果不愛我，怎會不怕你師父不高興，萬水千山的到邊荒集來，又明知危險，也要陪我到北潁口去。」

尹清雅漫不經意的道：「道理很簡單，因爲我貪玩嘛！」

高彥爲之啞口無言，整張臉都漲紅了。

尹清雅苦笑道：「不要那麼氣惱好嗎？忘了雅兒吧！我們是不會有好結果的。我師父和你們荒人是勢不兩立，與大江幫更有解不開的仇結，師父是不會容許我愛上一個荒人的，我更不可以傷他的心。」

高彥道：「先告訴我你不是因貪玩才到邊荒集來，而是因爲……」

尹清雅豎起兩指按上他嘴唇，阻止他說下去，輕柔的道：「傻瓜！有很多話是不用說出來的。這樣如何？你閉上眼睛，讓我悄悄的離開，將來的事，將來再說。」

高彥再忍不住，熱淚奪眶而出，悽然道：「除非你殺了我，否則我是不會讓你離開的。」

尹清雅急忙縮手，眉頭大皺道：「你算是男人來的嗎？人家還沒哭，你倒先哭起來。」

高彥涕淚交流，一塌糊塗的道：「是男人也好，不是男人也好，我絕不會讓你走的。」

尹清雅嘆了一口氣，哄孩子般的軟語相勸，道：「可以給人家一點時間嗎？」

高彥倏地止哭，愕然瞧著她道：「雅兒的確是愛上了我，對嗎？」

尹清雅大嗔道：「沒有！誰看上了你？人家根本仍拿不定主意，你再逼人家，我便點了你的穴道，然後直溜回兩湖去。」

高彥舉手投降，道：「雅兒先隨我回邊荒集吧！你也要給我一點時間，這般說走就走，我如何受得了？」

尹清雅嗔道：「男子漢大丈夫，哪有這般糾纏不清的？」

高彥沉吟片刻，點頭道：「好吧！我可以讓雅兒回兩湖去，但雅兒須親口答應我，假設你師父肯答應我們的婚事，雅兒便嫁給我。」

尹清雅現出苦惱的神色，嘆道：「那是不可能的，要我怎麼說你才肯相信？」

高彥道：「先不理那是否有可能，假如你師父肯點頭，雅兒願意下嫁我高小子嗎？」

尹清雅跺腳生氣的道：「我是女兒家啊！教人家怎樣答你的蠢問題呢？死小子！臭小子！」

高彥一聲歡呼，從床邊彈起來，翻了個觔斗，捧頭叫道：「成功哩！雅兒終於肯嫁我了。」

尹清雅嘟著嘴兒道：「你最愛自說自話，人家何時答應過你了？」

高彥神氣的道：「我明白了！再不明白便是大蠢蛋。哈！我們先回邊荒集如何？遲都遲了，也不怕多遲上幾個時辰，吃完烤羊腿你再走吧！坐船怎都舒服過在雪地奔跑。」

尹清雅懷疑的道：「吃過烤羊腿後，你眞的肯讓我走？」

高彥拍胸道：「大丈夫一言既出，駟馬難追，雅兒放心好哩！」

尹清雅欣然起立，帶著千嬌百媚的姿態風情，橫他一眼。高彥一把拉開木門，道：「雅兒請！」

尹清雅走到門前，正要跨過門檻，倏地嬌軀劇震。

高彥朝外一看，也立告色變，全身的血液似被冷得凝結起來。

向雨田挨在屋外一棵大樹的樹幹上，側頭朝他們瞧來，搖頭嘆息道：「如果你們沒花時間在卿卿我我，我哪能在這裡恭候兩位呢？」

第十四章　戲假情真

「高彥快走！」

尹清雅叱叫聲中，奪門而出，利劍出鞘，化爲數十道劍影，朝向雨田灑去，全是奮不顧身的進攻招數，一時劍嘯橫空，「嗤嗤」作響，盡顯尹清雅的功架。

以向雨田的身手，亦難對她水銀瀉地式的進攻等閒視之，嘆了一口氣，一個旋身，面對尹清雅，雙掌穿花蝴蝶般拍出，每一記均命中來劍，不論尹清雅如何變招改向，都闖不過他的雙掌關。

掌勁劍氣，「劈劈啪啪」的響個不停，中間沒有半點停頓。

尹清雅的劍氣固是凌厲，最好看還是她迅如鬼魅的身法，似化爲一個沒有實質輕煙似的影子，每一刻均於不同的位置向這可怕的秘人高手發動排山倒海的攻勢。

來到門外的高彥雖有拚死幫忙之心，卻毫無插手的辦法，只能乾瞪眼。

一輪急攻後，尹清雅全力出手搶攻下，終告力竭。

「叮！」

向雨田曲指重重敲在劍鋒處。

尹清雅慘哼一聲，連人帶劍向後跌退，高彥忙在後接著她，豈知尹清雅餘勢未消，竟撞入高彥懷內，兩人變作滾地葫蘆，跌回屋內去，狼狽萬分。

尹清雅掙扎著站起來，急忿怨痛，差點哭出來道：「你爲何還不走？」

答她的不是高彥而是向雨田，這天才橫溢的秘族年輕高手移到門口處，俯視倒作一團的兩人，神態落寞的嘆道：「若他肯捨你而去，就不是高小子了。」

高彥比血氣仍在翻騰的尹清雅早一步跳將起來，攔在尹清雅身前，擺出架式，挺胸喝道：「冤有頭債有主，要麼便和老子大戰三百回合，怎可以恃強凌弱？」

向雨田搖頭嘆道：「首先你的小白雁不但非是弱小，且是天分高絕的劍手，其次是你高少連擋我三招的功夫都沒有，更不要說三百回合。」

尹清雅終於在高彥身後站了起來，一手持劍，另一手卻要搭在高彥肩上借力，這才勉強站穩。

向雨田又搖頭苦笑，有點自言自語的道：「怎會變成這樣子的呢？」

高彥終於發覺向雨田神態有異，試探的問道：「你想怎麼樣呢？」

向雨田朝他望去，雙目殺機大盛，狠盯著高彥。

高彥知他出手在即，更被他威勢所懾，不由自主的往後退去，退了兩步後便被尹清雅按住，喘息著在他耳旁道：「後面是牆，沒得退哩！」

向雨田眼裡神光斂去，啞然失笑道：「你這小子！唉！」

高彥道：「雅兒快走！我來擋他。」

尹清雅跺足嗔道：「人家叫你走，你不走，現在我爲何要聽你的？」

向雨田再苦笑道：「罵得好！確是最蠢的話。」

尹清雅嬌叱道：「我們的事輪不到你來管，要動手便動手吧！我師父會來找你算賬的。」

高彥大喝一聲，要衝上去和向雨田拚命，卻被尹清雅在後面死命扯著，沒法脫身。

向雨田神情古怪地瞪著兩人，忽然道：「我們閒聊幾句如何？」

高彥正要破口大罵，尹清雅搶著道：「你想聊甚麼呢？」

高彥感到尹清雅在他背上畫了個「忍」字，想到尹清雅正逐漸回復作戰能力，連忙閉嘴。

向雨田改爲挨在門框處，道：「我最不好就是自作聰明，爲了解你們荒人，到說書館作了兩晚座上客，聽了兩晚說書。」

高彥和尹清雅聽得一頭霧水，不明白向雨田於此佔盡上風優勢的時刻，不立即動手殺人，還扯到風馬牛不相關的事去。

向雨田往高彥瞧去，頹然道：「在眾多說書裡，最吸引我的不是甚麼〈燕飛怒斬假彌勒〉，更不是甚麼〈一箭沉隱龍〉，而是關於你高少的〈小白雁之戀〉。」

兩人聽得你看我我看你，雖然仍不明白向雨田說這番話有何目的，但卻感覺到至少在這一刻，向雨田對他們沒有敵意，還有點休戰談心的感覺。

高彥稍減驚惶，腦筋回復靈活，心忖你肯只動口而不動手，當然最理想。順著他口氣道：「按道理，你該最關心燕飛的事，而不是我和雅兒的兒女私情。」

向雨田雙目射出傷感無奈的神色，有感而發的輕輕道：「在現實裡，我向雨田還欠缺與人爭雄鬥勝的機會嗎？與燕飛的一戰更是勢在必行，既然擁有了，就不會那麼在意。可是我可以坦白告訴你，我是注定了不能踏進情關的人，所以你們離奇曲折的戀情，分外吸引我，因爲這是我唯一欠缺的。箇中道理，頗爲微妙，你們明白嗎？」

高彥露出同情的神色，點頭道：「原來你在這方面有天生的缺陷，眞看不出來。」

向雨田沒好氣的道：「完全不是你想的那回事，竟敢當我是天闇？」

尹清雅從高彥肩後探出頭來，好奇的問高彥道：「甚麼是『天闇』？」

屋內的氣氛奇怪至極，一心爲殺人而來的可怕刺客，竟和刺殺的目標侃侃交談，且話題觸及私隱。

向雨田怕高彥愈說愈不堪，代他答道：「天闇指天生不能和女子合體交歡的男人，明白嗎？但我可保證我沒有這方面的問題，如果高少你敢四處造謠，我絕不會放過你的。」

尹清雅聽他說得如此坦白，俏臉霞燒，躲到高彥背後去。

高彥則呆看著向雨田，欲言又止，顯是因向雨田說的話隱含不動手殺人之意，否則高彥哪有四處造謠的機會？但又不敢出言相詢，怕向雨田忽又改變主意。

向雨田又再搖頭苦笑，嘆道：「索性告訴你們吧！我的情況可以這麼去形容，就是我現在正進行一種大幅延長壽命的功法，必須超脫人的七情六慾，否則稍一不愼，便有走火入魔之險。」

尹清雅再次從高彥肩頭探出紅霞未消的俏臉，訝道：「天下間哪有延長壽元的武功？師父說人可以活多久，是由老天爺決定的呢。」

向雨田反問道：「所以你又怎知我不是注定得享長壽？」

尹清雅登時語塞。

高彥試探的道：「向兄是否決定放過我們？」

向雨田不悅道：「我的說書尚有下文，你給點耐性可以嗎？」

尹清雅「噗哧」嬌笑，道：「你的說書？你是否聽了太多說書，著了迷，變成了個說書先生？」

向雨田苦笑道：「我的確是著了迷，當我聽你們的〈小白雁之戀〉時，完全投入了進去，似化身爲高少，和你這頭小白雁談起戀愛來，有如身歷其境。他娘的！說書的威力確實驚人。」

尹清雅兩邊臉蛋各升起一團紅暈，「啐」的一聲，又躲往高彥背後去。

高彥露出警惕的神色，道：「你不是……唉！你不是……」

向雨田沒好氣道：「當然不是你想的那樣，我只是聽故事聽得太投入罷了。但我殺你的心仍算堅定，所以多次向你下手。唉！坦白說，我對你的殺機仍嫌不足，否則恐怕你已魂歸地府。他娘的！爲甚麼會變成這樣子呢？」

高彥和尹清雅都緊張起來，怕向雨田忽然又變回可怕無情的刺客，因爲向雨田臉上忽晴忽暗，顯是心中互相矛盾的想法在交戰著。

向雨田目光投往地上，射出溫柔的神色，道：「剛才我全速追來，已下定決心，一見到你高少，立下殺手，只恨我未見到人，先聽到你們說話的聲音，還忍不住偷聽你們的私語，便如聽一台活的說書。」

接著往他們一望，雙目神光閃閃，以帶點興奮的語調道：「你們曉得嗎？那種感覺非常古怪，好像說書裡的景況，忽然間和現實結合起來，變得眞假難分，使我再沒法狠起心腸對高少你痛下殺手。」

高彥舒一口氣欣然道：「聽你老哥這麼說，我感到欣慰莫名。說眞的，大家又從沒有他奶奶的深仇大恨，你殺我，我殺你，是何苦來哉？」

向雨田回復從容，微笑道：「你像是忘了我們正在開戰，而我則是站在慕容垂的一方。不妨再告訴你多點有關於我不殺你的理由，是由於我正修行的功法，是不容我濫殺的，更絕不可因殺你而種下後悔莫及的心魔。唉！我說了這麼多話，只是想和你打個商量，看如何有兩全其美之法。」

兩人緊張起來，嚴陣以待。

向雨田淡淡道：「不用緊張，我沒有傷害你們之心，但於情於理，我怎都該爲慕容垂著想，這樣如何？小白雁可以自由離開，高少則隨我回去。放心吧！我絕不會把高少交給燕人，只會找個地方軟禁高少你十天八天，待燕人完成北潁口的軍事設施，就立即放了你。我向雨田說過的話，從來沒有不算數的。」

尹清雅倏地前移，擋在高彥身前，嬌叱道：「不行！」

向雨田苦惱的道：「這也不行嗎？」轉向高彥道：「勸勸你的小雅兒好嗎？我沒可能在不傷害她的情況下制伏她。」

高彥想起尹清雅的豪言壯語，就是即使以燕飛之能，想再次將她生擒活捉，也要下輩子，因而明白到向雨田的苦惱是有道理的。不知如何，他沒有絲毫懷疑向雨田的話，因爲若向雨田存心要殺他，何用說這麼多廢話？而且向雨田每字每句均透出眞誠的意味，說出來的理由更是匪夷所思，正因如此，反令人更易相信。

眼前形勢顯而易見，尹清雅雖有一拚之力，但必敗無疑，如被向雨田重創，更划不來。爲了尹清雅，他再沒有另一個選擇。

高彥苦笑道：「雅兒……」

尹清雅一振手上長劍，發出眞氣貫劍「嗡」的一聲，斜斜向上指著向雨田，怒道：「高彥你閉嘴！他想把你拿下，先問過我的劍吧！」
向雨田攤手道：「這是何苦來哉？」
忽然現出傾聽的神色，接著雙目神光遽盛，瞪著尹清雅，大喝道：「不要逼我！」
尹清雅嬌叱一聲，手上長劍化作點點劍芒，迎向對手，卻是聚而不散，予人隨時可擴展的感覺，比之剛才吃驚下出手，又有一番不同的威勢。
「鏘！」
向雨田長劍離鞘，平穩地一劍往尹清雅削去，毫無花巧，卻有橫掃千軍的霸道氣勢。
高彥心叫完了，向雨田顯然動了眞怒，故出手不再留情，如尹清雅有甚麼閃失，他也不想活了。

燕飛踏足曾與魔門三大高手血戰的荒鎭，三人的屍首已不翼而飛，令他生出根本沒有發生過任何事，一切只屬一場夢境的錯覺。
他重回此鎭，是想好好埋葬三人，免他們暴屍街頭，現在當然再不用勞煩他，由此可見魔門辦事計畫周詳，故能於事後不留下任何痕跡，或可供人追查的線索。
魔門最可怕處，是你根本不知誰是魔門中人，像李淑莊，誰猜得到她竟是魔門妖女。
燕飛離開古鎭，發覺連入口處的狗屍也消失無蹤，心中不由驚異魔門行事謹慎和小心的作風。並提醒自己謹記此點，如若掉以輕心，很可能會吃大虧。因爲他曉得自己已變成魔門的頭號敵人，魔門爭霸路上最大的障礙。魔門會盡一切手段來毀滅他燕飛。他絕不可以輕敵。
當他和魔門三大高手生死決戰之時，會否另有魔門的高手躲在附近暗處，偷窺了整場血戰呢？

這個可能性極大。

當時魔門三大高手予燕飛極大的威脅和壓力，令他不得不全神應付，根本無暇分神去理會激戰之外的任何事，如果魔門另有高手在旁觀戰，的確可瞞過他。

正是此人在事後掃除血戰的痕跡，帶走三人的遺體。

對方該只一人，如果是一人以上，應避不過他的靈覺。而且此人極可能是屬衛娥一系魔功心法的人，且其魔功不在衛娥之下，他之所以有此推想，是因當時只有衛娥能瞞過他的感應。

假如他所料無誤，那麼魔門實在太可怕了。這位隱藏於暗處的敵人，或許負有偷襲的任務，但因衛娥三人敗得太快，令此人無從援手，卻目睹整個過程。

燕飛在荒野飛馳，心中思潮起伏。

他實在無意與魔門爲敵，可惜卻身不由己，成爲了魔門的敵人，關鍵處極可能因他與劉裕的關係。想到這裡，他差點要改變方向到海鹽去，爲的是要警告劉裕，讓劉裕曉得這群在暗處算計他的可怕敵人。

當然他沒法抽身，因爲邊荒集更需要他，要警告劉裕，他可以借屠奉三的通信網把消息傳送給劉裕。

除此之外，他還可以去警告李淑莊，爲劉裕稍盡棉力。

唉！他的煩惱眞是有增無減。

腦海裡同時升起另一個問題，墨夷明會否是自己的生父？此事他必須弄清楚，因爲墨夷明的得意傳人向雨田，正是他無可逃避的勁敵。這方面只有由心愛的千千爲他想方設法，從風娘處爲他旁敲側擊，套取秘密。

另一個念頭又湧上心來。

他現在最厲害的看家本領就是「仙門劍訣」，可是他怎能向明瑤施展這麼霸道和無法控制的終極劍招呢？如果不用小三合，他實在沒有擊敗萬俟明瑤的把握。

這是個令他非常頭痛的難題。

所以他必須在對上萬俟明瑤前，進一步提升「日月麗天大法」，突破以前的劍招，利用太陽、太陰兩種不同的真氣，於原本的劍法上再作突破，創出新一代的「日月麗天大法」，這才有本錢與萬俟明瑤周旋。

他太明白明瑤了，這位曾令他顛倒迷醉的美麗秘女，可以變得絕對無情，只恨他卻不能不顧念舊情。

想到這裡，心中一陣煩躁。

燕飛暗吃一驚，曉得這是內傷發作的先兆，孫恩的黃天大法確實遠在魔門三大高手之上，給他的傷害亦難以在短期內根除。

燕飛再不敢胡思亂想，收拾心情，把所有馳想排出腦外，意念專一的朝建康奔去。

第十五章　交換條件

向雨田這一劍以拙對尹清雅的巧，實爲在此時此地對付尹清雅的有效招數，欺對方功力遠不及他，兼且尹清雅後方是高彥和牆壁，退無可退，更爲要保護高彥，致避無可避。

此橫削的一劍，以簡對繁，只要逼得尹清雅變招，他便可以使出卸勁的手法，把尹清雅帶得橫移開去，令高彥完全暴露在他的攻擊下。

豈知尹清雅一陣嬌笑，倏地騰升而起，足尖閃電點往劍鋒，原式不變的劍影擴散，只是改變了攻擊的角度，從上而下兜頭蓋臉地往向雨田灑下去。不論身法劍式，均超乎尹清雅一向的水平，可知這美人兒爲了高彥，奮不顧身下把優點發揮得淋漓盡致。

高彥人極機靈，立即沉腰坐馬，一拳擊出，發出一股勁風，直攻向雨田脆弱的下陰。

向雨田喝了一聲「好」，橫掃的劍竟改爲上挑，整個人往下一蹲，左手則凌空向高彥劈出一記隔空掌，動作如行雲流水，不但沒有絲毫臨急變招的況味，且瀟灑好看，彷彿他早已打算這般去做。

凌空的尹清雅想不到向雨田毫無保留的一劍，竟可以說變就變，由橫削之勢改往她腳尖挑來，如給他挑中，不但會被他化解了攻勢，還會被他送往別處，那高彥肯定小命難保。低罵了聲「壞傢伙」，雙腳倏縮，凌空一個翻騰，劍光仍朝向雨田頭臉罩下去，盡顯她在提氣輕身上的功架。

「砰！」

高彥的拳風被向雨田分心劈出的隔空掌迎個正著，登時吃了大虧，被反震力帶得重重撞在後方土牆上，震得他全身骨骼像散了開來似的，渾身痠痛，氣血翻騰，能不倒下已撐得非常辛苦，更不用說攻敵了。

向雨田哈哈笑道：「小雅兒中計哩！」

說畢手中長劍化作白光，沖上而起，破入尹清雅的劍芒裡去。

尹清雅大嗔道：「不許喚小雅兒。」口上雖不饒人，手底下卻沒有閒著，由繁化簡，側劈向雨田直搠而來的長劍，只要能借點力，她便可以升往屋樑處，屆時雙腳點往樑柱，她可以借力攻擊屋內任何一個位置，令向雨田沒法向高彥下手。

向雨田大笑道：「過癮過癮！我現在頗有投入說書天地的動人感覺，且正直接干預〈小白雁之戀〉的發展。」

「鏘！」

兩劍相觸，竟然凝定在半空。

尹清雅的如意算盤登時打不響，原來向雨田的長劍生出磁石吸鐵般的強大吸力，把她的素女劍「貼」個結實。尹清雅咒罵一聲，一雙美腿從空中翻下來，迅如電擊般朝向雨田胸口踢去。

高彥仍未回復過來，倚著牆急遽的喘息著時，倏地精神一振，喝道：「有人來哩！」

向雨田從容道：「你的耳朵差得遠哩。」

接著往橫閃開，正好避過尹清雅的連環踢腿，又一個旋身，帶得尹清雅往入門處凌空沖去。

兩劍分離。

尹清雅始知中了向雨田的奸計，急得哭出來道：「高彥！」

向雨田長笑道：「太遲了！」

尹清雅心知糟糕，忙使個千斤墜，於離門尺許處降落地面，旋風般轉身，跟著動作凝止，手上長劍沒法攻過去。

向雨田挾著高彥靠牆而立，利劍架在被嚇得面無人色的高彥脖子處。

破風聲從四面八方傳來，最先搶入屋內的是卓狂生，像頭要拚命的猛虎，但當見到高彥受制於向雨田的情景，硬煞止衝勢，落在尹清雅身旁，狂喝道：「不要妄動！」

接著王鎮惡、姚猛和小軻同時擠入屋內，窗外則人影幢幢，殺氣騰騰，高彥的一號行宮被荒人兄弟重重包圍起來。

向雨田一陣長笑，不但沒有絲毫懼色，還似非常開懷得意，笑容燦爛。

只要他把長劍一抹，保證高彥小命不保，大羅金仙也難救他一命。

卓狂生急道：「大家萬事可以商量。這樣如何，只要你老哥放過高彥，我們任你自由離開。」

向雨田搖頭嘆道：「卓館主根本沒有和我向雨田講條件的資格，縱使我殺掉高小子，也有把握全身而退，鎮惡兄當知我不是在吹牛皮。」

小白雁哭道：「他……他這壞傢伙要帶走高彥，你們快想辦法。」

王鎮惡最是冷靜，移到小白雁另一邊，訝道：「高少不是向兄殺人名單上的人嗎？爲何不是殺他而是要帶他離開呢？」

卓狂生等人人生出希望，以向雨田顯露的身手，他確有殺人後突圍而逃的本領，但若要擄人離開，卻是絕無可能的。由此亦可見小白雁的靈慧，雖焦急得哭起來，仍不忘點醒眾人其中關鍵處。王鎮惡更精明，直接詢問向雨田，一方面建立對話的氣氛，更要冷卻現時雙方劍拔弩張、一觸即發的緊張情勢。

向雨田嘆道：「此事一言難盡。我向雨田到邊荒後不知走了甚麼怪運道，總難放手而爲。少說廢話，現在的情況清楚分明，只有你們聽我說話的分兒，明白嗎？」

高彥被劍壓著咽喉，沒法說話，只知呆看著眞情流露，爲他哭得梨花帶雨的尹清雅。

姚猛怒道：「我們是絕不容你把高少帶走的，如你敢傷害高少……」

向雨田截斷他的話道：「你叫姚猛，對嗎？現在高小子的命在我的手上，最好不要惹火我，明白嗎？」

小軻喝道：「是英雄好漢的，就不要用這種下三濫的手段，快放開我老大，大家手下見個眞章。」

向雨田啞然笑道：「我從來不是甚麼英雄好漢，更無意當傻瓜蠢蛋。你們清醒了嗎？可以平心靜氣聽我說幾句話嗎？」

王鎮惡喝道：「說吧！」

屋內、屋外倏地靜至鴉雀無聲，只有高彥急促的喘息聲。

小白雁以袖拭去熱淚，露出堅決的神色。

卓狂生攤手道：「好哩！大家都冷靜下來了，向兄有甚麼好提議？」

向雨田從容道：「我一直非常冷靜。哈！算哩！不再和你們計較。讓我先分析一下現時的情況。」

王鎮惡點頭道：「我們洗耳恭聽。」

向雨田微笑道：「我這人最通情達理，說出來的條件保證你們樂於接受……」

尹清雅跺足嗔道：「甚麼通情達理？你這壞傢伙說到底是要擄走高彥，我們絕不可以答應他。」

卓狂生勸道：「先讓他開出條件，看我們能否接受。」

向雨田向卓狂生道：「還是卓館主明白事理，因爲你曉得你那台〈小白雁之戀〉的說書，結局正控制在我的手上。事實上整個邊荒集的命運都被我掌握著，只要我橫劍一抹，不但〈小白雁之戀〉要慘淡收場，你們荒人也失去重奪北潁口控制權的希望。所以我說你們只有順從的分兒，因爲人質在我手上。聽清楚嗎？我只說要你們順從，並沒有說要你們屈服，這兩個詞語有天壤之別，由此可知我開出的條件，是你們可以接受的。」

眾人都說不出話來，此人的辭鋒太厲害了，以最生動傳神的方式將眼前的情況描述出來。

卓狂生苦笑道：「好哩！算你佔了上風，說出你的要求，看我們可否接受。」

向雨田微笑道：「我可以不損高少分毫的釋放他，但卓館主必須代表鐘樓議會，答應我幾件事。」

卓狂生皺眉道：「我雖然主持議會，卻無權代表整個議會說話，爲你轉述當然沒有問題。」

向雨田淡淡道：「不可以便拉倒。」

王鎮惡慌忙道：「向兄息怒，何不先把你的提議說出來，讓我們好好斟酌，看有沒有談得攏的可能性。」

向雨田不悅道：「我沒有說廢話的閒情，請卓館主表明立場，你是否可以代議會說話？」

卓狂生無奈道：「好吧！我便代表議會和你談條件。」

尹清雅嬌嗔道：「人家不是荒人，不受鐘樓議會約束，即使他們答應讓你帶走高彥，我仍是不會容許的。」

向雨田訝道：「所謂好死不如歹活，你如肯讓高少隨我走，高少至少有一絲生機，小雅兒爲何仍要堅持己見，不怕我一怒之下幹掉你的情郎嗎？」

尹清雅立即霞燒玉頰，令她看來更是嬌艷動人，又急又怒的罵道：「叫你不要亂喚人家的名字，仍是死性不改，高彥更不是我的情郎，只是戰友和夥伴，你胡言亂語幹嘛？」

眾人都聽得呆了起來，尹清雅明明在乎高彥，又爲他灑下熱淚，偏是仍不肯承認她與高彥天下皆知的戀情，眞令人生出撲朔迷離的感覺。

向雨田興致盎然的問道：「只要你再說一句不讓我帶走高彥，我立即殺了他，你敢說這句話嗎？」

尹清雅大怒道：「你這死混蛋、壞傢伙、直娘賊、只懂欺凌弱小之徒，竟敢威脅我？我……」

卓狂生眞怕她會一氣之下，不顧一切的說出向雨田挑弄的那句話，忙打岔道：「先讓向兄開出條件，再看我們能否接受。」

尹清雅忽地嫣然一笑，道：「我們根本不用受他威脅，我已看穿這個自以爲了不起的傢伙，他是絕不會殺高彥的，只要我們現在發動攻擊，我敢保證他只好釋放高彥，抱頭鼠竄，說不定我們還可狠揍他一頓來出氣。」

眾人聽得呆了起來，目光集中到向雨田身上。

向雨田兩眼上翻，露出一個趣怪的表情，登時大幅沖淡了動輒要生死相搏的緊張氣氛，也令卓狂生等一眾荒人知道尹清雅說的話並非無的之矢。

王鎮惡打手勢阻止欲發言的姚猛說話。

此時的形勢頗爲微妙，誰也不曉得下一刻會有甚麼變化。

向雨田苦笑道：「怎會變成這樣子的呢？我的娘！」

王鎮惡道：「向兄請說出你放人的條件吧！」

這句話純是試探性質，看向雨田是不是眞的有放人的誠意，以作交換荒人答應他某些要求，如值得相信，當然最是理想。

不過誰都不敢放鬆戒備，因向雨田此人不但行事令人難以揣測，且是正邪難分，每有出人意表的舉動。

向雨田卻盯著尹清雅，沉聲道：「如我幹掉你的高小子，尹姑娘怎辦好呢？」

尹清雅若無其事的道：「頂多一命賠一命吧！你還可以要我怎樣呢？」

向雨田哈哈笑道：「精采！確實精采！這台說書眞是精采。哈！言歸正傳，我放了高少又如何？可是你們得答應我兩件事。」

尹清雅罵道：「恁多廢話！快說出來。」

向雨田苦笑道：「罵得好！我今天確實廢話連篇，皆因心中不服氣。大家請勿誤會，我只是對老天爺不服氣，卻與你們無關。聽著了！第一個條件是只要我依足你們的規矩，我便可以在邊荒集來去自如，你們不得干涉。」

眾人爲之愕然，想不到向雨田第一個要求竟是如此。

卓狂生沉吟片刻，苦惱的道：「如果你把我們的虛實告知燕人，我們豈非毫無軍事機密可言？」

向雨田哂道：「我若要爲燕人做探子，你們的行動可瞞過我的耳目嗎？唉！坦白告訴你吧！此處事了後，我會返回北潁口去，警告燕人，說你們會在三天內去攻打北潁口，至於燕人如何應付，是燕人的事，一概與本人無關。」

姚猛在後面輕推卓狂生一下，要他答應。

卓狂生點頭道：「你說得合情合理，我代表鐘樓議會答應你這要求，只要你依足我們邊荒集的規矩，老兄可以像其他來觀光的客人般，隨意活動。」

王鎮惡道：「請向兄賜示另一個要求。」

向雨田微笑道：「另一個要求更容易，就是燕飛回集後的三天內，須與我進行一場公平的決戰，時間地點由本人決定。」

眾人齊齊舒了一口氣。

卓狂生長笑道：「向兄的確有膽色，坦白說，你老兄肯和我們的小飛來一場單打獨鬥，我們是求之不得，怎會蠢得拒絕呢？成交！可以放人了嗎？」

「鏘！」

向雨田滿臉笑容的還劍鞘內，同時放開了抓著高彥肩頭令他失去氣力的手。接著輕推高彥，經脈尚未回復過來的高彥被他推得腳步不穩的朝卓狂生等跌撞過去。

王鎮惡和姚猛正要搶前攙扶，卻被卓狂生攔著，人影一閃，小白雁已一把扶著高彥，歡天喜地的嚷道：「你沒事吧！我們成功哩！」

高彥驚魂甫定，整個人栽進小白雁香懷內，惹得眾荒人齊聲喝采叫好。

向雨田神態輕鬆的朝門口走去，卓狂生等忙讓出去路。

向雨田跨出門外，忽然停下，道：「王兄欲言又止，究竟有甚麼想說的？」

王鎮惡道：「我只想問向兄，既完成不了殺人名額，如何向燕人交代？」

向雨田仰望天空，淡然自若的道：「首先我要澄清的是我根本不用向燕人交代，只須向本族交代。哈！天下間怎會有一成不變的事，我更不是愚忠愚孝之徒，當然要審時度勢，有所必爲也有所不爲，只要問心無愧便成。」

忽又轉過身來，露出燦爛的笑容，道：「燕人的眞正目標是拓跋珪，只要擊敗他，你們荒人還能起甚麼作用？縱然你們奪回北潁口，也只能多苟延殘喘點日子，實無補於大局。」

姚猛哂道：「凡輕視我們荒人的，終有一天會曉得錯得多麼厲害。」

向雨田絲毫不以爲忤，灑然笑道：「眞的是這樣子嗎？」

拍拍背掛的長劍，舉步穿林而行，長笑道：「只要我擊殺燕飛，邊荒集將不戰而潰，你們荒人的失敗是注定了的。」

說到最後一句話，他的背影消失林外。

眾人目光投向高彥，後者仍搭著尹清雅的香肩，一副詐傷納福的姿態。

卓狂生喝道：「你沒有受傷吧？」

高彥挺起胸膛，神氣的道：「以我的武功，怎會那麼容易受傷？」

這番話登時惹得噓聲四起。

尹清雅低聲罵道：「死小子！眞不知羞恥。」

高彥笑嘻嘻道：「我們打道回府再說如何？」

尹清雅白他一眼，垂首不語。

高彥跳將起來，翻了個觔斗，狂呼道：「今回眞的成功哩！」

第十六章　白雁南飛

劉裕和屠奉三登上山峰，俯瞰遠近，精神爲之一振。在茫茫大海上，以長蛇爲名的一列大小海島，就像一群朝西南方游去、半浮半沉的海龜，不懼風浪。

屠奉三迎風嚷道：「這是最隱秘的海上基地，當形勢有利於我們時，我們便從這裡反攻天師軍，建立我們的軍事王國。」

劉裕皺眉道：「天師軍屬這區域的本土勢力，該不會疏忽這列有軍事戰略價值的島嶼，如被他們發覺，我們的奇兵之計肯定要泡湯。」

屠奉三胸有成竹道：「在平時的情況下，我們肯定難逃天師軍的耳目，但現在是非常時期，徐道覆須集中全力應付南征平亂軍，對此遠離陸岸的海島群無暇理會。」

接著指著「奇兵號」停泊的海灣道：「這是長蛇群島內最優良也是最隱蔽的海灣，水深灣闊，風平浪靜，只要我們搭建臨時碼頭，可容三十艘以上的大型戰船停靠。最妙是其他船隻如在群島外路過，根本看不到海灣的情況。對方必須駛進群島內，才有機會發現我們。」

劉裕問道：「如果那種情況發生了，我們該如何是好？」

屠奉三欣然道：「除非對方戰船數以百計大舉來犯，我們才沒法應付，如果只是一、兩條探子船，我們可以利用特殊的環境，海陸配合，把敵人殺個片甲不留，使消息沒法洩露半點兒出去。」

劉裕同意道：「這確實是最好的辦法。不過這裡與世隔絕，我們如何可以掌握外面發生的事？而能否掌握情報，正是我們這一仗勝敗的關鍵。」

屠奉三道：「我們在海鹽附近臨海處，尚有另一個秘密基地，我會帶你到那處去，看著時局的變化，南征平亂軍與天師軍交戰的發展，再決定何時出擊，肯定可殺天師軍一個措手不及。」

劉裕皺眉問道：「這裡交給何人主持？」

屠奉三答道：「如一切順利，原振荊會和大江幫所聯合組成的海上雄師，會於數天內，由陰奇率領進駐此處。陰奇比我更熟悉這島群，有他在此主持大局，劉爺可以放心。」

劉裕笑道：「屠兄計畫周詳，我當然放心，我們何時起程往海鹽附近的基地去呢？」

屠奉三道：「當太陽移過中天，我們便坐『奇兵號』出發，再借夜色的掩護，潛赴基地。」

接著重重舒一口氣，道：「直到今天站在這裡，我方有悶氣全消的暢快感覺，更感到以往的忍辱負重、辛苦經營是值得的。劉爺有沒有海闊天高，任我遨遊的痛快？」

劉裕心中湧起千百般感受，但旋即被廣闊的天地取代，感到精神爽朗，過往所受的屈辱變得無關痛癢似的。

屠奉三凝望海鹽的方向，道：「海鹽將會是我們爭霸天下的起點，當海鹽落入我們手上時，普天下的人當曉得『一箭沉隱龍』並非一個謠言，而是鐵一般的事實。劉爺的威力究竟如何龐大，現實裡民眾的反應，將會老老實實地向我們作出交代。」

高彥推門進入客棧的廂房，尹清雅呆呆地坐在窗旁的椅子上，椅旁小几放著她的小包袱，她就那麼一言不發，似乎不曉得高彥到來。

高彥神氣的道：「我已安排好，雅兒可以吃到邊荒集最棒的烤羊腿。」

尹清雅指指几子另一邊的椅子，道：「你先坐下來再說。」

高彥終於發覺尹清雅神態有異，知機地依她指示坐下。

尹清雅淡淡道：「今次的會議比上一回短多了，只有半個多時辰。」

高彥道：「他們仍在開會，只是格外開恩讓我回來陪雅兒，現在我是自由身了！可以陪雅兒直玩至天亮。」

尹清雅微笑道：「你今次立下大功，他們有沒有讚賞你呢？」

高彥欣然道：「即使燕飛斬殺竺法慶，逆轉了整場戰爭，讓我們最後重奪邊荒集，也沒有人當面讚他半句，何況是我高彥？爲了邊荒集，一切都是理所當然的。」

尹清雅輕輕道：「我要走哩！」

高彥失聲道：「甚麼？」

尹清雅平靜的道：「我肯陪你回邊荒集，又等你到議會去做完報告後才走，對你算很好的哩！你不可貪得無厭，盡說些令人心煩的話，變成個婆婆媽媽的人，破壞了你在人家心中的印象。」

高彥呆看著她，說不出話來。

尹清雅柔聲道：「在我心中，高彥不但是邊荒集最出色的風媒，且是最有辦法的人，懂得如何可以快快樂樂的生活。和你在一起的日子總是多采多姿，更是刺激好玩。」

接著抬頭朝他一望，俏臉微紅的道：「可以給人家一點時間嗎？回兩湖後我要獨個兒靜靜的想想。沒有我的允許，你不可以到兩湖來找我。」

高彥悽然道：「你走了，我的日子怎麼過？不知道要等到何時，又沒法和你通消息。」

尹清雅道：「我當然有辦法和你通信，這方面你不用擔心。你是風媒來的嘛！當然該比其他人有耐性。人家肯說這番話，對你算非常好的哩！你不可再逼人家，明白嗎？你這蠢蛋混蛋。」

高彥道：「可是……」

尹清雅盈盈起立，道：「你們荒人反攻北潁口在即，你必須全力投入這場戰爭去，爲邊荒集的存亡奮鬥。現在對燕人的情況，沒有人比你更清楚，所以你已成了決定此戰成敗的關鍵。這是我離開的最佳時刻，你必須振作起來，不要垂頭喪氣似的。」

高彥癱坐在椅子裡，欲語無言。

尹清雅挾著小包袱，移到他身前，俯身審視他的眼睛，輕柔的道：「乖乖的坐在這裡，不要說話。告訴你！雅兒並沒有後悔今次邊荒集之行，以後也不會忘記。這麼說還不夠嗎？你想人家如何呢？」

高彥指指自己的嘴唇。尹清雅露出又羞又嗔的動人神情，接著以迅似閃電的速度湊上香唇，蜻蜓點水般往他嘴上吻了一下，往後疾退，開門關門，一陣風般的走了。

建康。烏衣巷謝府。

謝鍾秀穿上遠行的裝束，進入忘官軒，來到謝道韞身旁坐下，道：「鍾秀準備好哩！可隨時動身。」

謝道韞道：「船來了嗎？」

謝鍾秀答道：「來哩！正在南院碼頭等候我們。」

謝道韞向伺候她的兩個女婢道：「你們退下去。」

兩婢曉得她們姑姪有話要說，依言到門外等候。

謝鍾秀垂下螓首，似怕被謝道韞從她的表情窺破她的心事。

謝道韞愛憐的道：「秀秀仍決定隨我離開嗎？」

謝鍾秀斷然道：「建康再沒有秀秀留戀之處，更希望永遠不要回來。」

謝道韞嘆道：「希望秀秀不是一時衝動，說到底秀秀生於斯、長於斯，這裡怎會沒有值得你留戀之處？秀秀和我不同，尚有大好的花樣年華待你去品嘗……」

謝鍾秀截斷她的話嚷道：「姑姑！」

謝道韞迎上她抬頭望來的目光，問道：「秀秀有甚麼心事呢？」

謝鍾秀避開她的眼神，垂首搖頭道：「我沒有心事，只是想換個環境，自爹過逝後，我一直想離開烏衣巷，我怕留在這裡。」

謝道韞平靜的道：「秀秀不要瞞我，這幾天秀秀總是一副心事重重的樣子，有甚麼事呢？悶在心裡會生病的，何不說出來讓姑姑爲你解憂，姑姑會爲你守秘密的！」

謝鍾秀搖頭道：「我眞的沒有心事。」

謝道韞嘆道：「那你爲何哭呢？」

謝鍾秀悽然道：「我只是想起爹而已！」

謝道韞移到她身旁，摟著她肩頭道：「傻孩子，不要瞞姑姑好嗎？你有沒有心事，姑姑怎會不知道呢？究竟是怎麼一回事？快告訴姑姑。」

謝鍾秀崩潰了似的哭倒在謝道韞懷裡，梨花帶雨的飲泣著道：「沒有用的，我們謝家的女兒是否遭到了詛咒，注定了不能有好的結局？現在我只希望能遠離建康，從此以後再不知道在建康發生的事，平平靜靜的度過下半輩子。」

謝道韞也忍不住淚流滿面，慘然道：「秀秀怎可以如此悲觀消極？你的人生才剛起步，誰都預料不到將來有甚麼變化，逃避並不是解決問題的唯一辦法。」

謝鍾秀哭成個淚人兒，搖頭道：「我的問題是誰也沒法解決的，愛上一個人卻發覺我的愛只會毀掉他，還要嚴詞拒絕他、侮辱他，老天對我太殘忍了。」

謝道韞爲之愕然，再說不出話來。

好一會兒後，謝道韞問道：「秀秀愛上誰呢？」

謝鍾秀停止哭泣，輕輕道：「是誰不再重要，一切已成爲過去，希望以後再見不到他吧！」

此時下人來報，行裝已搬往船上去，隨時可以起航。

卓狂生進入廂房，高彥仍坐在椅內，一副若有所思的神態。

卓狂生在另一邊坐下，奇道：「小白雁呢？」

高彥輕鬆的道：「她走了！」

卓狂生失聲道：「甚麼？」接著用神打量他，懷疑的道：「你是否傷心得瘋了，所以再不懂得悲傷？」

高彥沒好氣的道：「你才發瘋。雅兒說得對，我和她都該各自冷靜一下。唉！他奶奶的，過去的一個多月都不知是怎樣過的，腦袋似在發熱、發脹。睡覺時想她，吃飯時想她，那種感覺眞是難以描述，說是快樂嗎？其實是慘不堪言的折磨；痛苦嗎？我又從未這般快樂過。他奶奶的，愛的滋味——唉！這就是愛的滋味了。」

卓狂生試探的道：「小白雁回兩湖去了，你眞的不難過嗎？」

高彥道：「你不是勸我要設身處地爲她著想嗎？現在我正是爲她著想，讓她有喘息回氣的空間。一邊是她的師父，一邊是她的情郎，她需要的是時間。」

卓狂生拍腿道：「好小子！現在連我也被你對小白雁的愛感動，爲了小白雁，你改變了，再不是以前只顧爲自己著想的高彥，否則你不會放她走。」

高彥神氣的道：「更因爲我對自己有十足的信心，嘿！該說我對她小白雁有十足的信心。我們雖沒有山盟海誓，且她由始至終都不肯承認愛上了我，但她的動作行爲早把她的眞正心意徹底出賣。我尙未有機會告訴你其中的精采情況，哈！但即使有機會我也不會告訴你，因爲那屬於老子我的私隱。」

卓狂生哂道：「最精采的一幕本館主沒看到嗎？他奶奶的，就是小白雁爲高小子悽然落淚的那一場。我警告你，不要打完齋便不要和尚，沒有我的〈小白雁之戀〉，你哪來今天的風光？向雨田若不是迷上了〈小白雁之戀〉，早宰了你這小子。如此說，我可算是你的救命恩人。」

高彥軟化道：「待我有空和那種閒情才告訴恩公你好嗎？他奶奶的，你來找老子有甚麼事呢？商量好了反攻大計嗎？」

卓狂生微笑道：「小白雁走的正是時候，因爲你高少又要再上戰場，且要立即出發。」

高彥一震道：「竟連睡一覺的時間也不給我嗎？」

卓狂生道：「一個時辰後我們起程，當然是由你帶路，難道由你的救命恩人帶路嗎？哈！眞爽，向雨田竟成了我的說書迷，可知我的〈小白雁之戀〉寫得多麼棒。」

高彥沒好氣的道：「你令我想起以前的自己，最愛自吹自擂。他娘的！你們擬好了全盤的作戰計畫嗎？」

卓狂生道：「我們的戰略，就是『速戰速決』四字眞言。趁敵人的援軍未至，且是陣腳未穩，我們以雷霆萬鈞之勢，直搗敵人的陣地，殺對方一個片甲不留。哈！這樣說當然比較痛快點，卓某人寫那本天書時，大概也會這般遣詞用字，那樣說的人痛快，聽的人也痛快。」

高彥一頭霧水道：「我現在不是要聽你談說書，而是要曉得老子須負擔的任務。」

卓狂生道：「作戰計畫由戰爺、儀爺、鎮惡和劉先生四個腦袋去構想，你只要去報到便成。我還以爲說服小白雁留下要費一番工夫，現在好了！你回復自由了。」

高彥道：「這樣的自由不要也罷。唉！」

卓狂生道：「爲何又唉聲嘆氣？」

高彥道：「我現在是憂喜交集，憂的當然是不知何年何月何日才可娶得小白雁。」

卓狂生道：「一切自有老天爺安排，照我看你和小白雁的姻緣是注定了的，根本不用你擔心，也輪不到你去擔心。」

高彥道：「老子並非聽天由命的人，如果是這樣，我早失去了小白雁。一切都是我爭取回來的。

小白雁走的時候，我立下決心，先盡力營救千千和小詩，做妥這件事後，再想小白雁，否則我會被良心譴責。」

卓狂生道：「這樣才是正確的態度，事情有緩急輕重之分，如果邊荒集完蛋，甚麼也都完蛋了，你和小白雁的事也要泡湯。來吧！我的任務就是把你押到碼頭去。」

高彥懶洋洋的站起來，伸個懶腰道：「你道向雨田會否助燕人抵抗我們？這傢伙實在教人害怕。」

卓狂生道：「如果向雨田可以隨便大開殺戒，邊荒集現在便不是這個樣子，放心吧！向雨田現在唯一的目標是燕飛，只有幹掉燕飛，又或被燕飛幹掉，他才可以脫身。」

高彥朝房門舉步，思索道：「向雨田有那麼厲害嗎？我敢肯定他會被燕飛幹掉。」

卓狂生站起來，先一步推開房門，道：「在邊荒集，恐怕找不到一個會為此事擔心的人。他奶奶的！向雨田會比孫恩更厲害嗎？孫恩辦不到的事，向雨田不可能辦到。」

高彥隨他走出房門外，點頭道：「對！向雨田絕對不是燕飛的敵手，他挑戰燕飛，是自尋死路。」

卓狂生搭著他肩頭，沿客房外的長廊朝客棧的正門走去，壓低聲音道：「讓我告訴你一個軍事機密，本想用來對付秘人的火器，已大批製造出來，現正運上兩艘戰艦去，送往北潁口招呼燕人。而我們則輕騎直撲前線，攻燕人一個措手不及。你想想看吧！這邊向雨田警告燕人，那邊我們的大軍已壓境殺至。多爽！」

高彥欣然道：「老子負責帶路，你負責擲火器，戰爺他們負責衝鋒陷陣，各司其職。哈！你和我都是死不得的，否則〈小白雁之戀〉如何可以百載千秋的流傳下去？」

兩人齊聲大笑，喝醉了似的一路跌跌撞撞去了。

第十七章　反擊行動

「奇兵號」在波濤洶湧的海面上破浪航行，它並不是直線駛往目的地去，而是先繞往東面的大海，遠離陸岸，確定沒有被敵人發現行蹤，方朝基地駛去。

船在內河道行進，即使像大河、大江那樣遼闊的河道，要瞞過敵人的耳目，仍是非常困難的事。但在大海行駛，加上有像老手般那麼熟水性的操舟高手在主持，幾可肯定來無蹤去無影。

今次勝敗的關鍵，正在於能否秘密行事。極可能直至此刻，天師軍方面仍以爲劉裕身在建康。

桓玄在幹甚麼呢？

劉裕一人獨站在指揮台上，任由海風吹拂。屠奉三和宋悲風都留在艙房休息，他樂得一個人可以靜心思索自己的處境。

他絕少去想桓玄，因爲每當想起桓玄，他就會聯想到淡真和她的恥恨，接踵而來便是噬心的夙仇，這是他竭力避免的。

唉！燕飛說得對，人是不能永遠活在仇恨中的，那是任何人都負擔不來的事。

劉裕從未和桓玄正面交鋒過，但從屠奉三口中，卻清楚桓玄不但是超卓的刀手，更是軍事的長才，只看他能苦忍至今天，仍按捺著不收拾殷仲堪和楊佺期，便知他深明兵法，絕不意氣用事。

南征平亂軍的敗亡似是不可避免的事，從種種跡象推斷，南征平亂軍事實上敗局已成。而南征平亂軍最大的弱點，是分別有謝琰和劉牢之兩個指揮中心，偏是兩人間互相猜忌，只是這種情況，已令兩人沒法好好合作，發揮戰力。

劉牢之這卑鄙小人會扯謝琰的後腿，利用謝琰的頑固愚蠢，使謝琰和他旗下原屬何謙系統的人全軍覆沒，如此北府兵將完全掌握在他手上。只是任劉牢之如何老謀深算，仍沒想過有他劉裕在旁窺伺，等待收成的好機會。

劉裕之所以會想起桓玄，是因為在擊潰天師軍後，他將會面對桓玄，這是注定了的事，誰也難以改變。

屠奉三此時來到他身旁，皺眉道：「為甚麼不趁機會好好休息，今晚我們會到海鹽探察天師軍和南征平亂軍交戰的形勢。」

劉裕道：「只要我們能聯絡上魏詠之，可以盡悉南征平亂軍的情況。」

屠奉三道：「這個人仍可靠嗎？」

劉裕斷然道：「絕對可靠，我是不會看錯他的。」

屠奉三道：「這個容易，當海鹽陷落後，我們潛入海鹽找他如何？」

劉裕皺眉道：「恐怕我尚未踏入城門，便被人認了出來。」

屠奉三笑道：「沒有人要你以本來面目大搖大擺的入城，你不是北府兵最出色的探子嗎？凡探子都會易容改裝的。」

劉裕啞然笑道：「我真糊塗。」不由想起那晚與燕飛夜闖謝家，自己亦因過於緊張、沉不住氣，致失去了方寸，忘掉自己具有探子的手段本領。

唉！謝鍾秀！

忽然間，他的心湖浮現江文清的美麗倩影。

邊荒集，小建康的碼頭處泊了二十多艘貨船，戰馬源源不絕的被送上貨船去。

這二十五艘貨船是專作運馬用的，設施齊備，保證馬兒在船上舒舒服服，不用受風雪之苦。現在邊荒集最不缺乏的便是戰馬，不但能夠應付戰場上的需要，還可以大量的供應給南方。

整個戰略主要是王鎮惡構思出來的，他的計議之所以能得到以慕容戰為首的荒人極力支持，全因眾人一致認同，按照他的謀畫行事，確實能人盡其才、物盡其用，以己之長，制敵之短。

今回反攻北潁口的荒人部隊是貴精不貴多，主力軍只是二千人，但這二千人卻是荒人精銳裡的精銳，不但騎射功夫了得，更有豐富的雪地作戰經驗，而王鎮惡、慕容戰和拓跋儀三人，也都是精於風雪戰的統帥。

先頭部隊首先出發，分為兩隊夾河推進，每隊百騎，分由姚猛和小軻率領，探清楚前路的情況。接著分由拓跋儀和慕容戰指揮，每支各千人的輕騎戰士，會沿潁水北上，各分兩路推進，好在敵人來襲時可以互相照應。

不過這個可能性微乎其微，因為敵方並沒有足夠的兵力對荒人迎頭痛擊。據高彥的估計，敵方人數在三千許間，但以工事兵佔多數，能投入戰爭的兵力該不過一千五百人。

陸上的部隊會不停地趕路，全速前進，在明天日出前，部隊會停下來，此時由兩艘雙頭艦領航的運馬貨船，會從水路趕上陸上部隊，以新的戰馬，替換疲乏無力的戰馬。如果沒有下大雪，天亮前他們離北潁口將不到二十里。

貨船會把疲憊的戰馬送回邊荒集去，而由姬別和紅子春分別指揮的兩艘雙頭艦，船上盛載大批的淩厲火器，會隨時配合陸上部隊向敵人全面進攻，直搗敵人陣地。

整個作戰計畫，正是針對敵人防禦力薄弱、兵力不足和士氣低落而設計。對方在風雪的摧殘下，已變成疲弱之軍，反之荒人則養精蓄銳，氣勢如虹。

卓狂生和高彥來到慕容戰、王鎮惡、劉穆之、程蒼古、費二撇、呼雷方、龐義和方鴻生等人身旁時，拓跋儀和他的一千騎士，已在對岸準備就緒，隨時可以起行。

另一邊的一千騎兵，亦人人精神抖擻，只要慕容戰一聲令下，便可以翻上馬背，沿河飛馳。

他們大規模的行動，吸引了一眾荒人來爲他們送行打氣，更有邊荒遊的團友當作一個餘興節目般來看熱鬧，擠得碼頭區人山人海，萬頭攢動，非常壯觀。

龐義首先奇道：「咦！爲何不見小白雁？她不來送情郎上戰場嗎？」

費二撇促狹的道：「不是又給小白雁踢了屁股吧！幸好你是坐船，如果是騎馬的話，屁股便要再受折磨了。」

眾人一陣哄笑。

卓狂生在高彥抗辯前，代他答道：「小白雁南飛了，高少正傷心欲絕，各位可否積點口德，放過我們情深一片的高少呢？」

慕容戰訝道：「我還以爲小白雁永遠都不走了。」

高彥苦笑道：「你們說夠了嗎？他奶奶的，現在不是去打仗嗎？你們卻偏像閒得發慌，專來管老子的家事。」

眾人又一陣大笑。

高彥不滿道：「要告訴你們的我全說出來了，老子剛去出生入死，完成了最艱難的任務，那邊回來這邊卻要再到戰場去，你們想累死老子嗎？」

程蒼古笑道：「你高少身嬌肉貴，我們怎會不爲你著想呢？所以今回特許你以船代步，上船後睡他娘的幾個時辰，等時候到了，鎮惡和劉先生會喚醒你，憑著你對北穎口地勢環境的熟悉，擬定進攻的細節。你說哩！你不去怎成呢？我們不是爲難你，而是尊重你。」

高彥頹然道：「各位大哥有令，小弟還有甚麼好說的？」

轉向劉穆之道：「先生也去打仗嗎？」

劉穆之有點不好意思的答道：「我從未上過戰場，所以不想錯過機會。」

慕容戰欣然道：「是時候哩！」

負責傳信的戰士聞言，立即拿起手上的號角，「嘟嘟嘟」的吹奏起來。

對岸的騎隊首先轟然呼喊，催騎而行。這邊岸上的戰士紛紛翻上馬背，旁觀者則歡呼喝采，以壯行色。

慕容戰大笑道：「這一仗我們不但要奪回北穎口，還要宰了胡沛那狼心狗肺的混蛋，爲祝老大報仇。」

說畢踏鐙上馬，領頭奔出。

劉裕和屠奉三從丘頂望去，海鹽火光熊熊，照亮了夜空，蹄音喊叫聲，不住傳來。城南碼頭處泊滿了北府兵的水師船，超過了一百艘，帆桅上的旗幟在火光映照中飄揚，在此情此景的襯托下，除了耀武揚威外，還給人一種張牙舞爪的感覺，令人感到戰爭的殘忍和冷酷。

劉裕道：「海鹽陷落了！」

屠奉三沉聲道：「該說是徐道覆把海鹽拱手讓給南征平亂軍，不過南征平亂軍肯定是空歡喜一場，因為那只是空城一座，無民無糧。在這樣的情況下，我們恐怕沒法混進城內找魏詠之。」

劉裕皺眉思索。

屠奉三訝道：「你在想甚麼呢？」

劉裕道：「我在想小飛和孫恩的一戰勝負如何？他們的決戰該有結果了。真奇怪，當日天師軍和燕人聯手進犯邊荒集，孫恩一副天師軍總指揮的模樣，不但挑戰小飛，還親自投入戰爭去，但自此則變得對天師軍愛理不理似的。到天師軍攻陷會稽，孫恩大事不管，只去追擊道韞夫人，這擺明是向小飛下戰書，似乎世間除小飛外，再沒有事物能引起他的興趣，你說這不是很奇怪嗎？」

屠奉三點頭道：「確實是非常奇怪。據我得來的情報，孫恩與燕飛第二回交手後，把軍務交給徐道覆，教務則由盧循打理，他自己則獨居翁州，不但不理天師軍的事，且對世事不聞不問，連徐、盧兩人也似不明白他的轉變。」

旋又不解道：「你似乎曾和我討論過這問題，是否有新的想法呢？」

劉裕道：「我是曾向你提及三珮合一的異事，好說明並沒有甚麼天降火石，我更非甚麼真命天子，可是你不但不放在心上，還認為小弟我是應天運而崛起的人。」

屠奉三嘆道：「我並不是不把你告訴我的事放在心上，而是三珮合一這類異事太超過我的理解。

唉！我是個正常的人，只希望身邊所有發生的事合乎常理，如此才有安全的感覺。可是三珮合一擺明是超乎常理的事，任我想破腦袋也想不通，比鬼神之說更令人難以相信，所以很自然的將此事置諸腦後。你說吧！我們還可以如何呢？這是會令人想到發瘋的事。」

劉裕沉吟不語。

屠奉三好奇的問道：「你究竟想到甚麼呢？爲何看著海鹽，卻可聯想到此事？」

劉裕雙目奇光閃閃，道：「據小飛所言，三珮合一可以開啓仙門。」

屠奉三道：「這正是我當時問你的問題，三珮既合璧，那仙門出現了嗎？」

劉裕道：「我也問過小飛同一問題，當時他的神態頗爲古怪，雖答我察覺不到仙門，但我總覺得他言有未盡。」

屠奉三揮手道：「我明白了，你是否想說三珮合一時，仙門一點不假的開啓了，燕飛亦察覺到仙門的存在，只不過爲了某一原因，燕飛沒有告訴你事實。」

劉裕道：「只有這個解釋最合理，不止小飛感覺到仙門，孫恩也同時感覺到，正因如此，一直矢志成仙的孫恩對仙門以外的其他事全失去了興趣。」

屠奉三搖頭道：「你的話只說對了一部分，孫恩至少對小飛仍有很大的興趣。」

劉裕道：「他對小飛有興趣，可能仍與仙門有關係。」

屠奉三深吸一口氣道：「給你說得我有點毛骨悚然的感覺。這種事，還是少想爲妙。」

蹄聲自遠而近，一隊北府兵的騎軍正朝他們的方向奔來。

兩人連忙離開藏身處。

燕飛明白過來。

離天亮尚有個許時辰，他立在秦淮河南岸一所民房瓦頂上，遙望對岸的夜景，左方是夾岸對峙的秦淮樓和淮月樓，接著是跨河而過的朱鵲橋。

此時建康仍處於戒嚴的狀態，城內一片死寂，烏燈黑火，只有一隊一隊兵衛巡邏的足音蹄響，透露出一種緊張的況味。

雖說安玉晴是不拘俗禮的江湖兒女，可是於她夜息的時刻去吵醒她，終是不太恰當，所以他只好在這裡靜待黎明的來臨。

他想通的是魔門爲何要派出高手於他赴孫恩之約途中截擊他。

魔門打的本是無懈可擊的如意算盤，只是完全低估了他。不過也難怪他們失算，因爲任他們在聯手決戰這方面如何經驗豐富、老謀深算，仍算不到世間竟有「仙門劍訣」這超乎世間所有武學的可怕功法。

孫恩曾兩次和他交手，但仍沒法殺死他，魔門的人正是怕歷史重演，所以要助孫恩一臂之力。在他們的估計裡，任他燕飛三頭六臂，但在三大魔門頂尖高手的圍攻下，能保命不死冒鋒突圍已非常了不起，且怎都會負上一定的傷勢，如此他與孫恩交手時，必無法逃出生天。

戰果當然在魔門的料想之外，燕飛的確受了傷，但魔門三大高手卻齊齊飲恨荒鎮，損失慘重。

魔門高手對燕飛造成的傷害是短暫的，在抵達洞庭西山前，他早恢復過來，故能全力應付孫恩，也因而能力保不失，創下第三度於孫恩全力施展「黃天大法」下，全身而退的輝煌戰果。

但孫恩對他的傷害明顯與魔門三大高手給他的傷害不同，比較起來，魔門三大高手只能造成他的「皮外傷」，而孫恩的傷害卻是深入五臟六腑。這當然只是個比較，但說明了與孫恩的一戰是損及根元，絕不易康復。

在返回建康途中，他全力療治傷勢，可是到此刻仍不見絲毫起色，一天傷勢未癒，他就沒法再施展「仙門劍訣」，否則將與自盡無異。

最令他驚悚的是他失去了靈覺上的感應，像此刻他身在建康，卻沒法如以前般感應到歸善寺內的安玉晴。換句話說，在內傷痊癒前，他也沒法和千千作心靈的連繫通信，這才是他最擔心的事。

他有點被廢去了武功的感覺，如果魔門三大高手從地府復活出來再次圍攻他，他必「死」無疑。

這個想法令他不得不認眞考慮魔門對他的威脅。光是李淑莊在獲悉他去赴孫恩的生死約會，一晚工夫，便可以安排魔門三大高手於中途襲擊他，由此可得知魔門眾人已在建康範圍所在朋黨比周，故可在這麼短的時間內作出調動。

李淑莊當然曉得如果他能保命不死，必會全速趕返邊荒集，而建康則是必經之路，歸善寺也是他必到之地。

魔門還會對他使甚麼手段呢？自己應不應先發制人，到淮月樓警告李淑莊？假設李淑莊就是那個於他與衛娥等決戰時窺伺在旁的高手，又假設她看不破自己身負嚴重內傷，會否知難而退，又或不敢輕舉妄動？

這個想法令他生出刺激的感覺，是險中求勝的一著，更令對方猜不到他受了傷。

唯一令燕飛猶豫的地方，是他不曉得李淑莊的宿處，連她此刻是否在淮月樓也弄不清楚。

想到這裡，燕飛心生警覺，目光投去，剛好捕捉到一道人影，在淮月樓臨河的平台上一閃而沒，往大江的方向奔去。

燕飛把心一橫，展開身法，追躡去了。

第十八章　太陰無極

燕飛的眼力何等銳利，一瞥之下，已從體型判斷出此人不是李淑莊，不過對方身手之高明，該不在衛娥等魔門高手之下，且其體型予燕飛有點剛柔難分、雄雌莫辨的感覺。

難道竟是陳公公？

心念起伏間，燕飛抵達淮月樓，朝樓側的園林潛去，那個人正是從園林閃出來。

燕飛並不曉得踏足之處是附屬淮月樓，名著建康的園林「江湖地」，但仍感到此園布局奇巧，幽深寧遠。

如果剛才離開的人是陳公公，那他便極有可能是魔門的人，到這裡是爲見李淑莊，而燕飛必須弄清楚此點。

燕飛迅如鬼魅的在園林內穿行，片晌抵達當晚李淑莊見劉裕的臨河亭台，人聲從亭崗上隱傳下來。

燕飛藝高人膽大，一點不因對方是魔門的高手而有絲毫畏縮，從小崗最陡峭的北邊騰升而上，落在一棵大樹的枒杈處，剛好將下方離他藏身處三十多步遠的亭子盡收眼底。

亭內有一男一女在對話，他們隔桌對坐，神態優閒，如同一對偷情的男女，約在夜深人靜之時。

因角度的關係，燕飛只能看到男方高頎的背影，雖看不到女子的面容，卻從聲音認出是李淑莊。

此時李淑莊道：「事情的確令人百思不得其解，如果不是收到鬼影的飛鴿傳書，我是不會相信孫恩和燕飛的決鬥竟會在未分生死的情況下，各自離開。」

男子道：「夫人所言甚是，皆因孫恩和燕飛之爭，非是一般江湖較量，而是生死決戰，只有勝的一方才能活著離開，以兩人的功夫，亦不存在見勢不對，脫身逃走的可能性，而偏偏雙方都是全身而退，其中必有我們不明白的因由。」

到現在親耳聽得，燕飛方曉得魔門有高手在暗中監視他和孫恩的決戰，而此人外號「鬼影」，當是以輕功見長。不過任鬼影輕功如何了得，如果自己不是身負內傷，影響了靈覺，對方該瞞不過他。

與李淑莊密談的男子神態從容，說話條理分明，處處透出強大的自信，顯是智勇雙全之士，絕不簡單，其身分地位，不會在李淑莊之下，至少大家可平起平坐。

李淑莊輕嘆道：「我多麼希望能有好消息回稟先生，只可惜事與願違。燕飛劍術之高，已不是任何詞語可以形容，而是達到驚天地、泣鬼神的境界。」

男子淡淡道：「這是夫人第二次稱讚燕飛的劍法，從而可知燕飛的劍術在夫人心中留下深刻難忘的印象。奉先可否斗膽問夫人一件事，當他們交手時，夫人藏身何處呢？」

燕飛心忖原來窺伺在旁的魔門高手，竟是李淑莊本人，暗讚這叫奉先的男子問得好，因爲他亦想知道答案。

李淑莊道：「他們在鎮內主街交手，我則置身於小鎮另一端一座風水塔上，交戰的情況全看在眼裡，只是由於距離太遠，聽不到他們的對話。」

燕飛心中微笑，你聽不到我們說的話，對我是有利無害。叫奉先的男子忽然笑了起來，燕飛卻生出不妥當的感覺，不是因他的笑聲，而是因爲他感覺到亭內的兩人正提聚功力，這是一種微妙的氣機感應，他雖然在靈應方面的能力因負傷而大幅減弱，但這種純粹真氣間的感應，足使他生出警覺。

燕飛剎那間明白了，這叫奉先的男子高明至能察覺到他的存在，並背著他向李淑莊打出手勢，要她配合。

燕飛暗嘆一口氣，無聲無息的飛離藏身的大樹，落往崗坡，再一個翻騰，沒入冰涼的河水去。

他敢保證亭內兩人只能疑幻疑真，永遠弄不清楚是否真的有人在旁偷聽他們的對話。

這叫奉先的男子肯定是個難纏的對手，令他對魔門的威脅更不敢掉以輕心。

高彥醒轉過來，見卓狂生正在床旁伏案挑燈夜戰，埋首寫他的天書，側個身便想繼續夢鄉的旅程。

豈知卓狂生喝道：「醒了便不要睡哩！鎮惡來看過你兩次，見你睡得香甜所以不敢叫醒你，快滾下床來。」

高彥無奈在床上擁被坐起來，嘆道：「你可不能將我的夢囈也寫進書裡去。」

卓狂生擱筆往他望去，哂道：「你的夢囈有甚麼值得寫呢？來來去去都是那幾句。」

高彥好奇的道：「是哪幾句呢？」

卓狂生捧腹笑道：「既是夢囈，當然是含含糊糊的，不過有一句倒算清楚，就是『不要把我踢下床去』，可知你這小子作夢也滿腦子髒思想。」

高彥這才曉得被他耍弄了，不服氣的反擊道：「食色性也，沒有才是不正常，看來你這傢伙根本不是正常人，故而可以如此這般不眠不休的寫說書。不過據我收回來的情報，有些人對你的說書批評得很厲害呢！還說你江郎才盡。」

卓狂生啞然笑道：「自說書館成立的第一天，便有人來狠批老子，其他說書者更一窩蜂的來指手畫腳，老子的說書館還不是客似雲來？我卓狂生管他的娘。奈何不了我，便來侮辱我的人，早超出了抨彈的範疇，適足顯示出本身人性的卑劣。他奶奶的，老子第一台說書尚未說完，已有人說我江郎才盡，到現在我不知寫到第幾台說書了，還只會舊調重彈，你可以看到這些小人是多麼不長進，如何沒格。邊荒集是個百花齊放的地方，各種娛樂應有盡有，有誰不愛聽老子的說書，盡可到別處去找樂子，又沒有人用刀劍架著他們的脖子到說書館來。如果說書館沒有人光顧，不用三天便關門了，根本不用他們來對我痛毀極詆。明白嗎？老子心裡很清楚，我的說書館不過是在眾多娛樂裡，所提供的一個選擇，老子自娛娛人就是喜歡寫，只要說書館有人捧場，我就會寫下去。如果我給人品頭論足臭罵幾句，便心灰意冷，放棄說書，向雨田昨天已宰了你這小子。」

高彥苦笑道：「我只是隨口說一句，你卻發這麼大的牢騷。」

卓狂生擱筆起身，微笑道：「這叫寫得興起，所以罵起來也特別流暢痛快。還不滾下床來，天快亮哩！你睡了足有七、八個時辰。」

當第一線曙光出現天際，燕飛來到安玉晴寄居的靜室外，心中一片平和。

那種轉變是突然而來的，在前一刻他心中還激盪著各種情緒，體內的傷勢、魔門的威脅、傷癒前難以和紀千千互通心曲等等思慮的衝擊。但當他感應到安玉晴的時候，種種煩惱立即一掃而空。明悟升上心頭，他明白了。

自安玉晴服下洞極丹，練成太陰眞水，每次與她接觸，不論是純心靈的感應，又或是面對面，他都有種如抵桃花源忘掉外面世情險惡無憂無慮的平靜感覺。

這並不是偶然的，原因來自她至精至純的太陰眞水，與自己的太陽眞火在交會時產生的作用和效應。

燕飛心中一動，想到一個可能性。

「燕飛！」

室內傳出安玉晴充滿著驚喜的呼喚。

燕飛毫不猶豫地推門入室，偌大的靜室，空無一物，只有一個蒲團，而安玉晴則盤膝坐於其上，秀眸閃閃發亮的看著燕飛。

燕飛輕輕把門關上，於離她三尺許處盤膝坐下，微笑道：「安姑娘你好！我回來哩！」

安玉晴用神地打量他，接著秀眉輕蹙，道：「燕兄受了傷！」

燕飛從容道：「安姑娘想知道戰果嗎？」

安玉晴微嗔道：「這還用問嗎？」

燕飛感到他和這美女之間的距離又接近了一點，至於爲何會有這種感覺，自己也弄不清楚。輕嘆一口氣，徐徐道：「表面看來，我和孫恩是兩敗俱傷，平手作結，事實上卻是我輸了一籌，且陷身非常危險的處境。」

安玉晴道：「你是否指自己傷得比孫恩重，但我不明白你最後的一句話。」

燕飛道：「如果今仗是要分出生死，肯定我沒法活著回來見你。」又苦笑道：「或許仍可以回來，不過卻是失去了軀殼的遊魂野鬼。」

安玉晴責道：「你這人哩！仍有心情開玩笑。」

燕飛的心情輕鬆起來，負在肩上的重擔子也像暫被卸在一旁，再不成其負擔。道：「安姑娘是如何感覺到我受了傷的？」

安玉晴俏臉微紅，有點不好意思的道：「每次當我和燕兄見面，我的氣場都會生出微妙的感應，彷彿天地融合、陰陽調和，一切圓滿俱足。可是今次我見到燕兄，卻感到有缺陷似的，所以直覺燕兄受傷了。」

燕飛滿意的點頭，道：「我明白箇中的感受，因爲我也深有同感。例如現在我身負內傷，可是像這般與姑娘對坐著，卻如枯朽的樹木隱現生機，又或如乾涸龜裂的土地遇上天雨，那感覺確實難以形容。」

安玉晴的粉臉更紅了，垂首道：「我的太陰氣可否爲燕兄療傷呢？」

燕飛也生出異樣的感覺，道：「姑娘的太陰氣已發揮效用了，我們這麼輕鬆的閒聊，效果會更佳，更不著形跡。我曾以爲我的傷勢永遠也難以完全復元，但現在我當然不會再這麼想。」

安玉晴抬起螓首，回復平靜，問道：「孫恩既然佔了上風，怎會容許你活著離開？」

燕飛道：「此事說來話長，簡單點說，是孫恩已把太陽眞火練至登峰造極的境界，至乎有能力將我的太陰眞水收歸己有，如果他成功了，便等若練成了『破碎虛空』，可惜他功虧一簣，反被我所傷，所以不得不讓我離開。如若死拚到底，縱能殺我，那他往後的日子也只能望仙門興嘆。」

安玉晴道：「世間竟有如此功法嗎？」

燕飛欣然道：「我與孫恩此戰，實際上得多於失。尤其是他『黃天大法』裡『黃天無極』的招數，更對我有很大的啓發。」

安玉晴道：「黃天無極？」

燕飛道：「簡而言之，黃天無極便是能無限量提取天地某一種神秘力量的功法，這功法能令孫恩永遠立於不敗之地，任何塵世的武功都奈何不了他，等於練成了半招『破碎虛空』，能擊敗他的唯一招數，就只有完整的『破碎虛空』。」

安玉晴美眸亮起來，道：「我明白了，只要你能練成『太陽無極』和『太陰無極』，便可以施展出眞正的『破碎虛空』，而因你能無限地提取天地的精華力量，所以理論上你也可以將仙門無限的擴大。」

燕飛嘆道：「孫恩是怎麼辦到的呢？我眞是沒有半點頭緒。」

安玉晴一雙眸神閃動著前所未有的異采，輕聲的道：「孫恩曉得的東西，我也曉得，他既然可以練成『太陽無極』，怕我該也可以練成『太陰無極』吧！這方面可交由我去想出破謎的方法。」

接著道：「可是你仍未解釋，爲何會認爲自己已陷身非常危險的處境呢？」

燕飛苦笑道：「因爲孫恩已看穿了我的看家本領『仙門劍訣』，更清楚我技止此矣，他再不會犯同一錯誤。我們之間雖有所謂一年之後再戰縹緲峰之約，但大家都曉得此約沒有任何實質意義。孫恩傷癒的一天，就是他來找我的時刻，即使當時我已復元，但如果我仍是這幾個招式，定會敗得很慘。」

安玉晴不解道：「可是表面看來，你經脈雖出現疲弱壅塞的情況，但並不嚴重，數天內該可復元，為何你卻把自己的情況說得這麼緊張？」

燕飛解釋道：「肉體的損傷，我根本不放在心上，也可以這麼說，一般世俗的武功，對我造成的損害只是短暫的，我的眞陽、眞陰可天然的療治任何傷勢，只要給我一點時間便成。可是孫恩的黃天大法，卻能對我造成眞正的傷害，直接影響我的元神，損害元氣，而如何療治無影無形的元神，我卻是毫無入手的辦法。直至此刻受姑娘元陰的啓動引發，我的元陽始回復生機，也帶動了太陰眞水，形成陰陽循環互動，開始元氣的療治，至於何時能完全恢復過來，則仍屬未知之數。」

安玉晴恍然道：「這麼說，孫恩的黃天大法，是有令你形神俱滅的能力？」

又道：「你既有如此情況，孫恩的情況該不會比你好多少，恐怕沒一年半載的工夫，他也沒法來找你決戰。所以我們須與時光競賽，利用這段光陰鑽研出能破孫恩『黃天無極』的功法。」

燕飛道：「我還有另一個憂慮，由於姑娘身懷太陰眞水的仙道奇功，會天然的吸引孫恩，而建康是往邊荒的必經之地，如果孫恩生出感應，絕不會放過姑娘。」

安玉晴一呆道：「對！如果他眞有能吸取太陰眞水據之為己有的功法，找上我和找上你是沒有分別的。」

燕飛道：「唯一的方法，是請姑娘隨我一道離開，大家可有個照應。」

安玉晴微笑道：「這眞是個辦法嗎？」

燕飛呆了一呆，一時間沒法掌握到她這句話背後意之所指。

安玉晴道：「我的確須隨你離開建康，卻不是一道走。我習慣了獨來獨往，只有一個人獨處，我才可以靜心思索如何練成『太陰無極』的絕技。所以我會返回五采山，那是我爹娘隱居的地方，有我爹娘在，諒孫恩沒膽到那裡找我麻煩。」

燕飛心裡有鬆一口氣的感覺，點頭道：「這是個更好的辦法。因爲隨我返邊荒集後，將要面對無休止的對抗和鬥爭，會影響姑娘不染俗塵的仙心。」

安玉晴「噗哧」嬌笑起來，白他一眼道：「我只是個凡人，凡人怎會有仙心呢？你們荒人眞誇大。好哩！我們是否該立即起程呢？」

燕飛道：「我還要到大碼頭區一間馬行交代點消息，不如大家順道去吃早膳，我已有數天沒有進食，肚子餓得很厲害。」

安玉晴訝道：「我還以爲你已到了辟穀絕粒、服氣煉形的境界，只須吸收天地精氣便足夠。」

燕飛苦笑道：「這可能是因我的仙法尚未到家吧！除了隱隱感到陽神外，在其他方面我與普通人並沒有分別，累了須休息，肚子餓時便想大吃一頓。」

安玉晴欣然道：「橫豎我口袋裡有點錢，就讓玉晴做個小東道，請你大吃一頓如何？」

燕飛心中湧起奇異的感受，且頗享受這種感覺，那是充滿生活氣息的感觸，平凡卻是實實在在，於此一刻，仙門離開他們非常遙遠，至乎可以暫時忘卻。

他心中已因傷勢有轉機而回復了生機和鬥志，他必須盡快復元，不但因要應付未來充滿艱難的挑戰，更重要的是須回復與紀千千作心靈傳感的超凡能力，否則如紀千千誤會他已命喪孫恩之手，便糟糕透頂了。

第十九章　絕局求生

離北潁口十五里處的潁水上游，荒人的水陸部隊於東岸會師，運馬的貨船全靠在東岸臨時搭建的七、八個簡陋碼頭，戰馬紛紛登岸，替換疾走了一日一夜的疲乏馬兒。

東岸所有戰略高地均被荒人戰士佔據，以應付任何不識相敢來惹他們的敵人。

二千多名戰士人人意氣昂揚，雖然昨晚下過一場小雨雪，但此時雲層稀薄、天朗氣清，視野無阻。

荒人大軍的領袖們聚集在東岸一處高地上，研究進軍的策略。

由高彥繪製的敵方情勢簡圖，攤開在眾人腳下的雪地上，四角以石塊壓著。

慕容戰以主帥的身分發言道：「請高少說出敵人陣地的情況。」

高彥見人人目光落在他身上，登時神氣起來，乾咳一聲，清清喉嚨，道：「敵方有六個以磚木建成的壘寨，分列兩岸，每個相隔約千步的距離，但只完成了近半，根本沒有甚麼防禦力。不過如若真的讓他們竣工，只這六個壘寨，已可抵禦我們千軍萬馬的狂攻，再加上陷坑和箭樓，我們可能永遠無法把北潁口奪回來。」

紅子春問道：「建河壘的材料是否就地取材？」

高彥搖頭道：「肯定是從北方運去的，材料不但在附近堆積如山，更有二十多艘貨船仍停在泗水的渡頭。」

拓跋儀點頭道：「理該如此，若我是慕容垂，也要在最短時間內建起壘寨，如此才可保北潁口不失。」

姬別道：「敵人有甚麼護河的措施？」

王鎮惡代答道：「嚴格來說是沒有的，燕人今次不但來得匆忙，且準備不足，力圖在我們反攻前先建起六座營壘，豈知遇上早降的秋雪，不但援兵遲誤了，且工程進展緩慢，令燕人大失預算。」

高彥接口道：「燕人在壘寨下游處設置了八座箭樓，每座高兩丈，還掘有陷坑，你們看看老子畫的圖卷便清楚箭樓、陷坑的位置，照我看那只是裝模作樣，哪抵得住我們大軍的衝擊。」

劉穆之道：「在正常的情況下，於堡壘尚未完成前，燕人該布置戰船護河，但高少看不到燕人的戰船，可知燕人在經歷多場戰爭後，戰船損失慘重，無法再調配戰船來守衛北潁口。」

高彥提醒道：「燕人沿河設置了二十多台投石機，加上火箭，如果我們只從水路進攻，沒有陸路的配合，吃虧的會是我們。」

慕容戰總結道：「現在敵人的情況已是清楚分明，雖說高彥看到的是兩天前的情況，但兩天內燕人可幹的事非常有限。所以我們決定以快打快、雷霆萬鈞的姿態一舉攻克敵人，關鍵處在乎只攻東岸的策略，這是鎮惡構想出來的。」

轉向王鎮惡道：「你自己說吧！」

王鎮惡道：「高少帶來了最清晰詳盡的情報，讓我們能完全掌握敵人的情況。首先，敵軍因夜以繼日的建設壘寨，又受風雪折磨，早形疲神困，戰力大減，士氣低落。縱然如此，但如我們向燕人發動全面進攻，在逃無可逃、避無可避的情況下，會激起燕人拚死反抗的鬥志，那時我們即使能贏得此仗，傷亡亦必慘重，所以我把圍城放生一隅的戰術搬過來使用，先從水路發動猛攻，陸上部隊則集中全力攻打東岸敵陣，盡量利用潁水的特殊形勢，在實質上和心理上瓦解敵人的鬥志。這是鎮惡愚見，說出來供各位當家參考。」

卓狂生長笑道：「這是最高明的策略，請戰爺調兵遣將，兒郎們手癢啦！」

眾人轟然呼應。

「砰！」

拓跋珪一掌拍在座椅旁的小几上，發出震堂的響聲，此時他雙目含煞，閃閃生光，神態威猛。恭立在他身前的長孫道生和崔宏都不敢說話。

拓跋珪大怒道：「萬俟明瑤，你可是活得不耐煩！」

剛有消息傳來，一隊從盛樂運馬來的隊伍，被秘人中途施襲，死傷近百人，五百匹上等戰馬被搶走，令拓跋珪暴跳如雷，立即召見崔宏和長孫道生兩大得力將領。

長孫道生道：「秘人擺明是要孤立平城和雁門，且看準冬雪將臨，根本不怕我們的反擊，所以敢這麼肆無忌憚。」

拓跋珪雙目殺機大盛，道：「秘人是不把我放在眼裡。」接著出乎兩將意料之外的啞然失笑，道：「我以馬賊的戰術對付苻堅，想不到現在竟有人反以馬賊的戰術對付我，這是否因果報應呢？」

長孫道生和崔宏都不敢答他。

拓跋珪掃視兩人，沉聲道：「假如我放棄平城和雁門，會有甚麼後果？」

兩人交換個眼色，均感愕然，以拓跋珪的性格，怎肯半途而廢，就這麼認輸。

崔宏恭敬答道：「如果我們放棄兩城，等於把過去的努力付諸東流，失去了能統一北方的唯一機會，還要撤往塞北，重過逐水草而居的游牧生活。」

拓跋珪點頭道：「說得好！在明年春暖花開之前，我們不論如何辛苦，也要保住平城和雁門。我眞不明白，秘人縱然能截斷盛樂到此的聯繫，但又有甚麼作用呢？」

長孫道生道：「以秘人的實力，不可能截斷我們和盛樂的聯繫，只要我們有足夠的軍力，可保運輸線的暢通。」

又道：「道生願負起搜捕秘人之責，只要給我兵馬，而秘人仍盤桓不去，我有把握將他們連根拔起。」

拓跋珪問道：「崔卿有何看法？」

崔宏道：「秘人是想激怒族主。」

拓跋珪訝道：「他們還嫌我不夠生氣嗎？」

崔宏道：「秘人一向自行其是，肯爲慕容垂效力，是爲了報恩，卻非變作慕容垂的走狗，唯慕容垂之命是從。故此我認爲秘族和慕容垂之間該有秘密協議，例如只要秘族完成某些目標，便可以功成身退，從此之後和慕容垂兩不相干。」

長孫道生冷然道：「假設協議的目標是秘人須助慕容垂統一北方又如何呢？」

拓跋珪微笑道：「道生動氣了！剛才我也大動肝火，恨不得見一個秘人殺一個，但經崔卿提醒，立即冷靜下來。我的眞正對手是慕容垂而非秘人，怎可因秘人而亂了全盤的策略。」

長孫道生悲憤的道：「我們怎可容族人的血白流呢？我們和秘人的賬，必須算個一清二楚，血債必須血償。」

崔宏道：「秘人先破壞我們的屯田，燒我們的糧倉，截斷盛樂到這裡的運輸線，種種作爲，只有一個目的，就是擾亂民心，削弱我軍的鬥志和士氣，孤立我們，爲寒冬過後慕容垂的反攻做準備。所以我們須冷靜應付，絕不可以自亂陣腳，否則會落入慕容垂的圈套。」

長孫道生皺眉道：「如果我們任由秘人横行，豈非更令戰士們士氣低落嗎？」

拓跋珪插入道：「現在敵我形勢明顯，我們的軍力只能保著兩城，有點像當年苻堅與我們的情況，苻堅的兵力雖在我們百倍之上，卻因我們打打逃逃的戰略而有力難施。假如我們現在勞師動眾，大舉出動兵馬搜捕秘人，表面看我們是掌握主動，事實上卻是被秘人牽著鼻子走，到最後將是疲於奔命，更會導致士無鬥志，豈是智者所爲？」

長孫道生道：「難道我們只能坐看秘人揚威耀武，張牙舞爪？」

拓跋珪完全回復平時的從容冷靜，沉聲道：「道生的心情我是了解的。不過爲了擊敗慕容垂，我們必須忍，直忍至最佳的時機出現，再以崔卿所提出『擒賊先擒王』的策略，徹底收拾秘族。此事如發生在慕容垂反攻之前，立可振奮民心士氣，失變爲得，更狠狠打擊了慕容垂。」

崔宏聽得不住點頭。

長孫道生現出思索的神色，顯是激動的心情逐漸平復下來。

拓跋珪嘆道：「我只擔心一件事。」

崔宏和長孫道生均感愕然，靜待他說出下文。

拓跋珪緩緩道：「秘人之所以能爲所欲爲，是因看中我們戰線過長的弱點，故能以不到一千人的兵力，截斷往盛樂和往邊荒集的交通。我擔心的是秘人既然可看到我們的弱點，慕容垂當然也可看到，以慕容垂的性情，是絕不會錯過的。」

長孫道生和崔宏都有點欲語乏言的感覺，除非放棄平城和雁門，否則拓跋珪所說的情況是無法改變的。

拓跋珪稍頓後續道：「以往我們做得最出色的是情報工作，對燕人的動向瞭如指掌，但現在情況剛好倒轉了過來，慕容垂透過秘人完全掌握我們的虛實布置，而我們則像被蒙了眼塞著耳朵，對兩城範圍外的事幾近一無所知。一天這樣的情況不能改善，一天我們便陷身等待宰割的劣局。」

長孫道生點頭道：「我仍是主張立即反擊秘人，而這更成了我們和慕容垂鬥爭成敗的關鍵。只有鏟除秘人，我們才可將劣勢完全扭轉過來。」

拓跋珪淡然道：「這個月來氣溫不住下降，五天後便是立冬日，可知接著將是嚴寒的冬天，我們與秘族的戰爭是來日方長，不必急在一時。且須謀定後動，一擊必中。秘人就像一條藏在草叢中擇人而噬的凶猛毒蛇，我們不出手則已，出手必須揑著牠的要害，否則被牠反咬一口，那便非常糟糕。」

長孫道生道：「我們究竟在等待怎樣的一個時機呢？」

拓跋珪道：「就是荒人突破燕人的封鎖，與我們重新建立聯繫的時候。」

長孫道生啞口無言。

拓跋珪苦笑道：「我們正陷於被動的處境，只能等待，只可苦忍。我比任何人更想把秘族殺個片甲不留，但更清楚秘人等於河湖裡的食人惡魚，如果你潛進水裡追殺牠們，只會被咬個遍體鱗傷，唯一方法是織網捕魚，方可將牠們趕盡殺絕。與他們只應鬥智鬥力，不可只憑勇武。」

他連用了兩個譬喻來形容秘人，可見他曾深入地去思索秘人的問題。

此時窗外忽然雪花紛飛，像在提醒他們寒冬已至。

拓跋珪目光投往窗外白濛濛的天地，有感而發的嘆道：「我從未想過在大勝後會陷身這種處境，我不但擔心邊荒集，更擔心盛樂。」

崔宏和長孫道生都深有同感。

秘人插手這場戰爭，起了舉足輕重的作用，不但因秘人驍勇善戰，能在惡劣的天氣和環境發揮超人的戰力，更因萬俟明瑤高明的戰略，令拓跋族空有優勝的兵力，仍沒法消除秘人的威脅。只看秘人能先後襲擊運金車隊和運馬隊，便曉得在情報上，秘人是佔盡上風。現在拓跋族能控制的只是據點內的情況，據點外的遼闊土地便是秘人的天下。

邊荒集固是形勢惡劣，尤令人擔心的是尚在重建中的盛樂，雖有長孫嵩等大將在主持，但不論防禦力和兵力都非常薄弱，如慕容垂派軍攻打，實是不堪一擊的。

唯一可慶幸的是燕人在參合陂一役中被燒燬了大批戰船，目前燕人缺乏船隻，難以從水路進軍盛樂，陸路則爲風雪所阻，否則拓跋珪只好回師死守盛樂。

拓跋珪向長孫道生問道：「最近有沒有赫連勃勃的消息？」

長孫道生答道：「最新的消息也是五天前的事，據聞赫連勃勃因私吞了柔然人送給姚萇的一批上等戰馬，與姚萇關係決裂，勢如水火。」

又道：「幸好赫連勃勃自顧不暇，否則我們的處境會更惡劣。」

拓跋珪皺眉道：「赫連勃勃真的自顧不暇嗎？」

崔宏道：「赫連勃勃該沒有這般愚蠢吧！他曾背叛慕容垂，理應坐山觀虎鬥，然後從中圖利。何況於雪地行軍終是不宜，這點耐性他該是有的。」

拓跋珪搖搖頭，似是想把諸般煩惱借這動作驅除。

在這一刻，他想起楚無暇，近幾天她的傷勢大有進展，已可離開臥榻。此女冰雪聰明，善解人意，和她聊聊都屬樂事，可解困忘憂。

唉！

只恨自己實在無法對她放下防範之心，不但因她過去的不良紀錄，更因怎麼說燕飛都是她的殺父仇人，令他不能不懷疑她對自己的動機。

他是否誤會了她呢？

如果沒有她奉獻的大批黃金，他現在又會是怎樣的一番情況？

因著邊荒集的關係，這批黃金可發揮的作用是難以估計的，至少在目前，使他充滿期待和希望。

拓跋珪道：「邊荒集那邊有甚麼新的消息？」

長孫道生道：「我們派出二十多個探子到泗水探聽情況，只有三人活著回來，據報燕人已進駐北潁口，截斷邊荒集往北的水路交通。由於燕人在泗水兩岸巡騎四出，我們的人沒法越過泗水去探察敵情。」

拓跋珪苦笑道：「仍是這種壞消息。」又問道：「沒有人自邊荒集來嗎？」

長孫道生搖頭表示沒有。

拓跋珪目光朝崔宏投去。

崔宏道：「我手下的三百家將，已於昨晚抵達雁門，在張先生的安排下安頓好了。」

拓跋珪啞然笑道：「這是唯一的好消息。」

崔宏道：「希望燕兄可以早日趕來，我們便可以進行『擒賊先擒王』的誘敵之計。」

拓跋珪憂心忡忡的道：「燕飛能否來助我們，須看荒人能不能再創奇蹟，將北潁口奪回手上，所以現在與慕容垂的鬥爭，已轉移到邊荒去。」

崔宏道：「對此屬下有十足信心，關鍵在荒人不但人才濟濟，且士氣如虹。邊荒是他們的地盤，燕人和秘人都是勞師遠征，高下自有很大的分別。」

拓跋珪精神一振道：「真的是這樣嗎？」

崔宏道：「這是我心中確切的想法，沒有一字虛言。」

拓跋珪目光再投往窗外，有點自言自語的道：「小飛呵！你究竟在何處呢？」

長孫道生和崔宏都生出異樣的感覺，一直以來，拓跋珪在人前總是展示他堅強的一面，信心十足，指揮若定。可是在敵人的龐大壓力下，他終於顯露出軟弱的一面，所以才如此期待燕飛的來臨。

現在形勢清楚分明，拓跋珪已和荒人的命運掛鉤，任何一方滅亡，另一方的末日也不遠了。

第二十章　神火飛鴉

高彥和卓狂生勒馬高丘之上，在馬背上遠眺敵陣的情況，二百名荒人戰士在丘頂和丘坡布陣。

他們身處的高丘位於潁水西岸，離北潁口只有一里遠，他們出現的作用只是牽制性質，令燕人摸不清楚他們的戰略。如敵人出陣來攻，那就正中他們下懷，看是要留在原地拒敵，又或且戰且走，分散敵人的兵力。

太陽正往西山降去，在夕照下閃閃生輝的雪岸，分列著六座以木石築建的方形堡壘，只完成了基本架構，尚差十多天的工夫，才有理想的防禦力。沿河設置了十多座箭樓，與圍繞陣地的兩重戰壕互為呼應，反比未完成的堡壘更具防禦的力量。

三千敵兵，正在陣地內布防，嚴陣以待，令北潁口瀰漫著緊張的氣氛。

横跨潁水是兩道臨時的浮橋，把兩岸的陣地連接起來，使燕人可因應情況發展通過浮橋支援己軍。二十多台投石機，均布在陣地下游的高地處，以對付從水路攻來的荒人戰船。

在防守上，這是燕人最有效的布置了。但卓狂生和高彥都曉得燕人是外強中乾，士氣低落。只看他們以挑釁的高姿態佔據此丘近兩個時辰，燕人仍不敢離陣來攻，便知燕人失去了勇氣。

他們這支兵的作用，正是要向燕人施壓，使疲乏的燕人沒法放鬆下來，更摸不清他們的手段。

卓狂生道：「王鎮惡眞是個不可多得的人才，在議會提出『士氣高昂者勝』的戰略，認為只要保持我們荒人的士氣鬥志，必可一戰功成，故能贏得戰爺和議會的信任，讓他籌畫全盤的策略，你看吧！他現在的手段正是長己志而寒敵膽，只看我們以微不足道的兵力，卻牽制敵人三千兵虛虛實實的招數，便見功架。」

高彥點頭道：「事實上，我們剛到此高丘時，我怕得要命，怕敵人會出寨還擊，到現在我才定下心來。哈！我這人是否特別膽小呢？」

卓狂生欣然道：「你不但不膽小，且膽色過人，否則你今次怎可能深入敵境，盡窺敵情？問題在你慣了躲藏，面對敵人當然不太習慣。不過你可以放心，爲答謝你的功勞，議會不但給你一個低風險的肥缺，還由本館主當你高少的貼身保鏢，保證你不會沒命。嘿！你可知他們爲何指定要我保護你呢？」

高彥訝道：「竟有個特別的理由嗎？」

卓狂生傲然道：「我們荒人戰將如雲，謀士如雨，每出一著的背後均有深意。之所以會由我保護你，因邊荒集最在乎你的小命者正是本館主，試想你這小子如一命嗚呼，我的天書還如何寫下去呢？」

高彥啞然笑道：「你這瘋子，哈！你肯定是瘋子，爲了寫你的天書變成了瘋子。」

卓狂生微笑道：「能爲一件事發瘋不但是一種幸福，而且如此才有成就。就像你爲小白雁發瘋，故能打動小白雁的芳心，老子爲寫天書發瘋，才能有嘔心瀝血的作品，只要方向正確，不發瘋怎行？」

高彥登時語塞，好半晌方嘆道：「你這瘋子，總有點歪理，黑可說成白，鹿可當作是馬。」

卓狂生凝望敵陣，油然道：「歪理也好，正理也好，都是道理，你將來和小白雁能否流芳百世，全賴我這個瘋子是否肯繼續發瘋。」

高彥岔開道：「以新馬代舊馬，這招的確很妙，是誰的主意呢？」

卓狂生道：「此正是鎮惡保持士氣的一個辦法，否則如坐騎筋疲力竭，坐在馬背上的戰士又有何士氣可言？」

高彥道：「我們究竟何時開始進攻？」

卓狂生撚鬚微笑道：「進攻的時刻，是最關鍵的一步。你想想吧！當黑夜降臨，敵人不得不燃起火炬照明之時，立成敵明我暗之局，令敵人根本弄不清楚我們有多少人，遂完全處於被動挨揍的局面。這一仗我們是要向敵人還以顏色，絕不容敵人輕易脫身，宗政良和胡沛兩人都要死，否則如何顯出我們荒人的手段？」

最後一抹彩霞消失在西山之後，大地暗沉下來，敵陣亮起火光。

高彥鬆一口氣道：「哈！敵明我暗。感覺上安全多了。」

「咚！咚！咚！」

潁水東岸，敵陣東面的平野處，傳來一下接一下的戰鼓響音，每一下都像直敲進聽者的心坎裡去。

高彥精神一振道：「是否要進攻呢？」

卓狂生道：「怎會這麼快？鼓聲一方面是要增添敵人的壓力，另一方面是掩蓋軍馬調動的聲音，待我軍進入攻擊的位置後，戰爭可在任何一刻發生。」

高彥朝潁水下游瞧去，兩艘雙頭艦剛進入視野範圍，往敵陣緩緩駛去。

卓狂生審視敵勢，沉聲道：「我敢保證在敵陣內的燕人，大部分不曉得自己在幹甚麼，爲何要到這裡苦守一個荒蕪的水口，不但勞心勞力，還要捱夜受寒。反之我們荒人個個心中明白，不奪回北潁口，邊荒集便要完蛋，更沒法進行拯救千千主婢的行動，只從這角度看，士氣高下之別，已是清楚分明。」

黑夜終於降臨，夜空上出現點點星光，敵陣則火光遍野。

忽然在東岸離敵陣的半里許處，亮起三盞紅燈，詭異非常。

卓狂生豪情蓋天的道：「經過多場戰役，我們荒人從烏合之眾，變成有紀律、有組織的雄師勁旅，更善以燈號指揮作戰的黑夜戰術，這是以我之長，攻敵之短。你這小子等著看吧！〈荒軍怒取北潁口〉此一章節，肯定是天書裡精采的一章。」

燕飛與安玉晴早膳後分手，安玉晴逕自離開，燕飛則到馬行去，方知江文清剛抵建康。燕飛暗忖魔門的事，還是由江文清親自向劉裕傳達爲宜，又想知道邊荒集的最新情況，遂遣人設法聯絡江文清來相見。豈知一等便是兩個時辰，燕飛乘機休息，在馬行一個小室行氣運功進入物我兩忘的至境。

到燕飛睜開眼睛，已是日落西山的時刻。

門開。

江文清現身眼前，笑意盈盈的道：「眞想不到呢？甫抵建康，竟然見到我們邊荒集的大英雄，你可知整個邊荒集的人都在盼你回去。」

接著在地蓆坐下，歉然道：「請恕文清遲來之罪，因不但要應付司馬元顯，還須應付他老奸巨猾的老爹，少點精神亦不行。噢！為甚麼那樣盯著文清呢？我只不過換上男裝罷了！人家以前也常愛這般打扮。」

燕飛笑道：「大小姐勾起當年我對邊荒公子的記憶，但並不只是你換上男裝般簡單，而是大小姐完全回復了昔日的神采，就像邊荒公子復活過來般。」

江文清欣然道：「我確實有一段很長的時間陷於迷失裡，不知道應走的路，更弄不清楚方向。皆因我自小生活在我爹的庇蔭裡，直至我爹被那奸賊害死，我不得不學習獨立……唉！那滋味絕不好受。」

燕飛問道：「在房外守護的是誰呢？」

江文清訝道：「你不曉得嗎？是蒯恩呵！他堅持隨行，說怕有刺客。」

燕飛點頭道：「他是個有謀有勇的人，這麼做是對的，建康表面看來和平安穩，暗裡卻是波濤洶湧，絕不可疏忽大意。」

江文清皺眉道：「燕兄似是意有所指，究竟是怎麼一回事？差點忘記問你，孫恩是否已授首在你的蝶戀花之下？」

燕飛遂把與孫恩的決戰和魔門的事鉅細無遺地說將出來，請江文清轉告劉裕。江文清聽得臉色忽明忽暗，一時說不出話來，顯示燕飛透露的事，對她衝擊的強烈。

燕飛總結道：「如果我所料無誤，陳公公該屬魔門某一派系，他長期在司馬道子旁做臥底內應，而魔門現在支持的大有可能是桓玄，令桓玄實力驟增，故千萬不要輕視他。」

江文清點頭認同他的看法，燕飛並不是憑空猜測，而是有憑有據，因為李淑莊與乾歸暗中勾結，是李淑莊親口向劉裕承認的。

燕飛道：「邊荒集情況如何呢？」

江文清不由想起生死未卜的高彥，黯然垂首，把邊荒集水深火熱的情況盡情傾吐。

戰爭由兩艘雙頭艦拉開序幕，在夜色掩護下，兩艦逆水朝敵陣推進，到離敵陣二千多步的距離，仍處於敵人投石機和箭矢射程外之際，數十道火光沖天而上，橫過夜空，往敵陣投去，煙火留下的痕跡軌道蔚爲奇觀，燦爛奪目。

這是由姬別率領兵器廠的巧匠、工匠，連日趕製出來他最拿手的火器「神火飛鴉」，針對敵人的情況而加以設計改良，其形如烏鴉，以棉紙封牢，內裝火藥，前後裝上頭尾和翅膀，加強在空中飛行的穩定性和持續力，如鳥兒翔空。

鴉身下面斜裝四枝起飛的火箭，成爲起飛的強大動力，足令火器飛行百多丈，到達目標時火藥爆發，不單令目標物著火焚燒，更釋放出以砒霜爲主的毒氣，可使敵人中毒昏迷，且煙霧瀰漫，遮擋敵人視線，非常有效。

在一般兩軍對壘的情況下，用火器攻擊對方的作用有限，但當敵人固守一個特定的空間，又處於被動的局面，火器便可如眼前的情況般，發揮出最大的殺傷力和破壞力。

大部分「飛鴉」成功降落敵陣，一時爆炸聲此起彼落，火光閃爍，一團團的濃煙隨風飄散，往四面八方蔓延，如果吹的不是西北風，燕軍情況會更惡劣，但現在毒煙亦已把下游前線的投石機陣完全籠罩。

兩座箭樓多處起火，敵人欲救無從。

石彈從投石機不住彈射，但因燕人視野被煙霧所遮，不是過早投擲，便是失去準繩。

燕軍立即陣腳大亂，受不住毒煙的紛紛逃離崗位，弄至陣不成陣，一時喪失了反擊的力量。

兩艘雙頭艦不住接近敵陣，又發射第二輪也是最後一批的神火飛鴉，深入敵陣，登時再有數座箭樓起火，燕人奔走呼喊。

雙頭艦的荒人戰士用罄火器，改以火箭對付敵人，他們均以濕布掩著口鼻，不懼毒煙。

高丘上的卓狂生、高彥和一眾荒人戰士，看著雙頭艦駛進被濃煙覆蓋的潁水河段去，莫不看得眉飛色舞，呼喊助威。

他們曉得勝利已入掌心之內，當雙頭艦撞斷連接兩岸的臨時浮橋，便是陸上部隊全面進攻的時刻。

他們在等待著。

燕飛立在大江北岸，回首望著對岸燈火輝煌的偉大都城。

任何都城終有一天會陷落在某一方之手，這是歷史的必然性，每一個朝代終有一天難逃滅亡的命運，不論它曾怎樣的興盛強大。合久必分，盛極必衰。但建康曾經擁有像謝安、謝玄那種風流將相，已肯定可名垂千古，留下不滅的美名。

建康是除邊荒集外最令燕飛感受深刻的地方，在秦淮河畔秦淮樓的雨枰台上，他遇上他的女神紀千千。

在建康，他度過了生命中最失落和灰暗的一段日子。他想起王淡眞，她悲慘的命運和她與劉裕的關係。

她是劉裕心裡一道永不會痊癒的傷口，縱然劉裕將來成爲南方之主，但關於王淡眞的這段往事，會永遠伴隨著劉裕。

燕飛轉過身來，面對建康輝燦的燈火，心中百感交集。

他有點明白之所以心裡這麼多愁思哀緒，部分原因肯定是因本身元氣受損，令他定力大減，回到比較接近百日胎息前的精神狀態。但他卻頗爲「享受」這種「人」的感覺，令他有「新奇」的感受。另一個原因是被駕舟送他過江的江文清觸發，她變身回當年邊荒公子的模樣，喚起他對昔日的追憶。無可否認的，與安玉晴的離別亦引起他心中某種難以形容的情緒。和她還有相見之期嗎？此爲被孫恩所傷前絕不會出現的想法，但第三度決戰後，孫恩令他生出危險的感覺。

就在這神傷魂斷的一刻，他心中出現警兆。

燕飛緩緩轉身，一名作文士打扮、身材修長的中年男子，負手立在兩丈開外，銳利的眼神像能洞穿他的虛實，正目光灼灼地打量自己。燕飛表面神色不變，卻心中大懍，即使自己靈覺大減，但此人能潛至他身後兩丈方被他察覺，可知此人武功是如何高明了得。

那人呵呵笑道：「本人巴蜀譙奉先，拜會燕兄。」

他一開腔，燕飛立即認出他是昨晚在淮月樓旁園林的小亭裡，與李淑莊密會的魔門高手，不由心中叫苦，假如李淑莊和陳公公正藏身在他身後十多丈外的密林裡，等待機會聯手攻擊自己，在沒法使出「仙門劍訣」的情況下，他將是凶多吉少。

李淑莊和陳公公當然不會隨便出手，因為會暴露他們的身分，但若譙奉先能纏死自己，又或證實他受了傷，他便非常危險了。

燕飛詐作首次見他，皺眉道：「閣下與巴蜀譙家是甚麼關係？」

譙奉先神態冷靜，一派高手風範，微笑道：「譙縱正是家兄。」

接著雙目神光大盛，淡淡道：「現在燕兄當知我是來者不善，我們譙家正全力支持南郡公，而燕兄卻是南郡公的眼中刺。」

燕飛暗叫厲害，此君開門見山的道明來意，不是因他直接坦白，而是意在試探自己的情況，從他燕飛的反應作出判斷，看他與孫恩是否兩敗俱傷之局，因這是他和孫恩同時活著的唯一解釋。

換句話說，譙奉先正因認為自己身負內傷，故特來撿便宜。他會否眞的動手，還看他燕飛的反應和表現。

只要燕飛能令他感到自己全無損傷，李淑莊和陳公公當不會冒洩露身分的危險出手，否則縱能脫身逃走，他傷癒前的日子絕不好過，因為魔門會竭盡全力來殺他。

但如何辦得到呢？

燕飛從容道：「譙兄動手吧！燕飛領教高明。」

譙奉先雙目亮起紫藍色的異芒，顯示他正提聚魔功，同一時間燕飛感到周遭本已清寒的空氣溫度驟往下降，對方的魔功已緊鎖著他。

這魔門高手仰天笑道：「果然我所料不差，燕飛你確實受了傷，且是難以痊癒的嚴重內傷，你再無法施展能奪人魂魄的霸道劍招，否則便不會於我來到你身後兩丈方生出警覺，更不會只動口而不動手。」

燕飛終於證實剛才的想法，李淑莊和陳公公正在旁窺伺，看此刻是不是殺他燕飛的好時機，而譙奉先這番話，不是說給燕飛聽，而是向他們說的。

燕飛靜下心來，將一切雜念全排出腦外，立即感覺到譙奉先的魔功氣場有一種游移不定、飄忽難測的特性。心呼好險，如果不是因安玉晴的眞氣陰中之陰，令自己受損的元氣大有轉機，肯定沒法覺察對方奇異魔氣的特性。

此念剛起，燕飛心中已有定計。

第二十一章　北線之戰

六座壘寨，四座起火焚燒，箭樓則無一倖免地陷入火海，飄送出大量濃煙，燕人更無法待在陣地有限的空間內，紛紛走出陣地，從箭壕爬向地面去。

東西兩岸是截然不同的情況。由於荒人部隊集結於東岸的陣地外，所以燕軍主帥宗政良把手上的主力部隊一千二百人，全調往東岸布防，另加一千以工事兵爲主的燕人，負責操作投石機和諸般支援的工作。

餘下的五百人，則守護西岸的陣地，他們不但非是上戰場的戰士，且不是鮮卑人，而是從民間強徵而來的漢工，負責築寨起樓的工事。

荒人以兩艘雙頭艦作先頭部隊衝鋒陷陣，大出宗政良意料之外，從遠距離以火器毒煙破陣，更令他在猝不及防下幾無還手之力。

燕軍最大的問題是連續多天搶建堡寨箭樓和挖壕，加上連場大雪，又被高彥鬧了個天翻地覆，人疲馬困，士氣消沉，早失去應有的鬥志和戰力。

當雙頭艦硬生生以鐵鑄船頭撞斷兩道浮橋，切斷東西岸的聯繫，然後毫不停留地往上游駛去，恐慌像瘟疫般蔓延，首先受影響是西岸的漢工，人人爭相逃離煙火籠罩的陣地，四散落荒逃走，致陣不成陣，全面崩潰。

東岸逃者雖眾，仍有近千戰士依號角聲的指示，離開災場，到箭壕東面煙火之外的平野布陣迎敵，欲背水一戰。

此時由慕容戰指揮、王鎮惡爲副，一千二百名荒人精銳戰士組成的部隊，分成左、中、右三軍，已推進逼近至離燕人布陣處二千步許外，全是人強馬壯的輕騎兵，靜待出擊的好時刻。

看著敵人旌旗歪斜，軍容不整，過半人連戰馬都走失了，慕容戰雙目閃閃生輝地掃視敵人，向身邊的王鎮惡笑道：「從沒有一刻，比此時此刻更令人明白掌握時機的重要性，今次能取得如此輝煌的戰果，全賴高小子探清敵情，又有鎮惡籌謀如此精采的進攻策略。說實在的我很同情宗政良，今次他確實是非戰之罪，而是輸在運氣。」

見王鎮惡目不轉睛地在敵人間來回搜索，問道：「你是否在尋找向雨田？」

王鎮惡嘆道：「我的確在找尋他。坦白說，我對他的感覺頗爲矛盾，既希望他在敵人隊伍內，便可一併收拾他；又希望他置身事外，避過此劫。」

慕容戰點頭道：「我明白鎮惡的複雜心情，向雨田這傢伙是令人又愛又恨。不過戰場上沒有人情可言，只有用盡一切方法去打擊和殺傷對方。」

接著喝道：「擊鼓！」

身後十名鼓樂手，齊聲答應，戰鼓聲震天響起。

戰號聲響徹穎水東岸黑夜的原野，在慕容戰的命令下，左方由姚猛率領的三百軍，首先衝出，朝敵人殺奔過去，人人在馬上彎弓搭箭，奮不顧身。

接著由丁宣指揮的右軍三百人，亦策馬前衝，朝敵人左翼殺去，一時蹄聲轟隆，殺氣騰天。

燕軍未待敵人殺至，已騷亂起來，部分人更拋掉兵器，往左右逃去，更有人爲了逃生，不顧地凍天寒，掉頭奔回陣地，跳進水裡，好泅往對岸。

慕容戰見敵人未戰先怯，哪還猶豫，一聲令下，強大的中軍向前推進，卻不像左右兩軍般全力飛馳，迅如電閃，而是緩騎推進，兩快一慢，平添不少威勢和壓力。

敵人逃者更眾，任主帥宗政良和副帥胡沛如何喝止，也起不了絲毫作用。

誰都曉得大勢已去。

燕軍終於全線崩潰。

燕飛最大的優勢，是清楚譙奉先是何方神聖，更曉得對方的意圖和手段，而譙奉先卻對他是否負傷仍抱懷疑態度，否則早召來李淑莊和陳公公全力攻殺他。

高手過招，勝負在毫釐之差；智者較量，亦是棋差一著，滿盤皆落索。

燕飛正憑這一點點的優勢，擬定出絕局求生的策略計謀。他的元陽因安玉晴的元陰引發，萌動生機，亦使他回復了部分靈力，故能感應到譙奉先氣勁的微妙情況，不但判斷出譙奉先的武功不下於屈星甫等三大魔門高手任何一人，更從譙奉先眞氣游移的特性，知道此人善於轉換眞氣，使他能做出違反一般物理、迅如鬼魅的動作身法。

正因譙奉先以輕功身法見長，故可逼至近處方被燕飛察覺，且自恃一有不妥，以他的輕功可及時逃之夭夭，所以他不怕獨自面對燕飛。

燕飛生出另一種全盤掌握對手的美妙感覺，又大感新鮮過癮，皆因自結下金丹後，他早不用如此殫思竭智的去「知敵」。

微微一笑道：「譙兄愛怎麼想便怎麼想，腦袋畢竟是譙兄的。不過請容燕某人提醒譙兄一件事，就是一旦動起手來，燕某人想留手也不可能，如果譙兄認爲可憑你過人的身法，形勢不對時，隨時可以開溜，將是大錯特錯。」

譙奉先雙目瞳仁收縮，雖然容色沒有變化，但燕飛已察覺他心中的震盪，不但因被自己看破輕功了得，更被勾起李淑莊描述自己如何大破魔門三大高手的記憶。

譙奉先雙目的紫藍之色更盛，不眨眼地盯著燕飛，沉聲道：「我豈有與燕兄爲敵之意，只恨燕兄開罪了南郡公，假若燕兄許下誓言，永不踏過淮水半步，奉先可代南郡公作主，大家的恩恩怨怨就此一筆勾銷。」

燕飛當然不會相信譙奉先的鬼話，說到底他仍是在試探自己，看他燕飛會否忍辱負重，從而判斷自己的眞正情況。

仰天笑道：「譙兄像是第一天到江湖來混的樣子，虧你說得出這麼幼稚的話來。我燕飛何等樣人，怎會受人管束？譙兄怕是不到黃河心不死，動手吧！」

譙奉先皺眉道：「燕兄話雖說得漂亮，卻全是廢話，你我今戰勢不能免，不論燕兄有何奇功秘藝，本人將奉陪到底，看燕兄是否如你自己口中說的那麼高明。」

燕飛心明眼亮，掌握譙奉先到此刻仍沒有退縮之意的背後原因，道理在譙奉先認爲與李淑莊和陳公公聯手之力，超過衛娥等三人聯手之威。兼且譙奉先認定他因與孫恩決戰身負內傷，所以不肯錯過此難逢的機會。假設他燕飛仍這麼忍氣，幾乎可肯定譙奉先會立即發動。

燕飛苦笑道：「我只是好言相勸，皆因不想再大開殺戒。在不久之前，便有三個來歷不明的人，不肯聽我的逆耳忠言，求死得死。如果現在只有譙兄一人，燕某人早立即動手，但譙兄不但有夥伴同行，且功夫皆爲不下於譙兄的高手，所以燕某人方好言相勸，看看可否和氣收場。」

「鏘！」

蝶戀花出鞘，遙指譙奉先。

譙奉先右手往身後一探，手上多出一枝長只尺半，竹節形的鐵鐗，予人可硬可軟，剛中帶柔的印象。如能配合游移難測的身法，確實可以盡展鐵鐗的功夫。

眞氣從蝶戀花鋒尖潮沖而去。

譙奉先微一錯愕，竟踏前半步，接著又後退兩步。

譙奉先終於色變。

燕飛心中一陣痛快，在大敵當前，生與死的交接處，他的「日月麗天大法」又有創作，發揮出其獨特異常之處。

他首先以太陰眞氣遠距攻敵，譙奉先立即落於被動，不得不全力運功抵抗，卻被太陰眞氣至陰至柔的特性纏黏不放，彷彿衛娥般能生出空間凹陷塌縮的牽扯力。

譙奉先控制不住地被太陰眞氣扯得往前傾半步，方能抵銷那種奇怪力道。

接著燕飛化進陽火爲退陰苻，太陰眞氣天然轉變爲太陽眞氣，至寒轉作至熱，凹陷的空間變作擴展膨脹的爆炸力，譙奉先頓感有如狂風中孤立無依的小草般，硬被掃退，竟多退了一步半。

但燕飛也試出譙奉先的功力尚在屈星甫之上，難怪敢單身來試探他的虛實。

由於氣機正緊鎖著譙奉先，對方內外任何變化，盡在燕飛掌握內。

譙奉先終於失去信心，再不敢肯定燕飛身負內傷。

也難怪譙奉先心懼，燕飛的「仙門劍訣」固是曠古絕今的劍法，他因孫恩的「黃天大法」而受的傷勢更非一般的內傷，無形無相，表面絕看不出來。只有燕飛自己心裡明白，一日元氣未復，他一天沒法施展「仙門劍訣」。

縱然交手硬拚，譙奉先也無法看破燕飛的虛實，那根本完全超出他識見的範疇外，因此怎不令他不色變吃驚呢？

只要能嚇退譙奉先，燕飛便可解決危機，否則他只好全力突圍逃走，但以後將沒有安樂的日子過。

燕飛從容道：「這是給譙兄的最後一個機會。」

下則腳踏奇步，上則揮劍斜劈。

譙奉先一時看呆了眼。

原本平平無奇的招數，但落在燕飛手上，卻成爲渾然天成、妙至毫巔的絕藝。兩人此時仍相距足有兩丈之遙，但譙奉先竟清楚無誤地感覺到，當燕飛劍劈肩頸的一刻，恰是他來至身前半丈之時，偏是他雖只是簡單的一劍，但劍速卻不住變化，忽快忽慢。這還不是譙奉先最顧忌的，最令他失去反擊之心的是劍勁忽寒忽熱、剛柔交替，令人不知如何運勁抵擋，如果稍有差池，後果肯定是他譙奉先伏屍燕飛劍下，更可慮者是燕飛接踵而來的劍招，或許就是李淑莊向他描述過燕飛如何殺死衛娥等三人的可怕劍招。

譙奉先一聲長笑，往後閃電飛退，聲音遙傳回來道：「請恕奉先失陪了！」

燕飛立定，還劍鞘內，揚聲道：「燕某人不送哩！」

看著譙奉先沒入林內的暗黑處，燕飛暗自抹了一把冷汗。

兩艘雙頭艦在紅子春和姬別指揮下，撞斷兩道浮橋後，毫不停留地朝上游駛去，離開被濃煙罩著的敵陣，直過水口，抵達泗水後，船上點燃所有風燈，燈火通明的掉頭駛回北潁口去，船上戰士人人強弓勁箭在手，準備射殺任何出現在射程內的敵人。

對敵人來說，他們在此時此地宛如死神的化身，更因他們故意張揚其事，駭得正沿岸北遁的敵人莫不往東西兩方落荒逃走，令敵人沒法聚眾頑抗。

雙頭艦駛過北潁口之際，戰事已告結束，由宗政良和胡沛指揮的殘餘部隊，被荒人戰士衝得支離破碎，潰不成軍。

甫一接觸，燕軍已支撐不住，棄甲拋戈的亡命奔逃。此時拓跋儀率領的三百精銳，埋伏在敵陣上游離潁口東岸里許處的密林內，等待獵物自投羅網。

目標是敵方主帥宗政良和胡沛。

埋伏的地點是經過精密的思量，準確地捕捉敵人的心態。

由於荒人的主力部署在潁水東岸，所以身為主帥的宗、胡兩人，必在東岸陣地主持大局，當雙頭艦以火器毒煙攻陷敵陣，又撞斷浮橋，切斷兩岸聯繫，宗、胡兩人在別無選擇下，只有出陣迎戰。

荒人的主力部隊此時便以迅雷不及掩耳的雷霆威勢，揮軍狂攻，擊潰燕軍。

宗、胡兩人見大勢已去，好死不如歹活下，只好朝北沿潁水逃亡，但在兩艘回航雙頭艦的威脅下，不得不改變逃走路線。在如此形勢下，當然不可能投入潁水，泅往對岸，因爲在水中將成艦上箭手的活靶，只好改往東逃，如此便被埋伏的荒人截個正著。

整個計畫由王鎭惡構思出來，盡顯「虎祖無犬孫」的事實。此戰奠定了王鎭惡在荒人心目中軍事大家的地位。

小軻有點緊張的道：「來了！」

數十騎正亡命奔來，這批燕人逃兵該在接戰前逃離戰場，又有馬腳代步，所以走在最前頭。

拓跋儀冷然道：「這些只是小卒嘍囉，讓他們走吧！」

敵騎慌張地在密林外的平野馳過，轉眼遠去，沒入夜色蒼茫的山野去。

接著是徒步奔跑的敵人，大部分逃進荒人埋伏處左方的雪林內，他們沒有馬快之利，只好望借密林的掩護，逃過荒人的追殺。

這片密林位於泗水南岸，北潁口之東，綿延數里，是藏身保命的好處所，也是埋伏襲敵的好地方。

拓跋儀用足眼力，注視朝林區逃來的敵人，心裡想的竟是香素君。

她曾要求參與今次的行動，卻被他堅決拒絕。他有一種想法，是希望她能遠離戰場，不沾上戰場上的血腥。想起她，再想起自己的處境，拓跋儀便有神傷魂斷的感覺。

在這戰爭的年代，每一刻形勢都在變化中，令人有朝不保夕的危機感覺，未來變得不穩定和難以預料。

只要拓跋珪一個命令傳下來，他便要離開邊荒集，對未來他再難以掌握。對每一個軍人來說，命運並不是掌握在自己手上，而是上司統帥手中。

像眼前急急如喪家之犬亡命逃亡的敵人，他們便是因慕容垂的命令到這裡來，遇上這般的厄運。

小軻又道：「眞的來哩！」

在他開口前，拓跋儀早看到一批百多騎的敵人，正朝他們疾馳而至，隊形散亂。走在最前頭的是兩個身穿統領將服的敵將，其中一個是化了灰他們都可以確認的漢幫叛徒胡沛。另一人看其年紀外貌體型，可肯定是有「小后羿」之稱、北方著名的箭手和刺客宗政良。

拓跋儀下令道：「依原定計畫進行，我們的目標是宗政良和胡沛，其他人都不用理。」命令傳達下去，眾戰士彎弓搭箭，瞄準不住接近的敵人。

小軻低聲道：「想不到以箭法名震北方的宗政良，最後竟慘死在亂箭之下。哼！敢來惹我們荒人的，都沒有好結果。」

拓跋儀暗嘆一口氣，心忖如果奔來的騎士中有向雨田在，那就更理想了，可免去燕飛一番工夫。直至宗、胡兩人進入二百步之內，拓跋儀一聲暴喝，道：「第一輪箭。」

近百枝勁箭從林內暗黑處飛蝗般朝敵人投去。

宗政良果然了得，在箭矢及體前，先一步滾落地面，險險避過。

胡沛卻沒有他那般幸運，縱身躍離馬背，卻被拓跋儀及時射出的一箭命中心窩，拋後墜地，再爬不起來。

箭矢無情，箭矢範圍內的敵人被射得人仰馬翻，無一倖免。

宗政良在地上疾滾兩丈後，從地上躥起來，剛躍往半空，第二輪百多枝勁箭，在拓跋儀號令下索命鬼般追至，在這樣的情況下，換了是燕飛，也難逃箭矢貫體的命運，何況是宗政良。

慘叫聲中，也不知宗政良中了多少箭，從空中掉下來，立斃當場。

第二十二章　抽絲剝繭

劉裕回到基地時，夜空烏雲低壓，狂風呼號，眼看將有一場大雨。過去兩天的天氣頗不穩定，不時下場大雨小雨，卻為他的探子任務提供了掩護。

這幾天，他和屠奉三、宋悲風各率三個兄弟，每組四個人，以屠奉三遇襲的海灣作起點，分三路由近而遠的搜索天師軍的藏兵基地，不住擴大搜索的範圍，結果卻是一無所得，令劉裕大感失望。

難道他們猜錯了？

屠奉三和宋悲風依約定和他差不多同一時間回到基地。

這個位於海鹽城之東的基地，本身是個荒棄了的漁村，有十多間土石築成的小屋，處於一道河旁，接連大海。奇兵號停泊河灣處，由這裡駛往海鹽城，半天可達。

三人聚在其中一間小屋交換情況。

屠奉三苦笑道：「我本以為搜尋徐道覆的藏兵基地是手到擒來的事，因為照道理，他們的基地必是在水陸交通方便之地，離吳郡、嘉興、海鹽三城應不會過遠。豈知走遍沿海區域，仍沒有發現敵蹤。」

宋悲風道：「我專搜索通往此三城的河道，也像奉三般以為可輕易找到天師軍藏身之所，可惜亦是徒勞無功。」

劉裕凝望閃跳不停的燭火，沉吟道：「徐道覆熟悉這個區域的環境，而能否瞞過南征平亂軍的探子，正是此仗成敗的關鍵，在如此情況下，他的藏軍之地肯定是巧妙安排、精心策畫，慮及各種可能破綻，非是我們可輕易識破的。」

屠奉三點頭道：「我也有同樣的想法。照我的猜測，陸上的作戰部隊和海上艦隊該是分開處理，反攻時才會師出擊。」

宋悲風點頭道：「合理！要把一支龐大數量的艦艇船隊藏起來，即使是長江和大河那樣的河道，仍是非常困難。另一個可能性是把艦隊藏在太湖內，但始終須離開太湖，當艦隊進入河道，既容易被察覺，更易被伏擊，是智者所不爲。最理想莫如把艦隊留在大海上，像我們這般把長蛇島當作海上的隱蔽基地。」

屠奉三欣然道：「對！正因我乘的那條船是從海路潛來，才會被藏在海上的天師軍艦隊發覺，故能攻我們個措手不及。」

宋悲風大喜道：「你記得曾經過哪些島嶼嗎？」

屠奉三苦笑道：「大海茫茫，遠遠近近島嶼無數，根本無法分辨。何況知道天師軍主力艦隊藏身之處又如何呢？憑我們的實力，去惹他們等於以卵擊石。」

劉裕冷靜的以目光掃視兩人，最後落在屠奉三身上，問道：「當時攻擊奉三的天師軍戰船，是哪類的戰船？戰力如何？」

屠奉三答道：「攻擊我們的有五艘戰船，均屬輕巧型的海船，兩艘是頭低尾高、前大後小的海鶻船，左右置浮板，長只五丈，頗易辨認。其餘三艘是開浪船，船頭尖突，長約七丈多。以其操控者的功力和船上的裝備評之，均是第一流的戰船。」

劉裕點頭道：「這證實了我的想法。天師軍雖號稱兵力達三十萬之眾，戰船逾千艘，但其中大部分士兵均只是裝備不齊的亂民，戰船更不乏由普通漁舟加以改良而成。從當日天師軍攻打邊荒集的兵力看，天師軍堪稱精銳者不會超過十萬之眾，這還包括從邊荒撤退後軍力上的擴充。至於戰船，粗略的估計，能見得人的有二、三百艘已相當不容易了。」

宋悲風道：「我明白小裕的意思，今次徐道覆先縱後擒的反攻戰略，成敗的關鍵首要是保密，方能收奇兵之效。所以入選的戰士，必須是天師軍核心的精銳，且在忠誠方面沒有問題，不會洩露機密。戰船則是一流的戰船，如果是使用由普通漁舟濫竽充數的劣等船，只會影響機動性和戰力，反成爲尾大不掉的負擔。」

屠奉三笑道：「劉爺又再次顯示明帥之風，從茫無頭緒的事理出頭緒來，我們是成王還是敗寇，就看今晚此一席話。」

倏地屋外颳起陣陣大風，樹搖葉響，窗門吹得砰砰作響，接著大雨灑下，由疏轉密，豪雨終降臨大地。

劉裕完全不爲天威所動，沉聲道：「我今次也是被逼出來的，以謝琰好大喜功的性情，這幾天便會由水陸兩路攻打會稽。當會稽落入南征平亂軍之手，徐道覆會於任何一刻展開反攻行動。現在可說刻不容緩，我們必須盡快找出徐道覆的秘密基地，才能佔奪先機，以有限的兵力去攻破強橫的敵人。」

宋悲風苦笑道：「我想不認外行也不行，你們說的話對我來說像在猜謎語，究竟天師軍的秘密基地在哪裡呢？」

劉裕油然道：「假設你是徐道覆，在海鹽、會稽、吳郡和嘉興四大重鎮都落入南征平亂軍手上，形勢告急下，你要扭轉敗局，會怎樣做呢？記著謝琰的副手朱序是知兵的人，劉牢之更不用說，當然會千方百計防止天師軍反撲成功。」

宋悲風道：「我會竭盡全力保衛吳郡和嘉興兩城，只要保持運河暢通，建康的兵員物資就可以源源不絕的支援會稽，守穩會稽後，便可對會稽附近沿海城池用兵，如此功過半矣。」

劉裕再問道：「吳郡和嘉興兩城的守軍，可借運河互相呼應，防守力當然遠比海鹽強大，老哥為何要捨易取難，何不先陷海鹽，再攻兩城？」

宋悲風道：「道理簡單明白，如先奪回海鹽，不但會引起南征平亂軍的警覺，且對佔領會稽的南征平亂軍主力部隊起不了作用。只有截斷運河交通，方能令南征平亂軍陷於糧草不繼的劣況。」

屠奉三笑道：「如此徐道覆的反擊戰略，已是呼之欲出，就是出奇制勝，攻其不備，以隱了形的水陸部隊，忽然發動猛攻，一舉奪回吳郡和嘉興兩城，這樣海鹽將不攻自破，而會稽的南征平亂軍會變為孤軍，任由天師軍宰割。這是最簡單的說法，以徐道覆的智謀，會以種種虛虛實實的手段，於吳郡和嘉興的守軍應接不暇時，才忽然發動。」

宋悲風嘆道：「二少爺確實比大少爺差遠了，還以為自己破敵如神，犯了擴展過急的毛病而不自覺。現在南征平亂軍的戰線太長了，致實力分散，反之天師軍則集中起來，強弱之勢不言可知。」

劉裕冷然道：「所以天師軍的秘密基地，肯定在吳郡和嘉興之東，離海不遠處，當他發動時，縱然兩城守軍立生警覺，但已來不及求援。」

宋悲風搖頭道：「我不明白為何是離海不遠之處？徐道覆大可把水陸兩軍分開，各自行動。」

劉裕微笑道：「宋大哥認爲須多少兵力，方可攻陷吳郡或嘉興？」

宋悲風摸不著頭腦的道：「這有甚麼關係呢？」

屠奉三精神一振，雙目閃亮的道：「當然大有關係。要攻陷吳郡或嘉興任何一城，首先要切斷兩城之間和其對外的聯繫，孤立它們，再以牽制其中一城，猛攻另一城的策略，方有成功的可能。一般來說，要攻陷一座有強大防禦力的城池，攻城軍的兵力至少要在守城軍兩倍或以上。以我的估計，徐道覆若要速戰速決，兵力當不少於五萬人，戰船百艘。」

劉裕沉聲道：「要找一個隱蔽的地方藏起五萬人，在現今的情況下，是不可能的。只是物資糧貨來來往往，已難避探子的耳目。所以這批天師軍的隱藏地點該是在海上某處的偏遠島嶼，如此才可以瞞過南征平亂軍。」

宋悲風一頭霧水的道：「這麼說，他們在陸上豈非沒有甚麼秘密基地？」

劉裕從容道：「這樣的戰術，更須一個陸上的基地，以建造攻城用的工具，當時機來臨，天師軍的戰艦可在數天內把海上的兵員送往此基地，再分從水陸兩路大舉進攻。從策略上來說，這個計畫是非常高明的。」

屠奉三道：「正因之前我們錯會了徐道覆的策略，所以沒法找到敵人的秘密基地。此基地極可能離開海河有一段距離，甚至或在山區之內，不虞被人無意中撞破。」

宋悲風恍然道：「我明白了，所以這個基地不該離岸過遠，好方便調動軍隊。」

屠奉三摩拳擦掌的道：「我眞想再次出動，搜索天師軍的秘巢。」

劉裕道：「此事絕不可輕舉妄動，如被對方曉得秘密外洩，我們漁翁得利的策略將難奏效。」

屠奉三點頭道：「讓我們三人親自當探子，如此可保萬無一失。」接著道：「這方面就如此決定。不過掌握敵人秘密基地的位置，只是我們破天師軍大計的一半，另一半是如何聯絡魏詠之，好弄清楚南征平亂軍的情況，讓我們能在南征平亂軍崩潰時，招降敗軍。」

劉裕道：「魏詠之曾和我搭檔過探察的任務，有幾種聯絡的手法，只有我和他曉得。只要他身在海鹽城，我可在城外必經之路設下暗記，他看到後便可到某一指定地點，找到我的信函，再到這裡來見我。」

屠奉三大喜道：「既有此法，一切好辦。劉爺是主帥，當然不用奔波勞碌，此事交由手下兒郎去辦，保證妥當。」

此時屋外足音響起，三人停止說話。

不一會兒老手推門進來，欣然道：「陰爺來哩！」

三人均有如釋重負的感覺，陰奇的到來，正代表一切依計而行。

今次的行動他們是不容有失，任何的錯誤，都會令他們功虧一簣，且永遠沒有翻身的機會。

郝長亨進入大廳，聶天還正細看攤開在桌上的圖卷，看得津津入味，卷上畫的是太湖一帶的地理形勢圖。

郝長亨心中湧起崇慕之情，更感到幸運，能追隨像聶天還如此超卓的人物，實在是他的福氣。他幾乎從未見過聶天還吃敗仗，唯一的挫折便是那次被燕飛贏了賭約。從一個微不足道的江湖人物，成爲一個幫會的龍頭大哥；由一個黑道人物，成爲雄霸一方的豪雄，聶天還本人便是個傳奇。

郝長亨尤爲欣賞聶天還治民的手段，令兩湖幫的利益與兩湖的民眾結合在一起，正是這種上下一心的和諧，使兩湖幫勢力不住膨脹，最後更擊垮了宿敵大江幫。

聶天還頭也不回的道：「雅兒方面有甚麼最新的消息？」

郝長亨來到聶天還身旁，恭敬的道：「長亨正是來向幫主報告，剛接到壽陽來的飛鴿傳書，得知清雅已離開邊荒集。」

聶天還劇震道：「雅兒回來了！」

郝長亨清楚感到正如聶天還所說的，他對尹清雅的愛是毫無保留的，只有尹清雅才可令聶天還失去冷靜，令他後悔和反省。

苦笑道：「該是回來了吧！」

聶天還呆了一呆，接著點頭道：「對！沒有人知道她是否回來。」又皺眉道：「爲何不直接去問紅子春？他該比我們的人知道多一點的。」

郝長亨道：「紅子春到北潁口去了，找不著他。」

聶天還愕然道：「荒人反擊慕容垂哩！咦！高彥是否也到北潁口去了？」

郝長亨嘆道：「我們的人雖然參加邊荒遊到了邊荒集去，但始終是外人，很難掌握所有情況。」

聶天還目光回到桌上的圖卷，道：「北府兵的南征平亂軍連奪三城，得卻是失，已逐步走進徐道覆精心設計的陷阱。謝琰肯定是個『白望』，愚蠢至此，但劉牢之該不致這麼差，照你猜劉牢之是否眞的被桓玄收買了呢？」

郝長亨道：「不會吧！劉牢之曾背叛桓玄，照我看劉牢之只是要借天師軍清除謝家在北府兵的影響力，和鏟除原屬何謙派系的將領。」

聶天還沉吟片刻，忽然問道：「你認爲在這樣的情況下，劉裕是否還有機會？」

郝長亨想不到聶天還會忽然把話題轉到劉裕身上，錯愕的道：「劉裕手上無兵無將，可以起甚麼作用？且司馬道子是永遠不會信任劉裕的，頂多只讓他做個先鋒將。」

聶天還搖頭道：「你太低估劉裕了。」

郝長亨感到有點無話可說，因爲他眞的不曉得在現今的情況下，劉裕可以有甚麼作爲。

聶天還目光移離圖卷，投往屋樑，負手露出思索的神色，徐徐道：「現在天下間能令我感到顧忌的有兩個人，一個是燕飛，如在單打獨鬥的情況下，我沒有必勝的把握；另一個人便是劉裕，我顧忌的是他對軍民的號召力，只要給他一個機會，他可以立即冒出頭來。」

郝長亨心中佩服，正是聶天還這種知彼知己的態度，令他從不輕敵，致能屢戰屢勝。

聶天還嘆道：「我也希望如此，可是桓玄和任青媞千方百計，想盡辦法仍殺不掉他，卻令我非常擔心。」

郝長亨一呆道：「任青媞？她是否眞的要殺劉裕呢？」

聶天還淡淡道：「在這裡我順道提醒你一句，千萬不要被她迷惑，此女精於媚術，最懂如何勾引男人。論智計，她絕不在你我之下，以爲可以駕馭她的男人，最後都不會有好的收場。」

郝長亨老臉一紅，尷尬的道：「長亨會謹記幫主的指示。」

嗎？」

聶天還冷哼道：「甚麼『我疲倦了，希望找個安靜的地方好好休息』，哼！這種鬼話我會相信

郝長亨訝道：「今次任青媞來投靠我們，竟是別有居心？」

聶天還冷然道：「可以說是別有居心，卻不一定要來害我們。現在南方形勢混亂又複雜，她是借我們這棵大樹來遮蔭，一方面可以靜觀其變，另一方面是覓地潛修。她以為我看不破她嗎？我只是不想揭破她吧！」

郝長亨愕然道：「她竟是借我們的地方來練功，真教人想不到。」

聶天還道：「還有更多會令你意外的事。此女不但媚骨天生，且是練武的好料子，每次我見到她，都感到她進步了。今回見到她，我這個感覺更強烈，她應是處於突破的邊緣。如給她練成『逍遙大法』，她將會變成另一個任遙，至乎猶有過之。」

郝長亨糊塗起來，道：「我們這樣收留她，究竟是凶還是吉呢？」

聶天還道：「那就要看我們的表現，明白嗎？」

郝長亨醒悟過來，點頭道：「我明白了，她是一隻擇木而棲的鳥兒。」

聶天還道：「她的確是天生的尤物，男人的恩物，桓玄沒有選她，大出我意料之外，也打亂了我的部署。長亨你放心吧！我聶天還何等樣人，豈會被女色所迷？除非她做到一件事，否則休想我信任她。」

郝長亨好奇心大起，問道：「要她為幫主幹甚麼事呢？」

聶天還淡淡道：「就是殺死劉裕。劉裕一去，我將成為她唯一的選擇，如此她才肯對我死心塌

地。」

郝長亨嘆道：「幫主高明！」

此時手下急奔來報，在門外已高呼道：「報告幫主，小姐回來哩！小姐回來哩！」

郝長亨尚未來得及反應，聶天還早旋風般轉了出去。

第二十三章　心靈失應

天穴披上雪白的新衣，在燦爛的星空下，益顯其秘不可測的特質，其存在已是個千古難解的奇謎。

燕飛站在天穴邊緣處，心中思潮起伏。每次看到天穴，他總是百感叢生，難以自已。天穴不但改變了他的命運，也改變了他對人世的看法。

三珮合璧後，他以前的世界像褪了色的記憶，遙遠而不眞實，取而代之是現實和虛幻難以分辨的迷茫和失落。他再弄不清楚自己在此奇異天地間的位置。

另一個問題在燕飛心中湧起。

以三珮合一的驚人威力，仍只能開出僅容一人穿過的仙門，縱使他練成太陽無極和太陰無極，使出大三合的招數，能讓三珮合一的威力重現，已非常難得。若要開啓可容三人通過的仙門，是否需要比三珮合一還要大上三倍的能量呢？

這有可能嗎？

更難解決的問題，是如何讓紀千千和安玉晴抵受大三合的爆炸力，全然無損的通過仙門。接著而來的問題，是假設兩女在沒有結下金丹的情況下，即使能成功穿越仙門，仍難逃肉身灰飛煙滅的厄運。

這些想法令他感到沮喪。

自死而復生後，他仍有一般人喜怒哀樂的情緒，但心情從未如眼前般，覺得一切努力都是沒有意義的低落，可知陽神的受損，可以直接影響他的清醒意識。

黎明前他將會回到邊荒集，而他更必須投入現實中，進行營救千千主婢的行動，所以他要振作起來，暫時拋開種種惱人的問題，全力與敵周旋。

一天處於這人間世，一天他仍要面對這人間世的煩惱。

唉！

萬俟明瑤。

倏地天穴另一邊出現一道人影，以驚人的高速接近，直抵天穴邊緣，隔著天穴朝他望過來。

燕飛凝望天穴，似是毫無所覺。

那人倏地蹲了下去，遙指燕飛隔穴嘆道：「我的娘！原來你就是燕飛。他奶奶的！我向雨田究竟走了甚麼運道？拓跋漢就是燕飛，好朋友變了勢不兩立的死敵。我的娘，我早該猜到是你，天下間哪來這麼多高手？」

燕飛抬頭往向雨田瞧去，微笑道：「我們眞的是誓不兩立嗎？向兄說話的語氣有點像荒人。」

兩人隔著遼闊的天穴說話，雙方都沒有故意提高聲線，但每一字都清楚傳送到對方耳中，彷如促膝談心，更不覺有任何敵對的意味。

向雨田苦笑道：「怕就是這樣了。在兵刃相見前，我們先來個敘舊如何呢？」

三人在大廳一角的几椅坐下，尹清雅居中，聶天還和郝長亨在左右傍著她，愛憐地看著她舉杯喝茶。

尹清雅仍是那麼明媚動人、神采飛揚，沒有露出日夜兼程趕路的絲毫疲態。

聶天還見她一副得意洋洋的模樣，試探的道：「雅兒不再怪師父了嗎？」

尹清雅嘴角綻放出如花笑意，白他一眼道：「師父這麼疼惜雅兒，雅兒怎會怪師父呢？」又放下茶杯，喜孜孜的道：「師父也給雅兒耍了哩！雅兒早猜到是高彥那小子在裝神弄鬼，所以乘機溜到邊荒集去，好為師父探察敵情。」

聶天還和郝長亨聽得面面相覷，乏言以對，尹清雅把他們這兩個兩湖幫的頭號和次席人物弄糊塗了。

尹清雅玉顏含春的欣然道：「師父透過桓玄那混賬派人行刺高小子，是師父為雅兒好，因你認為高彥是個混蛋，雅兒是明白的。」

接著大發嬌嗔道：「可是高彥偕燕飛到兩湖來，還與師父大戰一場，師父卻一直瞞著雅兒。師父你當雅兒是甚麼呢？這便是師父大大的不對！難道師父以為我對高彥那小子看得比師父更重要嗎？我要師父你還我一個公道。」

以聶天還的老辣，也為之啞口無言，忙向郝長亨使個眼色，著能言善辯的郝長亨為他解圍。

郝長亨忙岔開話題，問道：「清雅你說到邊荒集是要探聽敵情，究竟探到了甚麼重要情報呢？」

尹清雅嘟起嘴兒道：「你們是想聽實話還是好聽的話呢？」

聶天還現在最怕是尹清雅窮追猛打，只要她不「追究」自己的「過錯」，一切好說。所以雖不把她的「情報」當作一回事，仍裝作非常看重她的收穫般，道：「雅兒得到甚麼新情報呢？師父當然要聽你說實話。」

尹清雅不知想到甚麼地方去，竟然俏臉先微微一紅，方道：「說實話前，先說好聽的話，表面來看，邊荒集是四面楚歌、危機處處，南北兩條戰線都不穩妥，其中又以北面的情況最危急。好聽吧？」

聶天還和郝長亨交換個眼色，均感驚異。直至此刻之前，在他們眼中尹清雅只是個愛撒嬌、活在少女天地的女孩子，不知人間險惡。但這番話說來不單頭頭是道，更表現了她有能看穿表象的高明眼力。

忽然間，聶、郝兩人均感到尹清雅長大了，再不是以前那個不明世情、貪玩愛鬧的小女孩，這感覺上相當古怪，他們既欣慰又帶點失落，至乎不習慣和害怕。

郝長亨道：「邊荒集的北線出現了甚麼問題呢？」

尹清雅道：「慕容垂請出遠在塞外長居沙漠的一個叫秘族的強悍民族，以對付拓跋珪和荒人，此族人數不多，但人人武功高強，立即扭轉了整個形勢，令拓跋珪和荒人都處於下風。說出來你們或許不相信，秘族只派了一個叫向雨田的人到邊荒集去，就已把邊荒集鬧個天翻地覆，荒人完全拿他沒法，由此你們可推測秘人的厲害。」

聶天還點頭道：「我們也收到有關向雨田的消息，卻所知不詳，只曉得荒人曾懸金百兩緝捕他，此事後來似乎不了了之。」

尹清雅皺眉道：「我們的探子是怎麼搞的，這般窩囊？」

郝長亨乾咳一聲道：「邊荒集今時不同往日，外人要從荒人口中套取情報，再多錢也不行。是哩！難道連燕飛也奈何不了向雨田嗎？」

尹清雅嗔道：「燕飛那混蛋不知滾到哪裡去了？我也希望他早日回邊荒集去，好狠揍向雨田一頓，姓向的傢伙實在太可惡了。」

聶天還道：「聽說慕容垂派兵封鎖了北潁口，截斷邊荒集北面的水路交通，也切斷了荒人和拓跋珪的聯繫，實情究竟如何呢？」

尹清雅道：「我要說你們不想聽的話哩！實情是慕容垂只是派一批戰士、工匠去送死，讓荒人可以大顯身手。」

聶天還和郝長亨愕然以對。

尹清雅不單有自己的看法，且言之有物，隱含深意。

尹清雅道：「我離開邊荒集時，荒人正揮軍北上，傾力反擊燕軍，師父該很快收到燕人全軍覆沒的消息！」

聶天還皺眉道：「戰場上變化萬千，誰勝誰敗，未到最後一刻，仍難以預料，雅兒怎可斷定荒人必勝呢？」

尹清雅道：「在解答師父的疑問前，雅兒想先說出對荒人的一點看法。唉！該怎麼說呢？我第一次到邊荒集的時候，一切印象都是模模糊糊的，我更有點看不起荒人，把他們全當作無法無天的強徒，整天爲各自的利益而吵鬧爭奪，像一盤散沙，更是烏合之眾。」

郝長亨忍不住的心中暗嘆一口氣，因爲尹清雅說中了他的心事。他本身也一直不太把荒人放在眼裡，直至劉裕那枝特大火箭命中「隱龍」的主桅，才徹底將他的想法改變過來。

尹清雅續道：「就以高彥那小子爲例吧，起始時雅兒一點不把他放在眼裡，認爲他除了哄女孩子外便一無是處，只是浪得虛名之輩。但事實剛好相反，在邊荒集這個無法無天的地方，只有夠實力的人方可以出人頭地，全沒有僥倖可言，所以能在邊荒集打響名堂的，都是有眞材實料的人。這令邊荒集能人盡其才，出現百花齊放的局面，故而一旦荒人團結在一起，荒人便成爲一股不可輕視的力量，因爲每一個人都能盡展所長，其環境可令荒人盡情發揮各自的長處，在公平競爭下，優勝劣敗一目了然。」

聶天還有點不能置信地看著自己的愛徒，想不到她能說出這麼有見地的一番話。尹清雅對荒人的了解，比他和郝長亨更深入和透徹。

尹清雅油然道：「燕軍佔據北穎口，令荒人措手不及，陣腳大亂，關鍵處是荒人對燕人的兵力和部署一無所知，不知如何反擊。在這樣的情況下，高彥的能力便顯現出來哩！只有這小子有資格和本領深入敵境，將燕人的情況摸個通透，再返回邊荒集做報告，讓荒人籌謀反擊之計。時間是決定性的因素，如讓燕人在北穎口建立起有強大防禦力的堡壘，援軍又源源不絕的開至，不但荒人要完蛋，拓跋珪也完了，所以北穎口一戰，勝負全繫於高彥一人身上。」

郝長亨訝道：「清雅爲何對荒人的情況如此清楚呢？」

尹清雅微聳香肩，若無其事的淡淡道：「因爲我陪了高小子到北穎口探查敵情嘛！」

聶天還和郝長亨同時驚呼道：「甚麼？」

尹清雅重複一遍，得意的道：「正是高彥的表現，令我大開眼界，也改變了我對荒人的印象。雅兒說了這麼多話，是希望師父改變對荒人的看法，他們不但有本領，佔盡地利人和，更是運勢如虹。」

聶天還沉默下來，雙目精光閃閃地打量尹清雅，欲言又止。

尹清雅道：「師父是否想問雅兒和高彥那小子的情況呢？」

聶天還頹然點頭，道：「雅兒是否看上了那小子？」

尹清雅笑吟吟的道：「雅兒不知道，真的不知道。只知道和他在一起時很開心，時間也過得特別快，在必要時他會毫不猶豫地爲雅兒作任何犧牲——就是這麼多。雅兒睏哩！要上床睡覺了。」

滎陽城。

紀千千呆若木雞的坐在廳內，眼神空空洞洞的，一副失去了靈魂、無知無覺的模樣。

自從成爲慕容垂的「戰俘」後，她即使在最艱難沮喪的時刻，仍未這般情緒低落過，那是近乎窒息的絕望。不論她如何試圖振作和堅強，提醒自己往好的一方面去想，但一陣陣失去了希望的情緒，正侵蝕著她的身心，令她覺得一切都完蛋了。

在過去的兩夜，每夜她都向燕飛發出心靈的呼喚，卻得不到任何的回應。

她本不該在這麼短的時間尋求與燕飛的心靈連結，但她太關心燕飛了，尤其與他交戰的對手，是那有南方第一人之稱的孫恩。

原本她對燕飛有十足的信心，但在兩次徒勞無功的心靈呼喚後，她的信心動搖了。心靈的呼喚，耗用了她大量的心力，也使她的精神和肉體均接近崩潰的狀況。

燕飛是否已敗亡在孫恩之手？這個想法把她推進絕望的深淵。沒有了燕飛，也就沒有了一切。如果不是因爲小詩，恐怕她再沒法支持下去，只有爲燕飛殉情，才可以了結她的悲傷和痛苦。

沒有了燕飛，她再沒有活下去的理由。

以前她一直深信燕飛可以把她和小詩從慕容垂的魔掌中解救出來，然後她可以回到邊荒集那個令她夢縈魂牽的地方，與燕飛過著自由自在的生活，閒來可在第一樓品嚐雪澗香的滋味；興起時，與燕飛把臂共遊充滿荒唐氣息又具有無限活力的夜窩子；無聊時，偕燕飛到穎水彼岸數數往來邊荒的船隻，在觀遠台欣賞邊荒集日出日落的美景。還能去一探「邊荒四景」裡尚未揭曉的第四景。

但隨著燕飛的離去，一切希望和期待都成了泡影。

若她決心尋死，小詩肯定會毫不猶豫的追隨她，死了便一了百了。

或許她仍有一線希望。

燕飛不是說過他絕對死不掉嗎？他已結下金丹，陽神是不死不滅的。縱使他的肉身被孫恩毀去，他的陽神也會來找自己，入夢來向她報告死訊。

眞的會這樣子嗎？

她不知道。

窗外，黑沉沉的濃雲垂在低空，另一場風雪又在醞釀中。與燕飛斷去了連繫，她感到無比的孤獨。

在以前，她不是沒嘗過寂寞的滋味，但今次是不同的，這是她生命中最難忍受的孤獨和空虛。還記得第一次在雨枰台和燕飛相遇，當時她的心劇烈的跳動著，一股前所未有的感覺完完全全的支配著她，她宛如在一個絕對黑暗的世界看到了幸福的曙光，看到了未來。

每晚獨自一個人擁被看著帳頂，她仍感到心滿意足、心情平靜，因爲她曉得她並不是孤獨的，在遙遠的某一角落，燕飛亦像她思念他般記掛著她、關懷著她、明白她、了解她，期待著與她的重逢相聚。

足音響起，風娘進入廳內，小詩跟在她身後。

紀千千垂下頭去，不讓風娘看到她的神情，她在這刻下了決心，不論妄用心力會對她造成多麼大的傷害，待會夜深人靜入睡之時，她要再次呼喚燕飛，以證實燕飛是生是死，如果燕飛再沒有回應，她再不願多活一刻。

生命實在是沉重的負擔，沒有燕飛的生命，更是她負荷不來的懲罰。

風娘來到她身旁，訝道：「小姐不舒服嗎？」

紀千千心中湧起哀莫大於心死的感覺，似是甚麼都不再在意，包括風娘對她的懷疑。事實上她連假裝若無其事的意念都沒了，更擠不出一絲笑意好讓風娘和小詩釋疑，只有神態木訥的緩緩搖頭。

小詩「啊」的一聲叫起來，道：「小姐的臉色很蒼白呢！」

紀千千緩緩站起來，目光掃過兩人，卻像視而不見，道：「我沒事，你們不要多心。」

風娘道：「讓老身給小姐把脈吧！」

紀千千終於迎上風娘關切的目光，平靜的道：「我說沒事，就是沒事。夜了！大娘回去休息吧！我也想早點上床休息。」

小詩幫風娘說話道：「小姐啊！大娘是關心你哩！」

紀千千嘆道：「關心有甚麼用呢？」

留下呆立當場的風娘，逕自朝臥室走去，小詩歉然看了風娘一眼，追在紀千千身後入房去了。

第二十四章　天穴夜話

向雨田現出回憶的神情，似重返當初那段時空，回味無窮的道：「慕容文於長安最著名的花街被人刺殺，明瑤和我均猜到是你幹的，更曉得你是特意暗助我們一臂之力，好引得苻堅旗下高手傾巢而出，離開長安去追捕你，使我們得到千載一時的良機，入宮救回明瑤的爹。事後明瑤雖然沒說甚麼，但我知道明瑤心中是感激你的，也對你改變了觀感。唉！想不到你竟逃往邊荒集去，還隱姓埋名，搖身一變成為邊荒集的頭號人物，也變成明瑤和我的頭號敵人。這是否叫造化弄人呢？」

燕飛心中湧起古怪至極點的感覺，就像回到某一段早被遺忘的過往記憶中，一切都復活了過來。

向雨田拍腿道：「燕兄和我在此並不是偶然遇上的，燕兄可知我是憑甚麼本領能於此時出現在此，恭候燕兄大駕呢？」

燕飛曉得向雨田在向他出招，試探他的道行，目光投往蹲在三十多丈外、天穴另一邊的向雨田，微笑道：「當年在長安，向兄總給我一種摸不著底兒的感覺，那時我仍不明白是甚麼緣故，到今夜此刻，我忽然曉得了！因為向兄已抵上窺天道的境界，也令我體認到不論正道、魔道，到最後其實是殊途同歸，都在尋找破碎虛空的極境，不知道我有沒有說錯呢？」

向雨田毫不掩飾震驚的神色，愕然道：「坦白說，當年在長安時的拓跋漢，雖是第一流的劍手和刺客，但仍不被我放在眼裡，我欣賞的是你的性格才情。但今次重遇燕兄，燕兄宛如脫胎換骨似的，從拓跋漢變成了另一個叫燕飛的人，使我再無法把這兩個名字聯想在一起。」

燕飛啞然失笑道：「有這麼嚴重嗎？向兄說話的語調，令我有一家人的感覺，向兄愈來愈像我們荒人了。」

向雨田也笑道：「這或許叫近朱者赤，近墨者黑，爲了對付你們荒人，我不得不混進集內好深入地了解你們荒人，也沾染了你們荒人的習氣。好哩！言歸正傳，燕兄怎會曉得我與聖門有關係，又曉得破碎虛空的境界？」

燕飛淡淡道：「令師墨夷明前輩近況如何呢？」

說出這句話後，燕飛不由緊張起來。他現在幾可斷定自己長得一點也不像墨夷明，所以不論魔門中人，又或墨夷明的徒弟向雨田，都沒把墨夷明和他燕飛聯想起來，令他也對墨夷明是不是自己的生父，抱懷疑的態度。可是縱然如此，對墨夷明是否仍在人世，他是關注的。

向雨田保持蹲著的姿勢，雙目閃閃生輝的隔遠打量燕飛，沉聲道：「燕兄對我的認識，遠過於我對燕兄的認識。燕兄是如何曉得我恩師的名字？請燕兄坦然告之。」

燕飛從容道：「這並沒有甚麼秘密可言，我從佛門中人得悉令師的名字，更知道他最後藏身於貴族的勢力範圍內，從而推斷出向兄的師承，就是如此。」

向雨田興致盎然的問道：「明瑤又如何呢？」

燕飛搖頭道：「你們不論武功心法，均迥然有異，可知來自不同的傳承。我從沒有想過你和明瑤出自同一淵源。」

向雨田訝道：「你我從來沒有交過手，你怎曉得我和明瑤各走不同的心法路子？」

燕飛道：「這純粹出於一種直覺的認知，沒有甚麼道理可言。」

向雨田露出思考的神色，不住點頭，似有所得，好半晌後再問道：「『破碎虛空』又如何呢？這不單是我們聖門的最高機密，連聖門內知悉此事的人，也數不出多少個來，皆因牽涉到敝門的聖典，燕兄為何可隨口說出來呢？」

燕飛滿懷感觸的暗嘆了一口氣。他情願自己不知道「破碎虛空」的秘密，更沒有結下金丹，能安分守己做個正正常常的人，和紀千千執手偕老。

但話又說回來，如果他沒有上窺至道，練成小三合，孫恩的一關他便過不了，也不能死後復生，現在更必死於向雨田劍下。

從認識向雨田的第一天開始，直至此時此地，他仍沒法摸得清向雨田的深淺，可知向雨田確實是魔門繼墨夷明後最出類拔萃的人物，武功不但在衛娥等三大魔門高手之上，更在李淑莊、譙奉先至乎陳公公之上。

假如他陽神復元，能否將向雨田看通看透呢？他不知道。只知道如現在與向雨田決一死戰，勝敗誰屬，實難以預料。

燕飛心感難宣，報之以一個複雜難言、帶點苦澀味道的笑容，平靜的道：「此事一言難盡。貴門的寶典是否《天魔策》？」

向雨田劇震道：「燕兄令我愈來愈驚異了。燕兄可知若依我聖門的規矩，任何人提起《天魔策》三字，我們會立即殺之以滅口？」

燕飛懶洋洋的道：「那向兄現在是否準備要殺我滅口呢？」

向雨田仰天笑道：「規矩是死的，人卻是活的，我向雨田怎會是盲從死規矩的人？不瞞燕兄，我雖出自聖門，但從不把自己當作聖門的人，更沒有興趣宣揚聖統，甚麼以聖恩澤被天下。我向雨田便是我向雨田，至要緊是自由自在，無拘無束，追求我的夢想。這些話我從沒有向人透露，包括明瑤在內，不知如何卻會向你說出來，或許是我感到天下間只有燕兄一人能眞的明白我。」

燕飛心中一震。向雨田說得對，他燕飛明白向雨田，向雨田也明白他，因爲大家都曉得虛空可以破碎的秘密，明白「破碎虛空」是怎麼一回事。

忽然間，他清楚掌握到向雨田的可怕處，他等若另一個孫恩，是屬於那級數的人物。而世俗一般的道德標準，甚或甚麼江湖規矩，對向雨田根本不會起任何約束作用，因爲向雨田早看破人間世只是某一層次的幻象，所以不會被這層次的現實拘囿。

如他誤以爲向雨田因與他有一段交情，便破例留手，亦會是大錯特錯。而實際上，自向雨田出現的一刻，他們便開始交鋒，只是向雨田到此刻仍沒法掌握到他的破綻，故而尚未出手。

事實上他也找不到向雨田的弱點。

在不能施展小三合的情況下，他可以擊敗眼前的勁敵嗎？

他絕對沒有把握。

燕飛微笑道：「向兄這句話錯了，至少還有一個人，像我這般明白向兄。」

向雨田凝視著他，好一會兒後正容道：「那人便是孫恩，對嗎？」

接著聳肩裝出一個趣怪的表情，頗有點洋洋自得，又透出發自眞心的親切，笑道：「哈哈！看你的表情便知我猜對了。這並不難猜，因爲孫恩如果尚未能進窺人天之道的境界，哪有作燕兄對手的資格？燕兄今次到南方去，是否與老孫進行第三度決戰呢？今回是不是以老孫慘敗收場？」

燕飛仍卓立天穴邊緣處，沒有移動分毫，但卻是神態優閒，似可以如此姿態直站至地老天荒。

向雨田見燕飛迎上自己的目光，卻沒有絲毫答話的表示，以帶點不悅的語調道：「燕兄為何忽然不說話了？」

燕飛心中再嘆息一聲。

向雨田雖是近乎孫恩般的難纏對手，但他卻無法把向雨田視作如孫恩般勢不兩立的大敵，一來因曾與向雨田有一段交情，更因大家年紀相若，向雨田又是如此天才橫溢，充滿過人的魅力，他豈能無惺惺相惜之意？

苦笑道：「今次我到南方去，確曾與孫恩第三度進行決戰，結果並非如向兄所料的以孫恩慘敗收場。勉強來說是大家見好即收，若說受傷，那孫恩的傷勢要比我為輕。」

向雨田大感興趣的道：「燕兄的答案出乎我意料之外，且我愈聽愈糊塗。如果燕兄說雙方兩敗俱傷，不得不中止決戰，我反可以接受，但聽燕兄話中之意，似乎並非如此。哈！我們仍是在敘舊的階段，燕兄可否當我是個朋友，解開我的疑團呢？」

向雨田沒有變，仍是他燕飛當年在長安遇到的那個人，對事物充滿了好奇心，愛尋根究柢。亦只有向雨田在這種雙方動手在即的情況下，還可以與好友談心般聊興不減。

燕飛平靜的道：「向兄可否先答我一個問題？」

向雨田攤手道：「你問我答，我問你答，這叫禮尚往來，公平得很。燕兄問吧！我會知無不言，言無不盡。不過有些地方可能牽涉到師門方面，燕兄須為我保守秘密。」

燕飛啞然失笑道：「你這聰明的傢伙，這麼說，是逼我不得藏私了。」

向雨田毫無愧色的道：「我的確用了點心機，皆因發覺燕兄大不簡單，與孫恩的三次對戰更是隱含玄機，故令我好奇心大起，不得不找些東西來與燕兄交換。且必須把握機會，否則如幹掉了燕兄，我豈非永遠解不開心中的謎團嗎？」

燕飛微笑道：「我只想問向兄一句話，我們是否非分出生死不可呢？」

向雨田沉默下去，好一會兒後嘆了一口氣，苦笑道：「只有在兩個情況下，我才可以不動手：第一個情況是給你宰掉，當然一切休提；另一個情況是明瑤親自下令我罷手。燕兄明白嗎？」

燕飛皺眉道：「這麼說，我們是非分出生死不可了？」

向雨田道：「這是我師父臨終時的遺命，他欠秘人的債，須由我去償還，如此我便可以回復自由之身，可以隨我的喜好愛幹甚麼便幹甚麼，享受生命。你該明白明瑤是怎樣的人，秘族的名譽凌駕於她個人的喜惡之上，甚至比生命更重要。今次她應慕容垂的要求，傾力而來對付拓跋族和你們荒人，是爲完成對慕容垂的承諾，沒有任何人事可以改變她的決定，也沒有人可以阻止她。這亦是我還債的唯一機會，須爲她瓦解荒人的抵抗力量。原本我答應爲她殺三個荒人，便算還了欠秘族的債。可是我到邊荒集後，心境起了變化，現在決定只殺一個人，便是你燕飛。殺了你邊荒集將不戰而潰，明瑤該沒話可說了。唉！怎曉得燕飛便是拓跋漢，不過即使明瑤曉得此事，仍不會改變要我殺你的初衷，我明白她是怎樣的一個人。我答應過她的，是不會不算數的。」

燕飛心境平和的聆聽著，毫不驚異，且曉得墨夷明已經過世。從容道：「回復自由之身後，向兄會幹甚麼呢？」

向雨田欣然道：「在正常的情況下，我絕不會答燕兄這個問題。不過現在有別於正常的情況，首先是我要以秘密來向你交換秘密，其次是動起手後，不是你死便是我亡，說甚麼都無關痛癢了，對嗎？」

燕飛笑道：「向兄可知不論你說甚麼，我也難辨眞僞，何用洩出師門秘密呢？」

向雨田道：「或許燕兄尚未能眞正明白我這個人。當然！有時我也會說謊，但不會向我喜歡或欣賞的人說謊，更絕不向我尊敬的對手說謊。」

燕飛道：「向兄肯說實話，當然最好！順口問一句，如果我僥倖贏了向兄，向兄便沒法達到明瑤的要求，情況又如何呢？」

向雨田微笑道：「這是不可能的，燕兄雖身具超出一般武學範疇的玄功秘技，但仍遠未臻達擊敗我的境界，至於我如何曉得，則很難向你解說清楚。坦白說，這也是我肯向你說實話的原因，因爲燕兄將見不到明天的太陽。」

燕飛心中暗懍，若換了是別的高手，定會以爲向雨田在虛言恫嚇，但他卻知道向雨田就像陽神未受損前的自己，能憑藉純精神的感應，掌握對手的實力。

向雨田正因看通看透元氣受損的自己，才可以說出此等豪言壯語。在精神力的比拚上，他燕飛已落在下風。

燕飛沒有因此生出絲毫懼意，更沒爲向雨田的輕視動氣，非是因他能漠視生死勝敗，而是向雨田尚差了一籌，未能看破他陽神的玄虛，只以爲他功止此矣。

燕飛微笑以報，道：「算我多此一問。好哩！讓我先聽向兄的老實話。」

向雨田沉吟片刻，點點頭，然後道：「這還是我首次透露本身的秘密，縱然明瑤對我誤會重重，我仍不肯向她洩露半句。忽然要說出來，感覺挺古怪的。」

稍頓續道：「好在燕兄知道《天魔策》是怎麼一回事，省去我不少唇舌。《天魔策》共分多卷，書雖成於秦漢之時，但其淵源可追溯至三皇五帝的遠古時代，後來成為我聖門的寶典，創出不同的流派。每卷均有名稱，各述一套武功訣法，其中又以《道心種魔大法》享有最崇高的地位，被敝門譽之為寶典中的寶典，秘不可測，牽涉到天地的奧秘。自古以來，敝門雖人才輩出，據傳卻從沒有人能竟全功，包括先師在內。而為了不使其他人知道有這麼一種功法，我們都慣了稱此法為種玉功。」

燕飛訝道：「只聽名稱，便知此功法詭奇怪異，難以常理測度。向兄回復自由身後，是否準備全心投入修行此法，再不理會其他事呢？」

向雨田點頭道：「可以這麼說。修煉此法，必須斷去七情六慾，由魔入道，至於其中細節，恕不詳說了，說出來對燕兄亦有害無益，燕兄也不會感興趣。」

接著舒一口氣道：「說出來舒服多了。」

燕飛道：「敢問向兄修此奇法，已練至何等階段呢？」

向雨田答道：「坦白說，開始修煉《道心種魔大法》之時，我對書中所描述的，是半信半疑，豈知一發不可收拾，隨著自身的體驗和精氣神上的變化，方知書中所言字字玄機，實有奪天地造化的奇效。不過我雖然自視頗高，但仍未狂妄至認為自己可超越所有古聖先賢，又或天分比我師父更高。在殫思竭慮下，我終於從沒辦法中想出辦法，就是要先大幅延長我的壽元，讓我本身擁有比前人多上一倍或以上的時間，以勘破《道心種魔大法》的秘密。」

燕飛心忖假如自己有辦法教會向雨田結下金丹養出陽神，向雨田肯定感激得放棄決戰。

他當然沒有辦法。

燕飛道：「竟有延長壽元的功法嗎？」

向雨田道：「若要答你這個問題，我便要說出另一個秘密，如此恐怕到天亮我們也無法動手分出生死。」

燕飛道：「好吧！我收回這個問題如何？」

向雨田道：「或許現在燕兄比較明白爲何我必須離開秘族、離開明瑤，因爲我追求的並不是人世間的勝負成敗，而是要勘破天地宇宙的秘密。這樣說表面聽來似有點不自量力、大言不慚，可是我該怎麼說呢？只有這樣做才能令我感到有意義，生命才充滿驚喜。燕兄明白我的話嗎？」

燕飛淡淡道：「完全明白！」

向雨田一呆道：「眞的明白？」

燕飛微笑道：「當向兄聽過我即將說出來的一番話後，當曉得我這句話不是胡亂說出來的。」

向雨田雙目神光遽盛，沉聲道：「向雨田洗耳恭聽。」

第二十五章　誤會了他

凱旋而回的邊荒勁旅，從北門入集，正在夜窩子胡天胡地的荒人蜂擁而出，萬人空巷，擠在北門大道兩旁，歡迎爲邊荒集而戰的英雄們，爲他們贏得漂亮輝煌的一戰歡呼喝采，一時煙花不住的送上天空，爆開一朵又一朵的彩芒，鞭炮聲響個不絕。

榮歸的戰士四個一排，在主帥慕容戰和一眾領袖的帶領下，昂然策馬入集，兩邊的戰士均手持高燃的火炬，使二千人組成的部隊，變成一條見首不見尾的火龍，益添挾勝而還的氣勢和聲威。

古鐘樓的聖鐘被敲得震天價響，一下緊接一下，每一下鐘響都敲進荒人的心坎裡，令人人血液沸騰，不能自已。

北潁口的敵堡箭樓已被夷爲平地，經眾荒人領袖商議後，均認爲不宜派人留守，因爲經此一役後，仍敢來太歲頭上動土者，只是自尋死路的蠢蛋，何況已進入冬季，風雪肆虐下，要再建造具備規模和防禦力的堡寨更是困難重重，荒人有了今次的經驗後，自可從容應付。

慕容戰和拓跋儀並騎而行，領頭帶著部隊接受群眾的歡迎，喊叫聲潮水般起伏著，荒人的情緒陷入半瘋狂的亢奮狀態，感染了回來的戰士，歡迎的和被歡迎的互相以夜窩族的和應方式尖聲怪叫，更把激烈的氣氛推上高潮。

慕容戰向身旁的拓跋儀笑道：「這就是戰勝的動人滋味。」

拓跋儀一邊向夾道歡呼的群眾揮手致意，答道：「今次雖是一場小戰，規模遠及不上兩次反攻邊荒集之戰，卻是意義重大，就像把緊扼咽喉的敵手斬斷，令我們回復自由呼吸生存的活力。」

慕容戰策馬而行，領著部隊緩緩進入夜窩子，古鐘廣場出現前方，傲立廣場核心處的鐘樓仍不住傳來祝賀的鐘音。

廣場的歡迎陣勢更不得了，數以萬計的人群擁向廣場，只留下僅容部隊通過的空隙，讓部隊朝聖似的朝古鐘樓推進，其他每一寸地方都擠滿了激動歡呼的人，連青樓的姑娘也趕來加入歡迎的行列，其盛況可想而知。

留守邊荒集的呼雷方、程蒼古和費二撇等議會成員，則聚在觀遠台上，代表邊荒集恭賀部隊的歸來。

鐘聲倏止，但餘音仍縈繞在每一個人的耳際，好像鐘音並沒有停下來，還是一下一下的敲著。

部隊抵達鐘樓之前。

整個廣場靜了下來，只餘火炬燒得獵獵作響的聲音。

部隊戰士齊聲吆喝，登時又引起震天喝采聲，波浪般在廣場來回激盪。程蒼古在觀遠台上高舉雙手，眾人立即乖乖的肅靜起來。

慕容戰向著觀遠台大喝道：「我們幸不辱命，已把燕人在北潁口的布置夷爲平地，斬殺其主帥，將燕人逐出邊荒。」

他的話再度引起可令人耳聾的叫好和嘶喊。

程蒼古仰天長笑，連叫了三聲「好」，然後道：「我代表邊荒集向戰士們致以最崇高的敬意，只要我們保持團結，人人爲邊荒集盡心盡力，最後的勝利將屬於我們，千千小姐和小詩終有一天會回來。」

今次沒有人能再克制激動的情緒，歡呼、煙花和鞭炮聲把一切淹沒。祝捷的狂歡會開始了。

他已決定要告訴向雨田關於大三合的事，非因向雨田拿《道心種魔大法》的秘密來與他交換，也不是因向雨田比起其他人更能接受此等異事，而是他對向雨田生出相惜之意。

燕飛淡淡道：「向兄可有想像過眼前所見到的情景嗎？」

一旦動了手，就要比誰的劍快，誰的劍更鋒利，誰更無情。

向雨田不論其秘族的出身、墨夷明弟子的身分、其修煉的魔功，都有種令人無法揣摩、詭異難明的感覺。加上其獨特的性格，超乎常人的才智，可謂正邪難分。現在能打動他的，只有天地和生命之秘。或許他曉得「眞實」的情況後，會如燕飛般感到人世間的鬥爭仇殺，是沒有絲毫意義的。

事實上關於追求人生的目標，這點向雨田頗為接近孫恩，唯一差別在孫恩已親眼目睹大三合的發生，不像孫恩的師尊和尼惠暉的爹般，一直到瞑目之日仍只能疑幻疑眞，含恨而逝。

向雨田現出錯愕的神色，見燕飛目光投往天穴，醒悟過來，一震道：「燕兄是指這個大坑穴？這不是由一塊從天降下的龐大火石撞擊而成的嗎？說書是這般說的。唉！我被你弄糊塗了。」

燕飛首次感到向雨田戰意減弱，兩人雖隔著天穴，但向雨田的精神一直緊鎖著他，只要他稍現破綻，向雨田的劍肯定會越穴攻至。

燕飛在採取守勢，而向雨田則保持主動出擊的姿態。

燕飛報以微笑。

向雨田苦笑道：「不要告訴我，這大坑穴是人力弄出來的，我絕不肯相信。」

燕飛從容道：「向兄猜中了一半，天穴並不是純由人力弄出來，卻是由人而起。」

向雨田雙目神光閃閃，隔穴盯著燕飛，沉聲道：「燕兄想說甚麼呢？這個大穴與你和孫恩的決戰有何關係？」

燕飛輕鬆的道：「沒有這個天穴，我和孫恩之戰將會是直至一方敗亡才會罷休，但正因此天穴，戰果變得如此離奇，令向兄百思不得其解。」

向雨田嘆道：「燕兄不要賣關子了，小弟好奇得要命，爽快點把事實說出來好嗎？大家總算朋友一場，當我在懇求你吧！」

燕飛啞然笑道：「向兄的好奇心很大。好吧！你聽過大三合嗎？」

向雨田一呆道：「大三合？我還是首次聽到這個詞語，似乎屬風水地學方面的用詞。」

燕飛道：「大三合你未聽過，天地心三珮又如何？」

向雨田斂去豐富的表情，臉容立即變得充滿冷酷的意味，緩緩道：「燕兄勿要愚弄我，天地心三珮我當然聽過，那不過是道門中人騙人的玩意，你是否想告訴我，天地心三珮合璧後會出現大三合呢？」

燕飛油然道：「天地心三珮並非騙人的玩意，閣下眼前的天穴便是證物。」

向雨田凝視燕飛，一雙虎目神光閃閃，然後目光投往天穴，再搖搖頭，嘆道：「如果不是由你燕飛口中說出來，打死我也不會相信。唉！究竟是怎麼一回事呢？燕兄可否仔細點說出來？」

燕飛道：「我不想再提細節，總言之在機緣巧合下，我和孫恩在爭奪天地心三珮之際，誤打誤撞地破解了道門千古不解之謎，令從沒有人能使其合而為一的三珮歸一合璧，出現了大三合的異事。」

向雨田抬起頭來，雙眼眨也不眨地凝望燕飛，道：「那傳說中的洞天福地是否出現了？」

燕飛道：「我不知道。」

向雨田失聲道：「甚麼？」

燕飛沉聲道：「我眞的不知道，孫恩也不知道，只曉得虛空被炸開了一個僅能容一人通過的缺口，向兄身前的天穴，便是爆炸的遺跡。」

向雨田目瞪口呆地看著他，燕飛敢肯定這有天縱之資的年輕高手，畢生未如此震撼過，此刻的他該是頭皮發麻，心中一片空白，以致一向能言善辯的他亦要啞口無言。

「咯！咯！咯！」

郝長亨舉手敲門。

尹清雅的聲音傳出來道：「是郝大哥嗎？進來吧！」

郝長亨呆了一呆，推門進入小廳，尹清雅神采奕奕的坐在一角，正拿梳子梳理披肩的秀髮，嘴角含笑，一派悠然自得的姿態。

郝長亨來到與她隔了一張几子的太師椅坐下，嗅到她浴後芳香的氣息，心中湧起兄長對妹子般愛憐的感覺，笑道：「你怎知是我？」

尹清雅哂道：「猜也猜到哩！師父要你來做探子嘛！好探清楚我的情況。清雅有說錯嗎？」

郝長亨有點尷尬的道：「說對了一半吧！我不可以關心你嗎？」又岔開道：「為何把伺候你的珠

兒、芳兒全趕了出去，你不用人伺候嗎？」

尹清雅漫不經意的道：「我要獨自想點東西嘛！回到家眞好，有種煥然一新的感覺，放心吧！短期內我是不會離開的，你可以向你的幫主交代了。」

郝長亨失聲道：「那長期又如何？」

尹清雅若無其事的道：「未來的事，誰算得準？人家肯乖上一段日子，算很懂事哩！」

郝長亨拿她沒辦法，改變策略，道：「幫主和我都認爲清雅言之成理，荒人最特別的地方，是大家都在公平競爭下，各憑實力比拚掙得個人的身分位置。像我便不同，是因幫主看得起我，而他之所以看得起我，可能只因他欣賞我某一方面的才幹，故而提拔我，情況確有不同。」

尹清雅放下梳子，平靜的道：「郝大哥眞的這麼想嗎？」

郝長亨爲之愕然。

尹清雅嘆道：「郝大哥這麼說，是爲了要與我同聲同氣，大家好說話。看大哥的表情，便知大哥是隨口說說，並不認眞。說實話吧！誰肯承認自己名實不副？但荒人卻沒有這方面的問題，高彥可以成爲首席風媒，是靠他的本領賺回來的，絕沒有人懷疑。這是我今次到邊荒集最深刻的感受，雖然明知說出來只是逆耳之言，但卻不能不說，因爲我擔心師父，也擔心郝大哥。問吧！你們是否想問我是不是愛上高小子？是不是非他不嫁？」

郝長亨仍是呆看著她，說不出話來。

尹清雅「噗哧」嬌笑，道：「對不起！人家不是故意令郝大哥難堪的，只是這番話一直憋在心裡，憋得很辛苦，說出來後痛快多了。」

又道：「這兩天該有荒人大破燕軍的消息傳來，你們便知我不是長他們荒人的志氣。」

郝長亨長長吁出一口氣，驚喜萬分的嘆道：「清雅眞的開始懂事了。」

尹清雅嗤之以鼻道：「人家甚麼時候都懂事，只不過不說出來而已！因爲說出來也沒有人當作一回事。師父很重視你的意見，你勸勸他吧！邊荒集的確氣數未盡，強如慕容垂每次去惹荒人都鎩羽而歸。何況荒人又沒來惹我們，我們犯不著去惹他們。」

郝長亨苦笑道：「不關重要的事幫主或許肯聽我說，但牽涉到爭霸天下的大事，幫主自有主張，哪輪得到我多言？」

尹清雅嗔道：「郝大哥！」

郝長亨投降道：「我試試看吧！咦！我有個更好的辦法。」

尹清雅好奇的瞪大美目。

郝長亨道：「由你去向幫主說，效果會比我去向他說更好。」

尹清雅懷疑的道：「眞的嗎？」

郝長亨笑道：「如你肯向幫主說心事話兒，幫主是求之不得，且會有最大的耐性。是了！你和高彥究竟是怎麼一回事，他怎會肯讓你回來的？」

尹清雅露出甜甜的笑容，道：「我和高彥？教人怎麼說呢？這小子的確是不折不扣的混蛋、蠢蛋，唔——還有是壞蛋。」

郝長亨失聲道：「壞蛋？」

尹清雅嗔道：「不是你想的那樣子。」

郝長亨攤手無言。

尹清雅現出沉醉的神色，悠然神往的道：「我被邊荒迷倒哩！」

郝長亨未及反應，尹清雅嘰嘰呱呱興奮的道：「到邊荒後，時間飛快的過去，每一刻都有不同的變化，既步步驚心，又刺激好玩，高彥那小子的新玩意層出不窮，把燕人玩弄於股掌之上。向雨田那傢伙也相當不錯，算他哩！」

一時間，郝長亨亦乏言以對，他身負的重任，是要摸清楚尹清雅和高彥的關係，好讓聶天還決定應付的策略，但他卻給尹清雅弄糊塗了。

尹清雅奇道：「郝大哥爲何不說話？」

郝長亨把心一橫，硬著頭皮道：「你究竟和高彥有沒有……嘿……有沒有……」

尹清雅兩邊玉頰各飛起一朵紅暈，令她更是嬌艷欲滴，嘟起嘴兒道：「郝大哥不是好人，竟問人家這種問題？」

郝長亨苦笑道：「是或不是，清雅只須答我一句，然後我可以向幫主交差，清雅也可以繼續一個人回味邊荒遊的滋味了。」

尹清雅氣鼓鼓的道：「是又如何呢？」

郝長亨默然片刻，忽然像豁了出去的斷然道：「清雅該清楚你的郝大哥是站在你這一邊的，郝大哥當然希望清雅能和自己喜歡的人在一起。」

又嘆道：「但幫主有幫主的想法，尤其他正與桓玄結成聯盟，這方面不能不避忌。你也該清楚幫主的脾性，沒有人可以改變他的想法。唉！我不是沒有爲你們說過好話，只是幫主完全沒有動搖。」

尹清雅喜孜孜的道：「知道郝大哥對清雅這麼好便成，其他的都不重要。」

郝長亨訝然往她瞧去，尹清雅的反應確實出乎他意料外，她說的話，令他心中充滿暖意，這一刻，他願意為尹清雅的未來幸福做任何事，雖然他仍沒法逼自己去喜歡高彥。

尹清雅喜不自勝的道：「你去告訴師父，雅兒是清清白白的。我本來並不打算解釋這般羞人的事，但卻不願師父誤會高彥，他絕不是師父想像中的那種人。他……嘿！他這人挺規矩的，對雅兒還很尊重，不敢……不敢有任何踰越，所以雅兒……雅兒……不說了！郝大哥明白便成，就是這樣子。」

郝長亨發覺高彥在他心中的形象立時大有改善，皆因與他先前的想法截然相反，不由得對高彥大大改觀。

他開始有點欣賞高彥了。

尹清雅忽然連耳根都紅起來，害羞的垂首道：「那小子還說，如果得不到師父的允許，他……他……噢！我記不起他怎麼說哩！」

郝長亨大奇道：「那小子竟會重視幫主的意向，眞是天下奇聞。」

尹清雅又羞又嗔的道：「眞的是這樣子，我親耳聽他說的。」

若到此刻仍不明白尹清雅對高彥的心意，郝長亨便是大蠢蛋，更不配為兩湖幫的第二號人物。

郝長亨問道：「那清雅又如何呢？」

尹清雅以微細的聲音道：「郝大哥你就告訴師父，一天他不點頭，雅兒都會陪在他身邊，孝順他、伺候他。快去！人家要睡覺了。」

第二十六章　命中注定

向雨田目光投往天穴，久久不能言語，然後艱難的道：「竟然是眞的，這就是破碎虛空？」

燕飛明白他的感受。

此刻的向雨田是又喜又驚，既興奮又失落，處於極端矛盾的情緒裡。令他喜的是「破碎虛空」是眞的，驚的是因被「破碎虛空」的威力嚇倒了，眼前的天穴是完全絕對地超出人類的能力，就像一個要攀上峰頂的人，攀至筋疲力盡之時，發現眞正的峰頂聳峙上方，在沒法攀登的高處。

向雨田臉上血色盡褪，朝燕飛瞧去。

不用他出言相詢，燕飛也知道他想問甚麼，道：「有關三珮的傳說，記載於《太平洞極經》之內，說及三珮的秘密，不但指出三珮合一會打開仙門，出現通往洞天福地的入口，還詳述了尋找三珮的方法。孫恩的師父遂把《太平洞極經》毀掉，然後依法尋得三珮，可是窮其一生之力，仍沒法令三珮合一，致三珮於他辭世後，成爲女兒和眾徒弟爭奪的寶貝。向兄還認爲三珮是道門騙人的玩意嗎？」

向雨田沉聲問道：「大爆炸發生時，你和孫恩在哪裡呢？」

燕飛答道：「我們就在現時天穴核心處的附近，爆炸把我們送往天穴之外，同受重創。」

向雨田呼出一口氣，忽然回復了常態，嘆道：「好小子！差點給你騙了。」

燕飛心中劇震，不但明白了向雨田爲何忽然認爲他在說謊，更掌握到自己忽略了其中一個至爲重要的關鍵，現在被向雨田提醒了。

燕飛按下內心的興奮，道：「三珮合一後，天地陷進無邊無際的絕對黑暗裡，偏是你可以清楚看到合璧的詭異情況，兩股光芒萬象的能量在交纏互動，然後倏地收縮至一點，就在這一刻，我感應到這一點存在著一個可容一人穿越的空門，而在這道仙門的另一邊，存在另一個沒有止境、奇異莫名的空間，就在我正猶豫該不該通過仙門，去看看那邊究竟是洞天福地還是修羅地獄之時，大爆炸發生了，當我回復神志，便是向兄現在見到的景況。向兄仍在懷疑我騙你嗎？」

向雨田虎軀輕顫，發起呆來。好一會兒後才道：「孫恩錯失良機，他不是一直在找尋破空而去的機會嗎？」

燕飛心中驚嘆，他雖不住在解答向雨田的疑問，但也同時得益，被這聰明的傢伙不住啓發，令他能更進一步掌握「破碎虛空」的秘密。道：「這個問題最好由孫恩來回答，在我來說，當時我有動彈不得的感覺，或許是因我過度震駭，又或三珮合一產生出某種剋制著我的力量，現在我回想起來，仍難分辨清楚。」

向雨田皺眉苦思，又問道：「這麼驚人的大爆炸，燕兄和孫恩怎可能存活下來呢？」

燕飛一直隱瞞著關於尼惠暉當時亦在場的事，爲的是不願埋香穴中的她被打擾。以向雨田的性格，如曉得她葬身之處，說不定會把她挖出來，以證實爆炸的情況。燕飛透露的事，完全吸引了向雨田的心神，再沒有興趣去理其他事。

燕飛道：「這牽涉到我和孫恩的功法，勉強可以這麼說，就是三珮合一的力量，與我們有相剋之處，亦有相生的地方，非盡是破壞和毀滅性的力量。對天穴的來龍去脈，我可以說的便是這麼多，至於是否事實，由向兄自己作出判斷吧！」

向雨田苦笑道：「這豈是可以胡謅得來的？何況我把《道心種魔大法》翻看到可以背出來。換了小弟是燕兄，大概也可以活下來，因爲我已結下魔種，不過仍要錯失千載一時的良機，因爲我的魔種尚未成氣候。唉！從我自身的體會，可知燕兄和孫恩該已結下道家傳說中的金丹，與我的魔種異曲同功。」

燕飛心裡翻起巨浪，心忖如果不是在這種特殊的情況下，休想向雨田會洩露魔種的秘密，這代表「破碎虛空」是可透過不同的功法達致，此情況對他有很大的啓示。

向雨田嘆道：「既是如此，你和孫恩還有甚麼好打的？」

燕飛點頭道：「的確沒有甚麼好打的，但既然仍鬥個不休，爲的當然也是『破碎虛空』，我要說的就是這麼多，向兄是否仍堅持要殺我呢？」

向雨田探手向後，握著劍柄，緩緩道：「燕兄肯說出天穴的秘密，是一番好意，令我非常感激。唉！燕兄可知你想我放棄干戈的一番忠言，卻是適得其反，令我更想回復自由，放手去做自己的事。只有殺了你，我才可以無牽無掛，再不用背負師門欠秘族的債，我和你的決戰是注定了的，燕兄勿要怪我，要怪便怪老天爺吧！」

向雨田騰身而起。

崔宏和長孫道生從睡夢中被喚醒，奉召去見拓跋珪。

拓跋珪神情肅穆的坐在大堂的一角，著兩人左右坐下後，淡淡道：「我明天要大舉搜捕秘人。」

兩人均感愕然，之前拓跋珪才準備以靜制動，不會因秘人的挑釁而勞師動眾，現在又忽然改變主意，且急切至等不及天明，令人大感疑惑。

兩人知他脾性，一時都不敢說話。

拓跋珪忽然笑起來，開懷的道：「你們定是以爲我瘋了。」

自秘人連番施襲後，他們已很久沒有見過拓跋珪如斯開心的模樣，兩人你看我我看你，不知發生了甚麼事。

拓跋珪輕鬆的道：「我剛見過由拓跋儀從邊荒集遣來傳口信的信使，得到了非常重要的消息。」

崔宏和長孫道生聽得精神大振，曉得此消息當是非同小可，否則以拓跋珪的沉著冷靜，是不會立即急召他們來見。同時隱隱感到他並不是眞的要大舉搜索秘人，因爲那是不會有成效的。

拓跋珪沉吟起來。

兩人更覺奇怪，甚麼消息令拓跋珪要在心中思量後方可以道出來呢？

拓跋珪道：「現在我說出來的話，只限於你們和張袞知道，其他人都要瞞著。」

兩人點頭答應，心中更疑惑了。

拓跋珪道：「邊荒傳來的口信，令我掌握了慕容垂的全盤戰略大計，首先他派人封鎖北潁口，截斷我們和邊荒集的聯繫，然後再集中力量打擊我們。哼！慕容垂的手段確實了不起，只沒有想過我可以掌握他最機密的事。他的敗亡已注定了。」

兩人聽得一頭霧水。

事實上也難怪他們，現在拓跋族的情報網已因秘人的騷擾破壞，陷於半癱瘓的狀態，等於失去耳目之靈。邊荒集顯然處於更不堪的境地，爲何偏是邊荒集傳來可令拓跋珪掌握慕容垂作戰機密的情報呢？兩人自是百思不得其解。

拓跋珪道：「北潁口的事，由荒人自己去解決，我深信荒人有這個本領，你們數天內會收到捷報。」

長孫道生愕然道：「我們？族主要到哪裡去？」

拓跋珪欣然道：「我們逐一來說，先說慕容垂的手段。慕容垂今次是把主力放在我們身上，一方面指使秘人來牽制我們，乘機重整陣腳，休養生息，等待明年春天的來臨；另一方面則煽動赫連勃勃，利用統萬接近盛樂的方便，突襲仍在重建中的盛樂，摧毀我們的根本，孤立身陷長城內的我們。如他的奸謀得逞，我們將只餘待宰的分兒。」

崔和長孫道生同時色變，更感錯愕。

崔宏忍不住問道：「慕容垂煽動赫連勃勃一事該是極端秘密的事，兩方均會盡力保密，因爲洩露出來便不靈光，消息更不可能傳至道路已被燕人和風雪阻隔的邊荒集，其中會否有詐呢？」

長孫道生點頭認同。

拓跋珪現出一絲令人高深莫測的笑容，道：「此消息千眞萬確，你們不用有絲毫懷疑，最精采處是慕容垂和赫連勃勃絕不曉得我們得悉此事，所以赫連勃勃的突襲會變成送死，我還會設法令赫連勃勃以爲慕容垂設計害他，慕容垂和赫連勃勃永遠沒法再合作。哈！眞是精采。」

崔宏和長孫道生面面相覷，說不出話來。

拓跋珪見狀，微笑道：「你們要絕對地信任我的判斷和決定。明天我們裝作大舉搜捕秘人，逼他們收斂，然後我會親率二千精銳潛返盛樂，只要能瞞過秘人，勝利將在我手心之內。」

崔宏欲言又止。

拓跋珪從容道：「很快你們會知道我的決定是對的，赫連勃勃由我去處理，你們只須守穩平城和雁門，靜待燕飛到來，有燕飛出手，秘人的問題將迎刃而解，剩下的便是我們和慕容垂天下誰屬的決戰了。對我的決定，你們不可有絲毫懷疑，否則只會誤事。明白嗎？」

他說的話透出無比的自信，更有一往無前的鬥志和決心，具強大的感染力。

崔宏和長孫道生轟然應諾。

第二十七章　球內玄虛

當向雨田從對面天穴的邊緣處騰身而起，以燕飛的智慧眼力，一時也不由大感奇怪。因爲除了忽然長出一雙翅膀，否則向雨田一定會往天穴掉落下去，世上沒有任何人可在一躍下越過三十多丈的距離，能跨越半個天穴已可穩坐天下第一輕功高手的寶座。

高手相爭，特別像燕飛和向雨田這種級數的高手，最大的顧忌是絕不可以讓對方看穿看破，如眼前的情況，如果向雨田被燕飛掌握到何時力盡？何時由上升變爲下降？落往天穴哪一個地點？向雨田將盡失主動，戰局的進行勢被燕飛操縱。向雨田就地一躍，其中不能有絲毫含糊或存僥倖之心，否則一個失著，足可決定向雨田的敗亡。

向雨田斜飛向上，直抵離地面近三丈的高空，下臨深達十多丈的天穴。

燕飛看不破向雨田。

即使他陽神無損，恐怕仍未能看破、掌握身具魔種的向雨田的力量和意向，就像向雨田也看不破結下金丹的燕飛。

此時燕飛的心神靜如止水，無喜無懼。雖然不能使出「仙門劍訣」，以小三合破對方的魔種，但他由太陽眞火和太陰眞水作後盾的日月麗天大法，仍令他有足以殺敵制勝的強大實力，問題在他如何把眞火和眞水融入劍招內。

向雨田橫過天穴三分之一的上空處，開始下降。

如果燕飛肯定向雨田力盡，此刻將是最佳的攻擊時刻，只要投身天穴，他便可足踏實地的攻擊從十多丈高空掉下來的向雨田，保證可殺得向雨田全無還手之力，直至向雨田落敗身亡。

但燕飛仍凝立不動，神態優閒寫意，似在欣賞向雨田表演雜耍。

向雨田大喝一聲「好」，忽然手上多出了個鍊子鐵球，右手持鍊子一端的鐵環，在頭頂上方揮動著鐵球，愈轉愈快。這舉動並沒有令他往上回升，反加速下降。

「鏘！」

蝶戀花出鞘。

向雨田這時降到與燕飛同一高度，倏地鐵球往燕飛投至，扯得向雨田筆直地朝燕飛平飛而去。

燕飛雙手握著蝶戀花，高舉過頭，鐵球迅速接近，不住擴大，變成充天塞地的黑球，聲勢驚人至極點。

燕飛終於明白了魔種的厲害，與孫恩的黃天大法實有異曲同功的神妙處。

向雨田借揮動鍊子球，把眞力借旋轉注入鐵球去，當眞力蓄至巔峰，便把鐵球射向燕飛，鐵球再非一件普通的武器，而是向雨田集全身精氣神的一擊，緊鎖燕飛，令他避無可避，只有全力還擊。

只看向雨田揮動鐵球嫻熟自如的手法，可推想這鐵球在他手上會使得出神入化，奇招絕藝層出不窮，教人難以抵擋。

更令燕飛駭異的是鐵球出現在向雨田手上時，不再是一件死物，而是像活過來般，具有神奇又邪惡的味道，充滿血腥和殺戮的驚人感覺，有如來自魔界的妖物。

鐵球眨眼間的工夫已逼至丈許開外，如迅雷轟至。

燕飛一聲長笑，往後退開，蝶戀花劃出一圈圈的劍勁，進陽火，太陰眞氣從劍鋒噴射而出，形成一個接一個、以至陰至純、陰中之陰的眞氣凝然急旋的「氣球」，迎上向雨田這威力無儔的一擊。

這是沒有小三合威力的「仙蹤乍現」，卻是能把兩種極端相反的眞氣發揮至極的招數。

「轟！」

悶雷般的一聲爆響，向雨田邪異舞動著的鐵球，狠撞在燕飛劍鋒射出的第一個氣團上。氣球碎裂。

轟鳴聲爆竹般連續爆響，向雨田的鐵球勢如破竹的連破七個氣團，表面看是氣勢如虹，但燕飛已知向雨田鐵球上的氣勁，正不住被太陰眞勁磨蝕消解，蘊含的力道被削弱近半，再不如先前之勇。

向雨田雙目閃過駭異之色。

燕飛由退改進，化進陽火爲退陰符，太陽眞火貫注蝶戀花，趁向雨田難以改勢時，一劍直搠而去。

「噹！」

蝶戀花像一道閃電般，以最精準的角度、驚人的高速、一往無前全沒有留手的氣勢，命中鐵球。氣勁爆響，以劍鋒和鐵球爲中心產生的驚人能量，颳得地面積雪向兩旁捲旋開去，聲勢驚人至極點。

燕飛全身劇震，往後飄退，向雨田則悶哼一聲，鐵球彈上半空，保持旋轉，腳下卻一步一步的似有千斤之重般，直退至天穴邊緣、剛才燕飛立足之地，方煞止下來，形相動作都非常怪異，難以形容。

比起來，向雨田退了只十步，而燕飛則飄退近五十步，看似落在下風，事實上向雨田是不能再退，否則就會掉入天穴，威勢全失，變成只有挨揍之局。

鐵球落下，向雨田竟把鐵球捧在胸口處，雙目一眨不眨地瞪著遠處以劍遙指著他的燕飛，沉聲道：「這是甚麼功法？竟能把劍勁變成凝而不散的實物，且有七重之多，化去我這必殺的一擊。」

燕飛表面雖不露半點痕跡，事實上心中卻翻起狂濤駭浪，他本以為憑此奇招，多少可令向雨田受點傷，至不濟也可以將他擊落天穴，狠挫其氣勢。豈知向雨田不但絲毫無損，且立穩天穴邊緣，氣勢既沒有受挫，精氣神也沒減弱，由此可見，他的魔種絕不在自己的金丹之下。

向雨田肯定是孫恩或慕容垂外，有資格和他燕飛一決雌雄的強勁大敵。

燕飛還劍鞘內，微笑道：「布下氣環的是純陰眞氣，反擊向兄鐵球的一劍用的卻是截然相反的純陽眞氣，向兄分辨不出來嗎？」

向雨田啞然失笑道：「我怎會分辨不出來呢？只是我過於震驚，忍不住說出口來。難怪燕兄的蝶戀花能獨步天下，原來竟是一身兼具兩種截然相反的功法，眞教人難以置信。」

燕飛好整以暇的道：「我滿足了向兄的好奇心，現在輪到向兄回報我哩！」

向雨田露出警惕的神色，道：「燕兄想問甚麼？」

燕飛徐徐道：「向兄在鐵球內藏著甚麼東西呢？」

向雨田愕然道：「燕兄是第一個感應到鐵球內藏乾坤的人。不過這個我問你答，你問我答的交易似乎有欠公平，因為如果我不揭露答案，任燕兄想像力如何豐富，亦休想猜中。可是燕兄兼具至陽、至陰的劍術，我早心中有數，只不過是由燕兄親口證實而已！」

燕飛哂道：「不公平又如何呢？你不是有信心殺我嗎？縱使你告訴我鐵球內的秘密，人死了還如何洩露出去？」

向雨田沉吟片刻，點頭道：「好吧！我可以告訴你。」

燕飛訝道：「向兄不用勉強，我只是隨口問問，你是否說出來並不打緊。」

向雨田苦笑道：「你現在想不聽也不行，因爲我是不安好心，既然給你曉得秘密，唯一保密之法便是殺了你來滅口。」

燕飛欣然道：「那兄弟便要洗耳恭聽。」

向雨田目光灼灼地打量他，奇道：「我們已硬拚了一招，嚴格來說是小弟佔了上風，至少我成功把你逼退，佔據了你先前的位置，難道你到此刻仍認爲自己有勝算嗎？」

燕飛微笑道：「我對口舌之爭沒有絲毫興趣，請向兄先道出鐵球內的秘密，再動手見個眞章，如何？」

向雨田長笑道：「讓我先看看燕兄是否有資格分享我的秘密吧！」

向雨田晃動了起來。

動的先是鐵球，向雨田雙手鬆開，鐵球往下急墜，到離地寸許的距離，鐵球往右蕩去，向雨田反向左移。接著鐵球忽左忽右，忽前忽後，有時更在他頭頂來個急旋，而向雨田則似完全被鐵球帶動，以燕飛從未見過飄忽難測、快緩無定的奇異身法，朝燕飛逼去。

燕飛凝立不動，進入止水不波的劍境。

向雨田比他預料的更強橫，只要一個錯失，他將陷於萬劫不復之地。

即使他陽神無損，能否擊敗身具魔種的向雨田，仍屬未知之數。

「鏘！」

蝶戀花二度離鞘。

拓跋珪進入房內，楚無暇擁被坐在床上，秀目閃閃生輝在黑暗裡盯著他。

拓跋珪在床沿坐下，訝道：「無暇沒有睡嗎？」

楚無暇搖首道：「我剛起來，發生了甚麼事？爲何這麼吵呢？」

拓跋珪沒有解釋親兵們正在準備行裝，反問道：「有件事我一直沒有問你，你和波哈瑪斯的恩怨是如何發生的？」

楚無暇平靜的道：「換了任何人來問我，我楚無暇絕不會透露半句話，只有族主是例外。當我見到這個波斯人，雖然我和他無怨無仇，且不曉得他是何方神聖，但我卻立即出手，毫不猶豫，族主明白我爲何要這樣做嗎？」

拓跋珪探手拍拍她臉頰，苦笑道：「恐怕波哈瑪斯本身亦一頭霧水，不知爲何觸犯了你這位怒美人，我又怎會明白呢？」

楚無暇微笑道：「族主是明白的，只有族主方能明白我。當時波哈瑪斯正在修煉一種奇功，且行功至最緊張的關頭，若他成功，中土將多出一個可怕的人，於是我出手對付他，而他則被逼應戰，致其修行功虧一簣，我們的仇恨就是這樣結下來的。族主爲何忽然提起來，今夜的行動竟與他有關係嗎？」

拓跋珪略一沉吟，道：「可以這麼說。我必須立即趕返盛樂，以應付赫連勃勃的突襲。」

楚無暇皺眉道：「我最清楚小勃兒的性格，照道理以他的爲人，只會坐山觀虎鬥，而不會插手到族主和慕容垂的鬥爭裡來。」

拓跋珪欣然道：「差點忘了小勃兒是你爹的大弟子，無暇當然清楚他的爲人行事。哈！道理是沒有甚麼道理，但此事卻千眞萬確。」

楚無暇道：「不對勁！此事是否有詐？旨在誘族主回防盛樂。」

拓跋珪不悅道：「我說此事是千眞萬確，便是千眞萬確，如果小勃兒眞的進犯盛樂，在沒有防範下，盛樂肯定捱不過三天。」

接著唇角飄出笑意，柔聲道：「可是若小勃兒自以爲神不知鬼不覺的當兒，卻被我扯著他的後腿，小勃兒的鐵弗部匈奴，將永遠不能翻身重來。」

楚無暇沉默起來，嘟長了小嘴。

拓跋珪發覺自己語氣用重了，探手摟著她香肩，道：「小勃兒反覆難靠，誰都不了解他心中的想法，或許他認爲我比慕容垂更可怕，對他的威脅更大，加上有波哈瑪斯從中穿針引線，讓慕容垂許他種種好處，打動了他，誰說得上來呢？」

楚無暇伏入他懷裡，用力摟緊他的腰，舒服的吁出一口氣，輕輕道：「在慕容垂或赫連勃勃身邊，是不是布有族主的人呢？」

拓跋珪撫摸著她香背，笑道：「無暇確實冰雪聰明，不過這些事你不用理會，你好好養傷，打垮小勃兒後我立即回來陪你。」

楚無暇堅決的搖頭道：「我的傷勢已沒有大礙，假設族主不帶無暇去，必會大錯特錯。」

拓跋珪興致盎然的問道：「無暇去了可以起甚麼作用呢？」

楚無暇柔聲道：「首先是因爲我明白赫連勃勃，他如眞的進攻盛樂，爲的該非慕容垂給他的所謂好處，而是爲了我楚無暇，爲了佛藏，只有他知道那是多麼驚人的財富。他更猜到我已把佛藏獻給族主，由於搬運困難，兼有秘人攔路，起出的佛藏肯定仍在盛樂，而事實也是如此。」

拓跋珪同意道：「我倒沒有想及此點。對！如赫連勃勃以奇兵突襲的方式攻陷盛樂，佛藏將盡歸他所有，所以當他從波哈瑪斯處獲悉無暇投靠了我，登時心動起來。」

楚無暇從他懷中仰起如花俏臉，道：「其次，因著我和赫連勃勃的關係，在某些情況下，無暇說不定能發揮妙用。」

拓跋珪細審她嬌秀的玉容，搖頭道：「我絕不會讓你去冒險的，小勃兒有甚麼斤兩，我拓跋珪一清二楚，豈容他有混水摸魚的機會？」

楚無暇現出迷醉的神色，道：「我最喜歡聽族主以這種不可一世的語氣說話，也最喜歡看族主這種氣概。」

拓跋珪冷靜的道：「無暇在迷惑我嗎？」

楚無暇伸展動人的肉體，閉上眼睛暱聲道：「我不是迷惑族主，而是在引誘族主。族主不怕旅途寂寞嗎？讓無暇在溫暖的帳內恭候族主、伺候族主，爲族主分憂解疑，不是一樁樂事嗎？」

拓跋珪苦笑道：「溫柔鄉是英雄塚，這是漢人既淒美又可怕的一句話，此正是我想你留在平城的原因，你卻以此作隨行的一個理由，令我不知該如何答你。」

楚無暇張開美目，亮閃閃地看著他，道：「無暇精善男女採補之道，不但不會令族主沉迷女色，還可令族主在戰場上更威風八面。族主難以安眠，皆因心情緊張，未能放鬆自己，無暇心甘情願爲族主獻上一切，令族主享受到前所未有的滋味。」

拓跋珪嘆息道：「告訴我，你對燕飛是否存有報復之心，我要聽的是實話，千萬勿要騙我。」

楚無暇雙目射出淒迷神色，道：「難怪族主一直對我有提防之心，原來仍在爲我與燕飛的糾葛耿耿於懷。我要怎樣說族主才能明白無暇呢？在戰爭中，不是你死便是我亡，燕飛不是殺人便是被殺，爲的並不是個人恩怨。族主於無暇最艱難的時刻，伸出援手，無暇心中是感激的，所以向族主獻上佛藏，無暇對族主再沒有任何保留，族主仍在懷疑無暇嗎？」

拓跋珪對楚無暇這番肺腑之言似毫不受落，沉聲道：「看著我！」

楚無暇迎上他的眼神，一臉狐疑的神色。

拓跋珪正容道：「看著我！然後告訴我你對燕飛殺父之仇再不放在心上。」

楚無暇一字一句的徐徐道：「我楚無暇以祖宗的名字立誓，我心中絕無報復燕飛之念，如違此誓，教我不得好死，縱死也沒有葬身之地，曝屍荒野。」

拓跋珪把她擁入懷裡，欣然道：「好吧！今次我就帶你去。快起來收拾行裝，我們將於天明前出發。」

楚無暇反摟緊他，激動的道：「無暇終於擁有一個家哩！對族主的恩寵，無暇願意以死作回報。」

拓跋珪擁著她火辣的嬌軀，心中卻想著她剛才的眼神，對善於觀察別人眼睛的他來說，楚無暇對燕飛殺父之仇並非全不介懷，但她既立下誓言，自己當然該信任她。

他真的該信任她嗎？
他糊塗了。

第二十八章　靈劍護主

燕飛從未見過這種武功。

對武者來說，不論刀槍劍戟，又或奇門兵器，都只是一種格鬥的工具，高下之別，在乎使用者駕馭兵器的火候和手段。

可是眼前的向雨田，令他頗有點弄不清楚究竟是人爲主，鐵球爲副；抑或鐵球爲主，人爲副？弄不清楚哪一方是被駕馭的「工具」。

向雨田和他手上鐵球主從的界線模糊了，產生出一種互動的關係，鐵球像變成有自己意志和思想的活物，既依從向雨田，又主宰著向雨田。有點類似他燕飛和蝶戀花的關係。

這理該是一個錯覺，可是燕飛偏感到事實如此，由此可知向雨田這套鐵球奇技是如何了不起。向雨田和鐵球融渾成一個不可分割的整體，人影、球影交織而成完美無瑕、沒有任何破綻空隙可尋的強大陣勢，以令人全然沒法捉摸、飄忽難測的方式，忽左忽右、倏來忽往地朝燕飛接近。

燕飛搜索枯腸，一時間仍沒法從「日月麗天大法」的劍招裡，找到一招半式，以應付向雨田這肯定出於自創、別出心裁的功法。

如果他沒法立即創出新招，勉強應付，將會應驗向雨田的預言，見不到明天的朝陽。

「鏘！」

蝶戀花出鞘，正豎身前，往上旋動，直沖頭頂上方去。

進陽火。

太陰眞氣以蝶戀花為核心，凝聚擴展，形成一個不住加強的氣場。

這招可算是「無招之招」，偷師自衛娥奇異的氣勁場，又比衛娥的氣場精純洗練，因爲是由陰中之陰的先天氣勁打造，與衛娥仍雜陰中之陽的氣場當然不可以同日而語。最厲害處是太陰氣聚而不散，除非向雨田踏入氣場的範圍，否則根本不曉得燕飛此招的妙用。

天地間不論千門萬類的眞氣，終究仍是由陰陽二氣所組成，所謂一陰一陽之爲道，就像天氣，寒暖燥濕，也不外乎水火二氣相交，加上因人而異，致有千變萬化。

而火曰「炎上」，水爲「潤下」。此爲火水的特性，燕飛蝶戀花由下而上的施發太陰眞氣，正是因其「潤下」的特性，讓太陰眞氣一重一重的徐徐下降，將自身籠住，形成一個以他爲中心的凹陷氣場，布下陷阱，待向雨田上當。

燕飛立足處的地上積雪捲旋而起，既壯觀又令人有驚心動魄的感覺。

向雨田雙目閃過驚異神色，驀地大喝一聲，人隨球走，迅速逼近，彎擊燕飛右肩。

剎那之間向雨田投進太陰氣場去，鐵球竟抖動起來，球和手之間出現波動的形態，本來不可分割的整體感覺，終於出現不應有的破綻，變得人歸人，鐵球歸鐵球，再非渾然天成。

燕飛一聲長嘯，化進陽火爲退陰符，高度集中的太陽眞火貫注蝶戀花，先在他頭頂迴旋一匝，方收劍胸前，再兩手握劍，朝鐵球推去。

最神妙的事發生了，整個太陰氣場被牽動誘導，化爲一球氣勁，隨劍勁往向雨田印去，效果好得出乎燕飛意料外。

此招實受孫恩啓發，當夜決戰縹緲峰，孫恩以「黃天無極」向燕飛發動最狂猛的攻勢，燕飛在敗亡的邊緣，悟出以太陰眞水天然吸引太陽眞火的特性，令孫恩的「黃天無極」偏移，破了孫恩的終極絕招。

今次他先使出從衛娥那裡偷學過來的氣場，然後再利用至陽吸引至陰的特性，帶動整個氣場迎擊向雨田，就如向雨田的「人球混一」，都是史無先例的奇招。

「噹！」

燕飛全身劇震，五臟六腑像翻轉過來似的，斷線風箏般往後拋飛。至此方知向雨田的鐵球，非只是一擊之威那般簡單，而是注入了多重氣勁，等於數個向雨田聯手合擊，如不是凹陷的氣勁場先挫其鋒銳，只此一擊，足可要了他的小命。

「蓬！」

輪到化整個氣場爲一球的太陰氣勁，撞上向雨田仍是氣勢如虹的鐵球。向雨田的情況並不比燕飛好上多少，慘哼一聲，連人帶球硬被震退，直退回天穴邊緣，每退一步都在雪地上留下深達尺許的足印。

燕飛終於停定，心叫好險，蝶戀花遙指距離拉至十多丈遠的對手。

若稍有差池，此刻已分出勝負，向雨田魔功的厲害，確在他想像之外。

向雨田忽又向他走回來，神態輕鬆的把鐵球搭掛寬肩上，垂吊身後，搖頭笑道：「燕兄果是名不虛傳，教我大感意外，連續兩次封擋我的必殺技，令我只好改變戰略，再不和你比拚招數，而是和你比拚速度和反應，在這方面，我師尊曾說過，我該是天下第一的。」

燕飛心中一震，向雨田在受了他一記「日移月動」後，竟仍然絲毫無損？同一時間他更掌握到對手的眞正意圖。

向雨田並非如他所說的要比拚速度、反應，而是要和燕飛比拚精神力，也是燕飛陽神受損後最弱的一環，最致命的破綻。

向雨田故意裝作輕鬆優閒地朝燕飛走過來，正是要對燕飛逐漸增加精神上的壓力，攫取燕飛的心神，從精神的層面上摧毀燕飛的防禦、鬥志和能力。

一般的高手當然沒此本領，但身具魔種的向雨田，正擁有這種類似金丹秘不可測的超凡神力。

早在向雨田起步之初，燕飛已感心神被制，幻覺叢生，不但沒法把握向雨田逼來的速度，且還生出向雨田逐漸遠去，與事實截然相反的錯覺，而向雨田的話聲卻貫滿耳鼓，震盪著他每一道經脈，令他有立足不穩，沒法提勁的駭人體驗。

燕飛就像陷身一個噩夢裡，渾身乏力，且首次湧起失敗絕望的情緒。

若他不能在向雨田發動攻擊前回復過來，明年今日此時將是他的忌辰。

他定要「醒轉」過來，好應付向雨田這挾強大精神力的一擊。

燕飛心中一動，想到了能「醒轉」過來的一個可行的辦法。

劍回鞘內。

只有蝶戀花還鞘的清音，方可以把他散失的精神重新凝聚起來，化解向雨田魔種的精神大法。

「鏘！」

「鏘！」

逼近至五丈外的向雨田全身一震，愕然止步。

怎會是兩下清響而非應有的一下鳴音？

連燕飛也感意外。

就在蝶戀花完全插入劍鞘前的刹那，蝶戀花本身發出懾人心神、盪人耳鼓的清脆鳴響，這才輪到回鞘的應有清音。

當蝶戀花自動震鳴的一刻，燕飛的精神倏地擴展，直延伸向無限的遠處，恰好感應到來自遠方紀千千彷如杜鵑啼血的悲愴呼喚，就在這一刹那，燕飛與紀千千的心靈緊密地結合在一起，但只有眨眼的工夫，然後兩人的心靈倏地分離。

雖只是電光石火的瞬間，但這對苦戀的男女已完全了解對方的情況，傳遞了心曲。

於精神擴展的一刻，燕飛就像震斷了向雨田加諸身上的所有精神力的束縛，掙脫了向雨田精神上的剋制，回復自由之身。

燕飛的陽神復元了，就在此要命的時刻。究竟陽神的復甦是由紀千千的呼喚引發，還是在形勢緊逼的生死關頭下重振威風？燕飛眞的弄不清楚。

燕飛完全回復過來，心靈晶瑩剔透，無有遺漏，幻覺消斂無蹤，且因成功向紀千千報了平安，心情大佳，含笑看著眼前可怕的勁敵。

向雨田一臉驚異神色，在五丈外目不轉睛地盯著他，神色凝重的道：「燕飛你是否一直在裝蒜？」

燕飛明白向雨田的感受，現在的自己與陽神重新契合，再不像先前般能被向雨田控制和掌握，等於另一個人，當然教向雨田驚異莫名，以爲他一直在弄虛作假。

燕飛自然不會說破，全身氣脈舒暢輕鬆，失而復得的動人感覺，令每一個毛孔都在歡呼詠唱。微笑道：「向兄不是要比拚速度和反應嗎？爲何半途而止呢？」

向雨田忽然道：「燕兄不要再耍我了。告訴我，爲何你的蝶戀花竟可自行發出鳴叫？」

燕飛欣然道：「向兄的耳力教人驚異，竟可以聽出蝶戀花是在觸鞘前發出鳴響。哈！這該是一個秘密，向兄若想知道，應該用一個夠分量的秘密來交換。」

向雨田啞然笑道：「燕兄倒懂得斤斤計較，好吧！讓我告訴你，我這鍊子鐵球的故事。這個鐵球是我親自動手鑄煉打造，本身雖非凡鐵，但其眞正用處卻在於藏物，又可作武器，一舉兩得，我名之爲『鐵舍利』，這個秘密夠分量嗎？」

燕飛皺眉道：「鐵殼內藏的是甚麼神妙的東西呢？爲何竟以舍利爲名？」

向雨田苦笑道：「你好像比我更愛尋根究柢，這個秘密換秘密的交易暫時告吹啦！待我回去好好想想是否划算，再來找你如何？」

燕飛訝道：「向兄肯不動手當然最理想。」

向雨田嘆道：「我只是暫時休戰，好找個地方整理腦子裡亂成一團的東西。我們的一戰是在所難免。這樣如何？今天子時已過，就在接著來的第二個子時初，我與你在邊荒集古鐘樓上的觀遠台決一生死。」

燕飛淡淡道：「向兄想清楚點吧！人若死了，就甚麼都沒有，向兄的遠大理想亦會隨之雲散煙消。」

向雨田哈哈笑道：「燕飛你勿要唬我。你有甚麼斤兩，我大致上已摸通摸透，只不過因想不通你的蝶戀花爲何可以自行鳴叫，挫了銳氣，方肯暫且休戰，並非代表我怕了你。」

燕飛語重心長的道：「正是此事，恰是向兄敗亡的因由，還請向兄三思。」

向雨田沒好氣的瞪他一眼，大笑去了。

燕飛盤坐天穴之旁，思索武學上的問題。

他必須想出一套全新的「日月麗天大法」，以應付現時的局面。

他的陽神眞確地完全復元過來，他感覺得到。今次的陽神受損，對他是得多於失。以前他對陽神總是迷迷糊糊，因爲陽神是無形無影，捉不著摸不到。可是在陽神受損的一段日子裡，他清楚感到陽神有與無的分別，且是截然有異的分別。那完全是一種精神上的感覺，也影響著他的情緒。

好像現在他陽神復元了，所有擾人的情緒立即不翼而飛，整個人充滿生機和鬥志，精神的境界更是圓滿無瑕，一切自具自足。

全賴安玉晴至陰之氣的恩賜，啓動了陽神的生機，一切出乎天然，不由人的意志和期望操控。

另一得益是他被逼在沒有陽神的「支援」下，純以太陽、太陰二氣，融入「日月麗天大法」內，創出奇招。使他更有信心可在殺傷力奇重的「仙門劍訣」外，創造出新的「日月麗天大法」，讓他更可隨心所欲，而不須動輒以「小三合」來和敵人分出生死。

現在他已有兩招在手，就是「仙蹤乍現」和「日移月動」，都是利用陽火、陰水的特性，能人之所不能。

而陽火、陰水既可互利互補，也可以獨立施用。

純陽之招又如何？

純陰之招又如何？

陽主進，陰主退！以陽火作攻，陰水主守，豈非是天衣無縫，彷彿天成的進攻和防守的招數嗎？

像燕飛這般的高手，只要在腦海中思量，便知招式是否可應用在現實裡，一出手便是無可挑剔的絕招，就如繪畫的大師，只要是想得到的物狀畫像，均可氣韻生動的描繪出來，低手當然另當別論。

燕飛又記起謝安贈他的《參同契》，書中對陰陽之道有淋漓盡致的論述，雖非直接與武學有關，但燕飛的武學卻從其中得益甚大，如果能把其中理論融會於「日月麗天大法」之內，豈非更是如魚得水？

忽然間，燕飛頗有一理通百理明的痛快感覺。

燕飛同時嘆了一口氣，心中苦笑。

他的武功可說是被逼出來的，自刺殺慕容文後，他躲到邊荒集隱姓埋名，終日沉迷於杯中之物，不思上進。可是自吞下丹劫後，他的生命起了天翻地覆的變化，不但要掙扎求存，還要不住突破，現實的情況根本不容他偷閒躲懶。

今夜他如此積極地力圖把陽火、眞水融入劍法內，故是受向雨田激發，更主要的目標是萬俟明瑤。

他不可能狠下心腸以「仙門劍訣」去傷害明瑤，唯一的方法便是完全掌握陽火、陰水的特性，重新創造改良「日月麗天大法」。如此對上她時，方有法可想，有法可施。

他也不願和向雨田分出生死，但只要能令他認敗服輸，便可以和氣收場，至少這個可能性是存在的，只要有可能，他會努力一試。

燕飛的思路又回到劍招上，陰極陽生、陽極陰生，用之於劍招上又如何？

倏忽之間，整套全新的「日月麗天大法」躍然成形於他的腦海之內，那種感覺是難以形容的，他從未想過可以在離黎明不到一個時辰的短暫時光內，構思出一套全新的劍法，而這套劍法則建基於原來的「日月麗天大法」之上。

無數的招式，閃過腦海。

其中最終極的招式，當然是「日月麗天」，那就是同時同步施展「太陽無極」和「太陰無極」，令「大三合」發生，粉碎虛空，開啓可容多人穿越的「仙門」。

想到這裡，燕飛曉得尙須突破一道難關，就是如何同時施展陽火和陰水，如能解決這個難題，即使再遇上孫恩，他將大增勝算。

燕飛一躍而起，拍拍背上的蝶戀花，就像和最親密的朋友和夥伴打個招呼。對他這寶貝劍，他已生出了血肉相連的深厚感情，沒有它，燕飛肯定不能傲立於此，呼吸著雪野新鮮的空氣。

說到底，他還要多謝向雨田，若不是向雨田，他大有可能錯過了紀千千絕望裡的呼喚，如紀千千因此誤會他死了，殉情自殺，將鑄成千古恨事。

就爲了這個原因，他已不能下手毀掉向雨田。

燕飛一聲長嘯，朝邊荒集飛奔而去。

第二十九章　重返邊集

劉裕和屠奉三坐在一座山峰上，呆看著第一線曙光出現在海面上。兩人都有點不想說話，一方面是筋疲力盡，更大的原因是經過一晚的搜索後，卻是一無所獲。

經過反覆推敲和測算後，他們把須搜索的範圍大大縮小，只對吳郡和嘉興以東的沿海地區作地氈式的探查，豈料仍找不到敵方秘密基地的半點影子。

能否找到徐道覆的反攻基地，是他們此仗成敗的關鍵，更是刻不容緩，愈有時間部署，愈有勝算，所以兩人連夜動身，且心中頗有十拿九穩的感覺。豈知事與願違，到最後仍一無所得，怎教他們不意興闌珊，大失所望。

潮水嘩啦啦的作響，一重一重的潮浪湧向陸岸淺灘，撞上礁石時更是浪花激濺，從高處望下去，非常壯觀，可是兩人都失去觀賞的心情。

劉裕呆看潮水暴漲的大海，心中最大的願望，是忽然發現天師軍的戰船，正朝他們的秘密基地駛去，那他和屠奉三便可悄悄跟蹤，找出徐道覆的巢穴，只可惜海面上沒有半艘船兒的影子。

這是否意味著即將徹底的失敗呢？

劉裕還有一個想法，是給江文清一個驚喜。從陰奇處獲悉江文清親自領軍南來，他期望見到她但也有點怕見到她，心情複雜矛盾，連他自己亦不明白。

自江海流敗亡於聶天還手上後，江文清就像變成了另外一個人，那種沉重的打擊他是明白的，所以更渴望做出點成績來，令她雀躍開懷，因此當遍尋而一無所得後，他尤爲失落。

屠奉三嘆了一口氣。

劉裕苦笑道：「是不是根本沒有這麼一個基地呢？徐道覆反擊的水陸部隊，是藏於海上某一個島嶼處。」

屠奉三斷然搖頭，道：「在兵法上這是最愚蠢的部署，而徐道覆絕非不懂兵法的蠢蛋，所以秘密基地肯定存在，只是我們一時間找不到罷了！試想在南征平亂軍有心提防下，徐道覆的船隊聲勢浩蕩的從海上直駛往嘉興和吳郡去，還如何收奇兵突襲、攻其無備之神效？只怕天師軍也要輸掉此仗。」

劉裕找不到反駁他的話，陪他嘆了一口氣，頹然道：「我們是否仍要找下去呢？」

屠奉三仰望烏雲密布的天空，堅定的道：「當然要繼續找下去，我們還有退路嗎？我寧願戰死沙場，也不會回邊荒集苟且偷生，等待桓玄來收拾我。」

劉裕心中同意，屠奉三沒有退路，他更沒有另一條路可走，不由重新掃視遠近，忽然全身劇震，雙目射出奇光。

屠奉三訝然循他注視的方向瞧去，奇道：「你有甚麼發現？我倒看不到甚麼特別的地方。」

劉裕深吸一口氣，嚷道：「你再看清楚點，退潮和漲潮的分別。」

屠奉三一震道：「我的娘！徐道覆這小子想得眞絕。」

在東北方三里許處的陸岸，潮水淹沒了岸邊的石灘，還朝內陸湧進去，登時把一道流出大海的小河擴展開來，從本僅可容一艘小艇經過的淺窄河道，變成可容一艘大艦通行的水道，其變化神妙非常。

屠奉三精神大振的道：「這叫天助我也，我們若不是居高臨下，肯定會錯過這番景象。這道小河連接著一個小湖，是附近小河流集之處，天師軍的秘密基地，肯定在深入內陸某一隱蔽地點，難怪我們找不到。」

劉裕跳了起來，道：「走吧！」

燕飛的歸來，把荒人勝利的情緒推上巔峰，雖然剛在徹夜狂歡之後，仍於正午舉行鐘樓會議，以決定邊荒集未來的動向。

能出席會議的議會成員全體在場，列席的有劉穆之、王鎮惡、丁宣、高彥、龐義、方鴻生和小軻。

小軻還是首次得到列席的資格，皆因在此仗他立下大功，保住了高彥。

卓狂生以主席的身分，先向燕飛簡報了奪回北潁口的整個過程。最後道：「今次一戰功成，有若撥開雲霧見青天，今日會議要討論的，就是如何北上支援拓跋珪，以應付明春慕容垂的反擊戰，只要擊垮慕容垂，我們便可把千千小姐和小詩姑娘迎回邊荒集。他奶奶的，捱到今天眞不容易。」

眾人並沒有歡呼怪叫，皆因曉得此戰並不容易，而且即使能打敗從未吃過敗仗、堪稱無敵於北方的慕容垂，能否救回千千主婢，仍屬未知之數。

慕容戰道：「此仗之所以能大獲全勝，關鍵處在高小子盡悉敵情，使我們能速戰速決，將敵陣夷爲平地。而高小子之能活著回來做報告，則在於向雨田這傢伙肯劍下留人。唉！我的娘！向小子確教人又愛又恨，不知該當他是朋友還是敵人？不過縱然視他爲死敵，他也是個有趣和可愛的敵人。」

姬別道：「我們被逼答應可讓他在集內來去自如，又可向小飛你挑戰，時間地點任他選擇。唉！我們都不想你宰掉這傢伙，但又知以他的功夫，你是沒可能劍下留情的，眞教人煩惱。」

卓狂生提醒道：「這個傢伙絕頂聰明，小飛千萬勿掉以輕心，必須全力以赴，若存留手之心，說不定連你老哥也要吃虧。」

燕飛尚未有機會報上此行的遭遇，因回集時人人宿醉未醒，聞言笑道：「我和他交過手哩！」

卓狂生失聲驚呼，其他人也瞪大眼睛看著他。

高彥色變道：「你不是已宰了他吧？」

燕飛從容道：「你們放心，他仍活得好好的，還定明晚子時頭，大家在上面的觀遠台決一生死。」

拓跋儀問道：「你在何處碰上向雨田，交手的情況如何？」

他問了眾人都關注的問題，大家無不聚精會神的聆聽。

燕飛道：「他在天穴截著我，和我過了三招，嚴格來說該是兩招半，雙方以平手作結，臨走前他定下戰期，就是如此這般。」

眾人都聽得一頭霧水。

燕飛心中苦笑，若要他詳細交代交手的過程，恐怕卓狂生的妙筆仍力有未逮，難以描述其中的微妙處。更何況他若眞的說出來，便要洩露仙門之秘了。所以他只能含糊了事。

王鎮惡道：「燕兄有擊敗他的把握嗎？」

燕飛微笑道：「坦白說，雖然大家交過手，但直至此刻我仍未摸清楚他的功底。信心當然是有的，且是十足的信心，難處在於不是要殺他，而是要他甘心認敗服輸。我明白大家的心意，希望我不會令你們失望吧！」

眾人都鬆了一口氣，燕飛一向謙虛，可以說出這番話，肯定不是虛造。

呼雷方不解道：「連我們也不曉得小飛你何時回來，這傢伙怎能在天穴截著你？他怎知你回集前會繞道去探天穴？」

他說出眾人心中的疑惑。

燕飛苦笑道：「大家兄弟，我當然不會向你們說假話，但有些事眞的很難解釋，我和秘人的關係並不是你們以爲的那麼簡單，事實上我早在長安便認識向雨田。而向雨田此人更是大有來歷，不是一般秘人。簡而言之，他是某一神秘派系的衣缽傳人，他的師父在數十年前曾有一段叱吒風雲的歲月，天下無人能制，最後爲避敵隱居沙漠，受秘人的崇敬。」

王鎮惡劇震道：「向雨田竟是魔門傳人！」

燕飛點頭道：「王兄既知道有魔門的存在，可省去我不少唇舌。」

見除王鎮惡外人人一頭霧水，遂扼要的解釋了魔門和墨夷明的來龍去脈，然後道：「魔門的心法武功，與流俗不同，向雨田修的更是魔門最高的心法，上窺天道，令他擁有超凡的靈覺天機，能人之所不能，故而能在天穴截著我。」

慕容戰皺眉道：「想不到竟有如此詭異的江湖門派，如此是否代表魔門要與我們荒人爲敵呢？」

燕飛道：「魔門確實已蠢蠢欲動，目的是爲了爭天下，但我們卻不可把向雨田與魔門一概而論。向雨田此人獨立特行，不群不黨，並不認同魔門的理念。只要我明晚能擊敗他，將可徹底解決他的問題。」

卓狂生道：「好了！對向雨田的討論到此爲止，現在輪到最重要的大事，就是如何營救千千主婢的問題。」

眾人同時起鬨，個個摩拳擦掌，氣氛熱烈。

程蒼古道：「小飛有甚麼好主意？」

拓跋儀代答道：「我們先要解決秘族的問題，否則一切休提。」

紅子春點頭同意道：「對！收拾了向雨田，並不等於收拾了秘族。和向雨田交手，可以明刀明槍，乾淨俐落，但要對付一個以秘人組成的軍團，則完全是另一回事。」

慕容戰向燕飛問道：「南方的情況如何？你見過劉爺和老屠嗎？」

燕飛把南方的情況做了個詳盡的報告，除了有關安玉晴和劉裕與謝鍾秀的瓜葛外，其他都沒有隱瞞，當說到斬殺魔門三大高手，眾人轟然鼓譟喝采，最後述說與孫恩縹緲峰之戰，眾人更是聽得喘不過氣來。

卓狂生長笑鼓掌道：「精采精采！小燕飛三戰孫恩，竟又以兩敗俱傷平手作結，本館主又多了說書的好題材。」

接著訝道：「但看小飛你的神態模樣，絕不似有傷在身。」

燕飛漫不經意的道：「直到與向雨田交手時，我仍身負內傷，幸好在接第三招也是這次交手最後一招前，忽然好了！」

費二撇啞然失笑道：「燕爺在說笑嗎？天底下哪有人靠動手過招來療傷的？」

姚猛道：「你懂甚麼？這叫燕飛神功，也就是能人所不能，故一劍即駭退向雨田，嚇得他屁滾尿流地走了，甚麼約期再戰只是場面話，我保證到時屁都不見他放半個。」

眾人哄然大笑。

燕飛心中苦笑，事實上他是差些兒輸個一敗塗地，當然他明白眾人對他的信心，亦沒有人擔心他與向雨田的決戰，只有他明白，向雨田是個在任何一方面均能與他匹敵的對手。

道：「現在不論劉爺或北府兵，都陷身於與天師軍的激戰裡，司馬道子若能保著建康，已可說是邀天之幸。在這樣的情況下，桓玄肯定坐大，乘機擴展勢力，我們如果疏忽了他，不用到明春，我們便已完蛋。」

眾人沉默下來。

對荒人來說，最害怕的就是要打一場南北兩條戰線的戰爭，皆因兵力不足，力有未逮。

程蒼古嘆道：「只要桓玄攻陷壽陽，等於北潁口被奪，我們的確肯定完蛋。」

卓狂生道：「劉先生一直沒有說話，是否有甚麼好主意呢？」

所有人的目光全集中到劉穆之身上，看這位智者有甚麼奇謀妙策。

劉穆之從容道：「我們究竟有多少可用之兵？」

慕容戰答道：「我不知該不該以『兵』來形容我們的戰士，坦白說我們並沒有正式的軍團，但作戰的經驗卻比正式的軍團更要豐富，人人自願參與。在過去守護和反攻邊荒集的戰爭裡，我們邊荒集更是全民皆兵，老弱婦孺都負起支援和後勤的工作。」

拓跋儀續下去道：「如果目標明確清楚，例如是為千千小姐而戰，在議會的號召下，夜窩族肯定人人奮不顧身，自願齊赴戰場。以此作計算，我們可動員的人手在一萬到一萬二千人間。」

王鎮惡動容道：「這是很強大的力量了。尤其是人人自願參戰，鬥志和士氣均勝敵一籌。」

劉穆之微笑道：「就當我們能上戰場的戰士有一萬人，只要再加訓練，改良裝備，便可眞正成爲一支有組織的勁旅。這方面由鎮惡負責如何？只要每天操練一個時辰，到明年春天，他們將變成能縱橫天下的軍團，且不會影響邊荒集的生產。」

卓狂生捋鬚笑道：「在北潁口之戰前，恐怕仍有人會懷疑鎮惡的能力，現在該沒有人有異議了。對嗎？誰反對呢？」

慕容戰喝道：「全體通過，就這麼決定。」

王鎮惡慌忙起立，激動得眼都紅了，躬身向議會表示感謝。

眾人都明白他的心情，王鎮惡這個本來對前途絕望心死的人，終於在邊荒集得到機會和希望，重燃死去了的壯志雄心。

王鎮惡坐下後，費二撇苦笑道：「劉先生該清楚現時邊荒集的情況，雖說賣馬和邊荒遊令邊荒集經濟大有起色，但離完全復甦，仍是言之過早，現在只算是勉強撐得住。但若要裝備一支萬人的軍隊，卻在在須財，只恨爲了建造雙頭艦，已耗盡了我們的財力，我們實在無餘力支持龐大的軍事行動。」

劉穆之胸有成竹的道：「如果我們多了那五車黃金又如何呢？」

費二撇呆了一呆，拍額道：「我差點忘了，對！五車黃金！哈！一切問題當然迎刃而解。」

眾人齊聲歡呼喝采，似是黃金已進了袋內去。

劉穆之道：「現在我們首要之務，是保著南北的運輸線，北線的問題暫且解決，而南線只要保住壽陽不失，我們的計畫便可順利進行。」

呼雷方道：「壽陽的胡彬是自己人，也是明白人，很容易商量。」

慕容戰道：「我會親赴壽陽，找胡彬討論對策，讓他曉得我們會全力支持他。」

燕飛道：「胡彬始終是北府兵的將領、大晉的官員，他的意向會受我們劉爺的表現影響左右。」

慕容戰點頭道：「我曉得如何拿捏的。」

高彥笑道：「有戰爺出馬，何用我們擔心呢？」

姬別道：「我們還要找孔老大說話。不過孔老大肯不肯全力支持我們，也得看劉爺的表現。唉！希望劉爺眞是眞命天子，而非老卓硬捧出來的偶像。」

卓狂生不悅道：「我怎會硬捧他出來呢？你們對我和對劉爺都要有信心，張大你的眼睛去看吧！」

燕飛心中苦笑，他是在座唯一曉得根本沒有眞命天子這回事的人，但當然不會揭穿。道：「了卻向雨田一事後，我要立即趕往平城，把黃金押運回邊荒集，同時設法解決秘族的事，邊荒集便交給各位打理了。」

眾人轟然答應。

燕飛腦海浮現萬俟明瑤詭秘動人的玉容，心中暗嘆，避不了的事終要面對，當年熱戀她時，怎想到有一天情侶會變成敵人？

卓狂生喝道：「議會結束，小飛請留步，我還有很多事要問你，你是逃不了的。」

燕飛再暗嘆一口氣，敵人固難處理，但有時朋友兄弟更不易應付，現在他的情況便是最好的例證。

第三十章　因愛成恨

劉裕和屠奉三兩人坐在小河旁，你看我我看你，都有一場歡喜一場空的感覺。此時他們循河道深入內陸三十多里，仍是一無所得，想像中的敵方秘密基地仍是沒有蹤影。

屠奉三嘆道：「還以為運氣來了，豈知又猜錯了，結果空歡喜一場。」

劉裕目光巡視北面的一列山巒，隨口問道：「山後是甚麼地方？」

屠奉三沉吟片刻，道：「你忘記了嗎？那是附近最寬闊的河流吳淞江，且是最被我們懷疑的河道，只恨我們前前後後搜索了不下五、六遍，仍沒有任何發現，最後只好對此河死心。」

劉裕道：「我們是低估了徐道覆，只要他隨便在附近深山找個藏軍的秘處，除非我們能把兩城以東方圓數百里之地翻過來搜查，否則便是我們眼前般的情況。」

屠奉三搖頭道：「我並沒有低估徐道覆，因為要藏起一個部隊，做攻城前的種種預備工夫，總有蛛絲馬跡可尋。但照現在的情況看，這個秘密基地該頗具規模，不但可藏人，更可儲起大量的糧貨物資，一切能自給自足，不假外求，只要沒有人離開基地，等若與世隔絕。可是當海上船隊開來會合後，這個隱秘的基地立成攻打嘉興、吳郡兩城的強大後盾，不虞缺乏糧草、武器和攻城的器械。」

劉裕仍在打量樹木蒼蒼的山脈，道：「要在山區設立這麼一個據點，絕不是一年半載辦得到的事，難道徐道覆多年前已有這樣的計畫嗎？」

屠奉三道：「這正是我想不通的地方，三個月前此區仍在晉室的控制下，要在官兵的眼皮子底下，經年累月大興土木的建立這樣一個深山窮谷中的寨壘，是不可能的事。」

劉裕道：「若眞有這麼一個寨壘，就肯定藏於此沿線數十里的山區內，因爲山的北面便是兩城東最大的水道，四通八達，沒有更爲理想的地方了。」

又嘆道：「但要搜遍這道山脈，恐怕至少二、三十天的時間，等找到時我們已錯失時機。」

屠奉三道：「那就要看我們的運數了，不！該是要看劉爺的運數，或許我們就這麼跑上山去，剛好看到秘寨的大門。」

劉裕頹然道：「不要耍我哩！甚麼眞命天子？現在對我們來說只是一個笑話。咦！」

屠奉三一震往他瞧去，道：「你也聽到古怪的聲音？」

劉裕目光投往山脈西面里許外一座高聳的山頭處，道：「聲音似是從山峰後方傳過來的。」

話猶未已，他們所懷疑的方向又傳來另一下響聲，微弱模糊，僅可耳聞，且須是兩人靈敏的耳朵。

屠奉三聽得雙眼發亮，道：「好像是大樹倒下的聲音。」

劉裕道：「不會這麼巧吧？」

屠奉三拍道：「肯定錯不了，都說你是眞命天子了！」

劉裕彈跳起來，想起了任青媞，記起她以尋寶遊戲來比喻尋找眞命天子的話，心中湧起古怪的感覺——爲何自己會在這個時候想起她呢？

屠奉三也興奮地跳將起來，摟著他肩頭道：「今次全託劉爺你的鴻福。」

劉裕苦笑道：「找到敵人的賊巢再說如何？希望今回不是又一次的失望就好了。」

燕飛走出鐘樓，大有如釋重負的感覺，因爲總算暫時應付了卓狂生這瘋子。他不是不想說實話，而是不能盡說實話，故而在一些問題關節上給他問得啞口無言，只好胡混過去。

高彥、龐義、方鴻生、姚猛和拓跋儀正在樓外等他，見他終於脫身，齊聲怪叫歡呼，爲他高興。

高彥笑道：「老卓寫書寫得瘋了，小飛你勿要怪他，要怪只好怪他的娘，生了這麼一個瘋子出來。」

眾人放聲大笑，均有輕鬆寫意的感覺。

卓狂生出現在燕飛身後，笑罵道：「高小子你是否在說救命恩人的壞話？」

姚猛故作驚奇的道：「卓館主何時成了高小子的救命恩人？你不是一向都在當高小子和小白雁間的淫媒嗎？」

他的話登時惹起震天笑聲。

此時古鐘場空空蕩蕩，除他們外不見其他人。這是邊荒集的特色之一，古鐘場的日和夜是完全不同的兩個世界，尤其昨夜荒人狂歡達旦，大多數人不是尚未酒醒，便是躲起來好好睡一覺。

拓跋儀正要說話，見燕飛忽然神情有異，目光投往小建康的方向，忙循他的目光瞧去，大感愕然。

向雨田瀟灑自在地出現在廣場邊，輕鬆地朝他們走過來。

方鴻生一呆道：「這傢伙不是想提早送死的時間吧？」

高彥警惕的道：「小心點！誰都不知他在打甚麼鬼主意。」

姚猛沉聲道：「不如我們聯手把他幹掉，一了百了。」

卓狂生罵道：「姚猛你眞沒種，這樣的情節，寫進我的天書去肯定令我們荒人遺臭萬年。」

姚猛苦笑道：「說說也不可以嗎？」

向雨田此時來到離他們百多步的距離，拱手敬禮道：「各位荒人大哥你們好！你們果然是信守承諾的人，且守諾守得過了分，我一路入集，竟沒有人多看我半眼，認得小弟的還向我打招呼，令小弟都感到挺古怪的。」

卓狂生捋鬚笑道：「原因是我們曾頒下指令，要所有荒人兄弟姊妹只可當你是另一個邊荒遊的客人，如果你今晚經過青樓的門外，給我們的鶯鶯燕燕硬架你入樓內風流，千萬勿要誤會是個陷阱，因爲她們只是把你當作一個肯花錢的恩客，向兄明白了沒有？」

向雨田一臉歡容的來到他們前方，掃視眾人，最後目光落在卓狂生身上，道：「想出這個指令的人大不簡單，肯定是你們議會的第一謀士，我這叫見微知著，敢問究竟是誰呢？」

卓狂生淡淡道：「向兄認爲我會告訴你嗎？」

向雨田啞然失笑道：「卓館主是瞎擔心了！現在我僅餘一個任務，就是擊倒燕飛，然後立即有多遠走多遠，其他的小弟管他的娘。」

方鴻生嗤之以鼻道：「你是否在作夢呢？擊倒燕飛？哼！下輩子恐怕也不行。」

向雨田灑然聳肩，並沒有反駁他，不但沒露出半點介意的神色，還像是聽到最好笑的事，這個反應卻比甚麼反擊的話更有力。

姚猛待要發言，被卓狂生打手勢阻止，微笑道：「向兄今次入集，不止是只打個招呼吧！」

向雨田目光轉往含笑不語的燕飛，像想起甚麼似的嘆了一口氣，道：「我想和燕兄單獨說幾句話，最好有譚雪澗香助興。每次說書提到燕兄，總不會忘記讚許雪澗香一番，今次該不會令我失望吧！」

「敬燕兄一杯；敬我最可怕的對手一杯。」

「叮！」

兩個杯子在桌上輕觸一記。向雨田舉杯一飲而盡，接著急喘兩口氣，咋舌道：「果然名不虛傳，雪澗香肯定是天下無敵的絕世佳釀，卓狂生並沒有過度吹噓。」

接著目光往燕飛投去，微笑道：「酒好人更好，蝶戀花竟能在劍柄觸鞘前的剎那自動鳴響，少點耳力都會以爲只是一下清鳴而非連續兩下，燕兄是怎樣辦到的？」

燕飛沒有直接答他，看著手上的空杯子道：「我有一個提議。」

向雨田苦笑道：「我想先問燕兄一句，你仍愛明瑤嗎？爲何我和你見面後，你沒有提起過她？」

燕飛瞧著他皺眉道：「現在豈是說男女私情的時候？向兄給我的印象是一個永不肯向命運屈服、不肯受任何羈絆的人，現在明知勝敗生死難料，一旦失手所有目標理想將全化爲烏有，向兄仍要講甚麼師門欠秘族的債嗎？」

向雨田目光灼灼的和燕飛對視片刻，平靜的道：「燕兄你曉得嗎？明瑤對你展示那個勾了你魂魄的笑容時，當時我正坐在她身旁。」

燕飛微顫一下，呆瞪著他。

向雨田嘆道：「當時我和明瑤坐馬車往皇宮去，且吵了起來，爲的正是他奶奶的欠債還債的問題。我認爲只要助她救回族長，便算還債，從此我可以回復自由之身，她卻堅持我只是還了本，尚欠她利錢。他娘的！這是多麼的不合理？我氣得忍不住和她吵起來，我從未向她發這麼大的脾氣過，就在此時，我們看到你站在街頭，目不轉睛地望著對街的一所青樓。」

燕飛深吸一口氣，壓下因回憶當時情景而波盪的情緒，沉聲道：「說下去。」

向雨田道：「那時我心中暗忖這個人雖打扮普通，又沒有攜帶武器，但肯定是個不可多得的高手，且有種非常引人的特質，是我平生未見過的。就在此時，明瑤出乎我意料之外的掀開簾子，向你微笑，而你則被她的笑容完全打動了，像給人點了穴般在人來人往的街上發呆，明瑤放下簾子時，我心中還在想，又一個傻瓜有災難哩！」

燕飛心中一緊，正是那個笑容，令他陷進萬俟明瑤的情劫裡，其威力及得上丹劫，只是過程卻漫長多了，似若歷盡生死輪迴，直到他遇上紀千千，方能勉強回復過來。聽到向雨田重述當時的情況，透露他所不知的另外實情，確有欲語難言的感慨。

向雨田憤然道：「我明知她是故意當著我的面去勾引別的男人，但我卻拿她一點辦法也沒，因爲我有把柄落在她的手上，否則以我的性格，只要我認爲是對的，不管她怎麼想，老子說還清了欠債便是還清了，要走便走，誰能管我？」

燕飛拿起酒罈，爲他注酒，問道：「你有甚麼把柄落在她手上？」

向雨田看著美酒注進杯子裡，頹然道：「《道心種魔大法》分爲上下兩卷，上卷是如何培育魔種，下卷則是由魔入道之法，但直至先師辭世前的一刻，我才知道下卷的存在，在這之前，我一直以爲只有上卷而沒有下卷。」

燕飛爲自己的杯子斟滿了酒後，放下酒罈，道：「下卷在明瑤手上嗎？」

向雨田拿起酒杯，將雪澗香盡傾入喉嚨裡，然後把杯子重重按在桌子上，發出「砰」的一聲，目光往燕飛投去，狠狠道：「正是這樣子。先師最清楚我的性格，所以臨終時才告訴我有下卷這一回事，還說下卷交給了明瑤，待我清償了欠秘族的債後，明瑤自然會把下卷歸還給我。唉！現在你該明白我的爲難處。」

燕飛不解的道：「她不是要你爲她殺三個人嗎？現在你縱能殺我，仍欠她兩條人命，她依然可以說你未償還所有欠債。」

向雨田回復平靜，苦笑道：「我陪明瑤一起去見慕容垂，當時在場的尚有宗政良和胡沛。順帶說幾句題外話，慕容垂的確不愧胡族第一高手的稱譽，不論才智武功，均有鬼神莫測之機，所以當我見到他，便認定他必勝無異，你們和拓跋珪絕對鬥他不過。但到今天我再不敢那麼肯定，因爲遇上了你，你肯定是和他旗鼓相當的對手，你們若對上了，會有一番惡戰。」

燕飛舉酒一飲而盡，點頭道：「多謝向兄提點。」

向雨田露出回憶的神情，道：「那是明瑤第二次去見慕容垂，之前她和慕容垂已說過話。她當著慕容垂指定要我殺你，殺高小子只是胡沛的提議，至於第三個人，則是我胡謅出來，好嚇唬你們荒人。明瑤更說明只要我殺了你，我欠她們的債便一筆勾銷，下卷會物歸原主。唉！所以高彥的小命是無關重要，只要我能幹掉你，明瑤再無可推託。」

燕飛苦笑道：「看來我的提議向兄是不會接受的了。」

向雨田道：「今次我來找你，是想問你一句話。」

燕飛訝道：「向兄想問甚麼呢？」

向雨田道：「告訴我，慕容垂是不是曉得你就是殺死慕容文的刺客？」

燕飛心中一顫，終於猜到向雨田的心事，點頭道：「他肯定知道。」

向雨田拍桌嘆道：「就是這樣！當明瑤指定要我殺你時，神態有點異常，那時我並不在意，直至見到燕飛就是拓跋漢，我才有點醒悟，現在終於由你親自證實。明瑤啊！你的心究竟在打甚麼主意呢？明知燕飛就是你的情郎拓跋漢，竟指定要我殺他。」

燕飛道：「我從來不是明瑤的情郎，她只是在玩弄我的感情。」

向雨田沉聲道：「你錯了，明瑤以前的男人或許只是她的玩物，但你卻異於她往日的情郎，因爲你是第一個主動離開她的男人，這對她的驕傲是最嚴酷的打擊。打從開始，我便知她勾引你是在玩火，既會燒傷你同時等於引火自焚，所以她逼我來殺你，因爲我和你都是她最痛恨的人，燕兄明白嗎？」

燕飛攤靠椅背，無話可說。

今次輪到向雨田拿酒爲他添滿杯子，再爲自己注滿一杯，然後舉杯笑道：「這一杯是爲我們的同病相憐而飲的，我和你表面上活得比任何人都要風光，事實上卻是在明瑤纖掌內的兩條可憐蟲，明晚子時還要打生打死的。就爲我們的處境喝一杯如何？」

燕飛舉杯和他相碰，把變成了苦澀的美酒直灌下肚。

絲絲細雪，從天上灑下來，小酒館內外都靜悄悄的，這酒館位於夜窩子內，因時間尚早，仍未開始營業，給燕飛借用來與向雨田談話，雪澗香則是從紅子春那裡張羅來的，新釀的雪澗香遠及不上這罈般火候十足。

燕飛放下杯子，道：「我們眞的非打不可嗎？」

向雨田道：「明瑤太明白我了，清楚我爲了另一半的《道心種魔大法》，肯做任何事。我還可以有另一個選擇嗎？明晚不是燕兄死，就是我向雨田亡，這是命中注定的。」

燕飛道：「我們其中之一的死亡，可以令明瑤感到快意嗎？」

向雨田道：「明瑤既指定要我殺你，早清楚後果，至於事後她會有甚麼想法，是她的問題，與我們明晚的決鬥根本沒有關聯。」

燕飛凝望向雨田，一字一句的沉聲道：「坦白告訴我，明瑤在你矢志求天道的心中，是否仍佔有一個席位呢？」

向雨田微一錯愕，現出思索的神色，接著放下酒杯起身，攤手道：「我不知道，眞的不知道，或許是因我多年來一直禁止自己去想這個問題。明晚我會準時到，燕兄千萬勿要手下留情，否則死的肯定是你。爲了下卷，我是會全力以赴的，希望燕兄清楚我爲人行事的作風，不要有任何誤會。我當你是朋友，才會說這番話。請哩！」

說罷拖著沉重的腳步去了。

燕飛坐著發呆，直到拓跋儀坐入向雨田剛才的位置，方從回憶中清醒過來。

第三十一章　秘密基地

兩道人影迅捷地過山穿林，最後奔下一道山坡，然後躲進一堆亂石後。

他們正是劉裕和屠奉三，兩人一洗頹喪之氣，兩雙眼睛射出興奮神色，並肩挨著其中一塊巨石坐下，雖在一輪全力奔馳下頗感力竭，臉上仍難掩喜色。

劉裕輕拍一下腿，先出聲道：「徐道覆那兔崽子果然了不起，竟找到這麼一個鬼地方作賊巢，藏於深山之上，又以樹木覆蓋，難怪我們差點找不到。」

屠奉三喘息著道：「他奶奶的！這座石堡肯定是早已存在，由前人所建的，老徐只是把舊堡修復擴建。如果我沒有猜錯，以前江邊該設有碼頭，只是給老徐拆掉。」

劉裕點頭道：「對！且有道路從半山的堡寨直通往江邊，不過現在都被老徐以障眼法遮蓋了，但如果他們有材料在手，只要半天時間，便可重新架設碼頭。最妙是石堡有路通往後面的山谷，讓天師軍的工匠可以砍木伐樹，建造大批攻城的工具。」

稍頓又道：「我們剛才見到的那個人，究竟是天師軍的哪個將領呢？」

屠奉三沉吟道：「看樣貌該是天師軍新崛起的大將張猛，這是個不能小覷的人，徐道覆得他之助，如虎添翼，所以差他來主理這最重要的反擊行動。」

接著道：「我們終於掌握到敵人的布置部署，這更是勝敗的關鍵，只要我們不讓敵人曉得我們的存在，我們將有希望贏得最後的勝利。故而保密是頭等要務，我們不但要瞞過敵人，還要瞞著己方的一些人，以免秘密外洩。」

劉裕默然片刻，道：「你是否想向宋大哥隱瞞此事？」

屠奉三道：「我不是不信任宋兄，但他始終和謝家有主從之情，淵源深厚，我怕在某些特別的情況下，他會忍不住向謝琰透露秘密，那我們的計畫便行不通了。」

劉裕道：「如果將來宋大哥發現我們欺騙他，他會有甚麼感受呢？」

屠奉三苦笑道：「我倒沒有想過事後會如何的問題，只知道若贏不了此仗，我們便要完蛋。」

劉裕道：「我信任宋大哥。他是明白人，明白即使謝琰曉得天師軍秘密基地的存在，仍是回天乏術，只是把敗亡的日子拖長，多苟延殘喘一點時間，而我們則會一敗塗地。在權衡利害下，宋大哥會作出明智的選擇。我們不但不應瞞他，還要唯恐他知道得不夠仔細，讓他曉得我們是絕對信任他的。」

屠奉三嘆道：「這是我和你不同之處，好吧！便依你之言，不過卻非因為我覺得這是更聰明的做法，而是因我現在更認定你是眞命天子，相信劉爺你的運數。」

劉裕笑道：「又在耍我了！甚麼眞命天子？我去他的娘。」

兩人對視而笑，他們此時的心情，比之今早遍尋不獲的情況，確有天淵之別。屠奉三笑著道：「要回去了嗎？」

劉裕跳將起來，欣然道：「此處離敵巢不到二十里，仍屬險地，愈早離開愈好。」

屠奉三油然起立，拂拂沾在身上的沙石草屑，微笑道：「劉爺的心情我是明白的，可以向佳人送上見面大禮，當然是愈早回去愈好。」

劉裕想起江文清，心裡湧出難言的滋味，笑道：「你令我想起高小子，只有他從不肯放過說這種話的機會。」

探手搭著屠奉三肩頭，道：「回去吧！」

拓跋儀開門見山的道：「這個關係重大的情報你是如何得來的？」

燕飛心中大感爲難，在他得知赫連勃勃即將突襲盛樂一事上，想編出能令拓跋儀信服的謊話是不可能的，何況他根本不想對這位兒時好友說謊。苦笑道：「你可以撇開這個問題不問嗎？」

拓跋儀不悅道：「有甚麼事須如此神秘兮兮的？就算我不問，族主也會問。」

燕飛坦白答道：「小珪明白是怎麼一回事，所以絕不會有延誤軍機的情況。」

拓跋儀不解道：「你說得我更糊塗了，族主怎會明白呢？」

燕飛把心一橫，道：「我可以告訴你，但你要有些心理準備，不要眞給弄糊塗了。唉！我不告訴你，實在是爲你著想。」

拓跋儀一頭霧水的道：「我現在更想知道眞相，究竟是怎麼一回事？你有甚麼難言之隱？」

燕飛心忖我的難言之隱是愈來愈多，愈趨複雜，有時眞的弄不清楚何時該說實話，像剛才便被卓狂生那瘋子逼得很慘。道：「我們在慕容垂身旁有個超級的探子。」

拓跋儀愕然道：「竟有此事？這有甚麼問題？爲何不可以說出來，你怕我會洩密嗎？你當我是哪種人呢？」

燕飛苦笑道：「你先不要發脾氣，我們這位超級探子，就是千千。」

的。」

拓跋儀失聲道：「甚麼？你是在開玩笑嗎？消息如何傳遞出來呢？且當時你正身在南方。」

燕飛如釋重負的道：「關鍵處正在這裡，隔了萬水千山也不是問題，我和千千是以心來傳遞訊息的。」

拓跋儀瞪大眼睛難以置信地看著他，道：「你是說眞的？」

燕飛攤手道：「信不信由你。」

拓跋儀失聲道：「這是不可能的。」

燕飛道：「事實如此，所以我既能及時在蜂鳴峽前截著慕容垂擄走千千主婢的船隊，又能潛入滎陽見上千千一面。在建康假死百天後，我多了些連自己也不明白的能力。」

拓跋儀顯然一時間仍沒法接受，問道：「族主……族主他……」

燕飛道：「他接受了。來！喝杯酒定驚！」

舉起酒罈，爲他斟酒。

拓跋儀攤坐在椅內，吁一口氣道：「這是否古人說的心有靈犀一點通呢？」

燕飛又爲自己倒酒，嘆道：「坦白說，我怎知道呢？或許是老天爺有眼，可憐我們拓跋族國破家亡，爲我們做點好事。」

接著舉杯道：「爲我族的復國希望喝一杯。」

拓跋儀和他碰杯，兩人一飲而盡。

燕飛放下酒杯，問道：「你的邊荒之戀又如何呢？」

拓跋儀平靜的道：「素君有了身孕。」

燕飛失聲道：「甚麼？」

拓跋儀重複道：「素君懷了我的孩子。」

燕飛道：「恭喜你！」

拓跋儀搖頭苦笑道：「在這朝不保夕的年代，有甚麼好恭喜的？我最怕自己不能盡父親的責任。」

燕飛訝然看著他，道：「你好像真的很擔心？爲何這麼悲觀呢？」

拓跋儀道：「我只是想法現實。一旦慕容垂大軍發動，我便要到戰場去，生死難卜，孩子出世時，我能否陪在素君身旁，仍是未知之數。」

燕飛心忖那自己是否過分樂觀了？

拓跋儀道：「我不想素君留在邊荒集，可是現在天下間哪裡是安樂之土？」

燕飛點頭道：「北方早已亂成一團，南方則是大亂將至，看來仍是邊荒集太平一點。」

拓跋儀道：「經過兩次失陷，誰還敢保證邊荒集的安全？邊荒集已成天下兵家必爭之地，戰火可在任何一刻燒到這裡來，我又可能不在這裡，怎放得下心呢？」

燕飛心中一動，道：「我倒想到安置素君的一個好地方，看似危險，事實上卻頗爲安全。」

拓跋儀訝道：「竟有這麼一個地方？」

燕飛道：「你聽過崔宏嗎？」

拓跋儀道：「當然聽過，你親自向族主推介他，他亦得到族主的重用。」

燕飛道：「他的崔家堡位於北方，崔家子弟在崔宏的苦心訓練下，人人精通武事，加上石堡規模宏大，有強大的防禦力，四周盡是平野河流，附近又沒有大城，雖位處燕人勢力範圍內，卻能自給自足，保持獨立，際此慕容垂無暇他顧之時，當是安置素君的理想處所。只要你同意，我可以和你一起把素君送到那裡去，如此你便可以放下心事。孩子出世時，你到那裡去也方便多了。」

拓跋儀心動道：「待我先去和素君商量，再給你一個確實的答覆。」

此時高彥走進來，坐到兩人之間，興奮的道：「向雨田那傢伙竟到北大街的千里馬驛館要了間廂房，入房後便沒再出來，這小子的確膽大包天。」

燕飛道：「他是絕不會鬧事的，膽子大或小並沒有關係。」

高彥道：「你這麼相信他？此人行事難測，有他在集內，我再沒有安全的感覺。」

拓跋儀笑道：「最安全的地方，就是在燕飛身旁。」起身拍拍高彥肩頭，逕自離開。

高彥目光落在雪澗香上，立即發亮，毫不客氣的整罈捧起來，搖晃著道：「還剩下多少，噢！我的娘，只有小半罈。來！我們喝一杯，借點酒意說起話來也爽一點。」

燕飛皺眉道：「你不是又要說你的小白雁吧？」

高彥雙目一瞪，理所當然的道：「不談小白雁還有甚麼好談的，你忍心看著我孤家寡人一個慘度餘生嗎？」

燕飛只好苦笑以對。

劉裕和屠奉三回到秘巢，天剛入黑，老手在村外截著兩人，道：「魏詠之來了，正在屋內等候劉爺。」

兩人聞言大喜，想不到他來得這般快。

老手續道：「陰爺和宋爺到長蛇島去迎接大小姐，如果一切順利，他們該於明早回來。」

屠奉三拍拍劉裕肩頭，低聲道：「小心點！」

劉裕明白他的意思，是在提醒自己對魏詠之說話要有保留，點頭答應。然後依老手指示，往魏詠之所在的小屋舉步，心中不由想起何無忌。

何無忌在他最艱難的時候捨棄他，劉裕雖然不滿，但卻沒有恨他，因爲他了解他的處境，明白他的爲難處。在某一程度上，何無忌仍對他存有情義，至少何無忌沒有出賣他，否則今夜魏詠之便不能在屋內等候他。何無忌在他的北府兵小集團內是核心分子，清楚他與魏詠之的關係，只要向劉牢之透露魏詠之和他的關係，魏詠之肯定沒命。

劉裕跨過門檻，苦候他的魏詠之忙從椅子上站起來，喜道：「眞想不到你竟會到前線來。」

劉裕撲前執著他的手，關切的道：「你瘦了！」

魏詠之苦笑道：「就只是氣也要氣瘦了，更何況過去三天加起來睡了不到三個時辰，我又不像你是用鋼鐵打成的。閒話休提，今次小劉爺到這裡來，是否準備放手大幹？」

劉裕拉著他到一角坐下，才放開他的手，微笑道：「詠之認爲我有機會嗎？」

魏詠之笑道：「如果換了小劉爺你是另一個人，我會勸你立即有多遠跑多遠，但小劉爺當然不同，你敢到這裡來，肯定有全盤計畫。你自己或許不知道，但軍內佩服你的人愈來愈多，大家都認爲你是第二個玄帥，只有你才可以領導我們走向勝利。哈！情況如何呢？」

劉裕從容道：「萬事俱備，只欠東風。」

魏詠之大喜道：「究竟還欠甚麼呢？」

劉裕欣然道：「當然是欠了你哩！」

魏詠之喜形於色的道：「有甚麼事，小劉爺儘管吩咐下來，我魏詠之縱使肝腦塗地，也必為小劉爺辦妥。」

劉裕失笑道：「不用那麼嚴重，大家兄弟，我怎會要你去壯烈捐軀？先讓我向你說出我們的大計。」

魏詠之忙道：「千萬勿要對我說出整盤計畫，只須讓我曉得該知道和該做的事便成。劉牢之那奸賊把我看得很緊，卻不是因清楚你和我的關係，而是因為我曾追隨孫爺。」

劉裕臉色一沉，問道：「孫爺情況如何？」

魏詠之道：「沒有人清楚，想得好點便是劉牢之把孫爺調往偏遠的城鎮，讓他投閒置散。」

劉裕沉吟片刻，問道：「南征平亂軍現在是怎樣的一番情況？」

魏詠之道：「表面看，南征平亂軍是氣勢如虹，先是勢如破竹的連奪吳郡、嘉興兩城，控制了通往會稽的運河，然後水陸兩軍會師，攻下海鹽，聲勢一時無兩，但知兵的人，都知直到此刻，天師軍的主力大軍仍避免與我們交鋒，我們卻折損近二千人，傷者近五千之眾，這絕對不是好的戰績。歸根究柢，都是謝琰好大喜功，催軍過急，把戰線擴展得太快，而他根本沒有駕馭如此龐大的一支部隊的本領。」

劉裕皺眉道：「朱序沒有給他忠告嗎？」

魏詠之破口罵道：「謝琰怎會聽別人的話？且他一向看不起曾投降苻堅的朱序，認為他有失名士可殺不可辱的氣節，又以為自己是玄帥，認為天師軍懾於他的威望，必望風披靡，更聽不進逆耳忠言。」

劉裕道：「劉牢之的看法，謝琰該不會忽略吧！」

魏詠之頽然道：「劉牢之對謝琰不安好心，是路人皆見的一回事，只有謝琰一個人不曉得，表面上劉牢之對謝琰畢恭畢敬，事實上劉牢之心中在轉甚麼念頭，沒有人知道。」

劉裕問道：「謝琰何時進攻會稽？」

魏詠之道：「該是二、三天內的事。哪有人這麼蠢的，陣腳未穩，便深入敵人勢力最強大的腹地？現時會稽一帶的民眾若不是天師軍的信徒，便是天師軍的支持者，奪得幾座城池又如何？天師軍全面反攻時謝琰便知道箇中滋味，最教人不服的是他要討死沒有人阻止他，但他不應找其他人陪葬。」

劉裕道：「有你這樣想法的人多不多呢？」

魏詠之苦笑道：「軍令如山，我怎敢和其他人討論？如被告發，我肯定以擾亂軍心之罪當場被處決，劉牢之豈肯錯過機會？」

又嘆道：「我可以爲小劉爺你做甚麼呢？」

劉裕道：「我想秘密和朱序見個面。」

魏詠之面露難色，道：「恐怕非常困難，朱序隨謝琰去了會稽，我本身又屬劉牢之旗下的將領，實在沒法接觸到朱序。」

劉裕的心往下一沉，心忖如不能見朱序一面，如何依計而行，豈非爲山九仞，功虧一簣？

魏詠之訝道：「見朱序有甚麼用呢？他對謝家有感恩之心，即使他不喜歡謝琰，但亦不會背棄他。」

又道：「你有甚麼好主意，儘管說出來，讓我看有沒有變通之法？」

劉裕道：「我要在謝琰全線潰敗之時，接收他的敗兵，重整陣腳後，再把南征平亂軍輸了出去的全贏回來。」

魏詠之嚇了一跳，道：「你比我還看得晦黯，南征平亂軍雖不能取勝，但也不該如此輕易崩潰吧？」

劉裕道：「時間會證實我的預測。」

魏詠之沉吟片晌，道：「你或可從你的同鄉著手。」

劉裕一呆道：「劉毅？」

魏詠之點頭道：「他現在是海鹽的主將，又是謝琰的心腹，該比我有辦法。」

劉裕一時間說不出話來。

第三十二章　一個提議

第一眼看到長大後的萬俟明瑤，燕飛便感到她是個與眾不同的人，這完全是一種直接的感受，沒有甚麼道理可言。或許是因她的冷漠、耐人尋味、離世的美麗。他不知道當時是否對她一見鍾情，但他被復仇火燄佔據了的心，卻像沖進了一道清涼的泉水，心神不自覺的全被她吸引，令他想親近她、了解她、觸摸她，體驗把她擁入自己強而有力的臂彎內的深刻感受。

他從未試過這種一見動心的滋味，也勾起久被埋藏於內心深處一段美麗的回憶，雖然一時間他仍未能確定這位掀起簾子，驕傲地向他展示絕世容色的美女，曾一度是他和拓跋珪少年時代無可代替的夢中女神。

她一雙眼睛閃爍著挑戰的神色，似帶點不屑，又像高高在上的仙子，以憐憫的慈悲心，俯視凡間與她全不匹配的卑微男子。澄碧的眸神，似能透視燕飛的肺腑。

燕飛感到自己的心在劇烈跳動，脊樑骨發麻，渾忘了一切，當然更沒有注意車廂內尚有另一個人。

然後她笑了，那是貪玩愛鬧、一種開玩笑惡作劇似的神情，宛若陽光破開冷漠驕傲形成的層層烏雲，慢慢化爲熾熱的火球，令燕飛生出觸電般的感受。

車窗的簾子垂下，隔斷了燕飛的目光，卻沒法切斷把兩人連繫在一起的情絲。

如果萬俟明瑤沒有牽引起他心中少年時代那段回憶，以燕飛的性格，不論如何驚艷震撼，仍會任由機會悄悄從指隙間溜走，可是命運卻不容許他作愛情的逃兵，終致一發不可收拾。

身邊的龐義道：「當我們把千千和小詩迎回邊荒集時，第一樓該已完工了！」

燕飛正在對街遙觀重建中的第一樓的雄姿，眼睛看著重重疊疊，深具某種力學原理的建築架構，心中想的卻不是紀千千而是與自己關係複雜、恩怨交織的萬俟明瑤，心叫慚愧。

另一邊的高彥道：「新的第一樓會比以前更壯觀、規模更宏大，是老龐嘔心瀝血之作。哈！老子最明白龐老闆的心情，他這般賣力……」

龐義喝止道：「高彥！」

高彥笑嘻嘻道：「不說了！不說了！」

燕飛是另一個明白龐義心意的人，可能比高彥更明白龐義，皆因遭遇接近。分別在他自己可把思念之情化爲力量，盡全力去營救千千和小詩；龐義則把心神放在第一樓的重建上去，以此宣洩心中對小詩的思念。

可是小詩對龐義的心意又如何呢？自己可否透過和千千的心靈連繫，爲他盡點心力？

高彥道：「小飛爲何不說話？」

載著萬俟明瑤的車隊離開苻堅的長安宮時，燕飛正立於宮外大街之上，當她的座駕駛經他面前，他做出秘人問好獨特的敬禮。

萬俟明瑤沒有再掀簾看他，但他卻清楚感覺到萬俟明瑤心中的震盪，令他明白到秘人今次來大秦的京師，負有不可告人的秘密任務。他更曉得觸犯了秘人的禁忌。萬俟明瑤只有兩個選擇，一是殺人滅口，一是見他。

龐義的聲音在他耳邊道：「小飛有甚麼心事呢？」

燕飛從回憶中回到現實，深吸一口初冬清寒的空氣，道：「當日你不是造了一張桌子給千千嗎？桌子還在嗎？」

龐義道：「桌子仍然完好，只是被搬到小建康去，現在收藏在大江幫的忠義堂內，待第一樓建成後便搬回來。」

一切都像命中注定了似的，逃無可逃，避無可避。

離開那片沙漠裡的綠洲後，他本以爲永遠都不會再遇上這曾令他夢縈魂牽的秘族少女，豈知卻相遇於長安鬧市的街頭。這不是命中注定，是甚麼呢？

命運並沒有放過他，且不肯罷休，明夜的決戰如果像向雨田所猜測的，便是由萬俟明瑤一手安排。

一個疑問浮上燕飛心頭。

萬俟明瑤是否曉得墨夷明和他的眞正關係？他的懷疑並非毫無根據，因爲他們之所以能抵達那片正舉行狂歡節的綠洲，是萬俟明瑤主動的誘導他和拓跋珪兩人。

高彥道：「你看夠了嗎？是否想起以前的事呢？唉！如果我每天都能帶雅兒到這裡來喝雪澗香，人生可說無憾了。」

燕飛目光落在若有所思的龐義身上，淡淡道：「你們到燈舖等我，我去打個轉後再去找你們。」

龐義訝道：「你要到哪裡去？」

燕飛已邁步遠去，聲音傳回來道：「我要找個老朋友聊天，說些心腹話。」

屠奉三聽得眉頭大皺，道：「沒有朱序的配合，當謝琰的部隊全線潰敗時，將沒有人會到海鹽來，我們收編謝琰手上的北府兵一事，勢成泡影，而我們也要輸掉此仗。」

劉裕沉吟道：「我定要設法見朱序一面。當年他在邊荒集苻堅的百萬大軍裡，我仍有辦法見到他，今次也不會例外。」

屠奉三搖頭道：「我不同意。你的行藏絕不可以曝光，否則會破壞我們整個計畫，我們今次勝敗的關鍵就在『出奇制勝』這四個字上，若徐道覆曉得你在附近活動，定會起戒心，我們再無『奇』可言。你沒想過向劉毅入手嗎？你們始終還沒眞正翻臉。」

劉裕苦笑道：「我不是沒想過劉毅，但眞的不想和這種卑鄙小人虛與委蛇。」

屠奉三點頭道：「我明白，但問題是劉毅或許是我們唯一的選擇，你想到另一個人選嗎？」

劉裕苦惱的道：「劉毅表面上雖仍視我作領袖，事實上卻在暗中排斥我、利用我至乎害我，置我於不義。他奶奶的，何謙剛遇難時，他對我該有幾分眞心，後來羽翼漸長，兼之又在建康混得春風得意，且得謝琰寵信，遂不把我放在眼裡，我這樣去找他，只會引起他的警覺。」

屠奉三哂道：「引起他的警覺又如何？他可以做甚麼呢？現在北府兵的情況套句江湖術語，叫做『入局』，有如陷進老千的天仙局，肯定會輸掉身家。」

接著續道：「只要見他的時間拿捏得宜，這種小人最擅長見風轉舵，我敢保證他會向你屈服，當然還要使點手段。」

劉裕訝道：「甚麼手段？」

屠奉三道：「就是朝廷任命你爲海鹽太守的授命書，如此你可以名正言順的接管海鹽，那時劉毅哪能不乖乖聽話？」

劉裕皺眉道：「司馬道子怎肯給我這樣的一張奪城通行證，豈非擺明不給謝琰和劉牢之面子嗎？」

屠奉三胸有成竹的微笑道：「那時嘉興和吳郡早失陷天師軍之手，會稽則亂成一團，劉牢之則違令撤返廣陵，哪由得司馬道子說不，他想見到天師軍兵臨建康嗎？」

劉裕道：「你猜劉牢之有這麼大的膽子？」

屠奉三道：「劉牢之並不是蠢人，他絕不會留在這裡作眞正蠢蛋謝琰的陪葬品，如我所料無誤，助謝琰攻陷會稽後，第一個開溜的肯定是劉牢之，他隨便找個藉口，便可以大搖大擺的班師回廣陵，美其名助守京師如何？天師軍從海路直搗京師的可能性是不可以抹殺的，如此他可一石二鳥，既保存實力，另一方面又可借天師軍之手毀掉謝家最後一個對北府兵有影響力的人，除掉何謙派系的將領。」

接著又道：「此時桓玄該已滅掉楊佺期和殷仲堪，在這樣的情況下，司馬道子敢對劉牢之哼一聲嗎？」

劉裕道：「到了那種田地，我們才去求司馬道子這樣的一張授命書，會否錯失時機呢？授命書到手時，海鹽早落入徐道覆之手。」

屠奉三道：「我們當然不可以等到那個時候，先來一張假的授命書如何？這是我以前爲桓玄想出來的手段，就是以假聖旨軟硬兼施的擾亂建康外圍城池的守將，陰奇便是僞冒聖旨的高手，你先拿假聖旨去見劉毅，日後再求得眞聖旨，如此假假眞眞，兼且在兵荒馬亂之時，沒有人能視破的。」

劉裕點頭道：「好吧！我試試看。」

屠奉三道：「徐道覆肯定會先攻吳郡和嘉興，切斷南征平亂軍和建康的聯繫，然後再攻打海鹽，這才輪到謝琰主力部隊所在的會稽，我們就在吳郡、嘉興告急之時，到海鹽找劉毅。但絕不可透過魏詠之聯絡劉毅，因魏詠之始終屬劉牢之的系統，會令劉毅生出不必要的懷疑，誤了大事。」

劉裕道：「那我們找誰去呢？」

屠奉三微笑道：「宋兄如何？」

燕飛立在門外，低聲道：「向兄在嗎？」

房門拉開，向雨田笑容滿面的出現眼前，欣然道：「我早猜燕兄會來，不過若你不來找我，我也會去找你。請進來。」

燕飛經過讓往一邊的向雨田，跨檻入房，這是內寢外廳的豪華客房，或許因旅館的住客都到了夜窩子湊熱鬧，四周冷清清的，鄰房均不聞人息，偌大的旅館，似像只剩下他們兩個人。

向雨田道：「燕兄請坐！」

燕飛舉步走到置於廳中的圓桌，拉開椅子坐下，向雨田坐到他對面去。

燕飛道：「向兄曉得我爲了何事來找你嗎？」

向雨田從容道：「當然是爲了明瑤。我對人性有獨到的看法，在天穴旁的交談裡，你沒有主動提起明瑤，反令我覺得你是餘情未了，所以須克制自己。」

燕飛苦笑道：「你倒看得很準，但爲何你又想找我呢？」

向雨田攤手道：「我想找你，是想進一步了解你、掌握你，以增加明晚的勝算。不過你放心，到明晚子時前，我們仍然是朋友。」

燕飛道：「這一戰眞的無可避免嗎？」

向雨田嘆道：「我也希望有更好的解決辦法，可惜我一向自以爲不錯的腦袋卻是空白一片，問題在如果我殺不了你，根本無顏回去見明瑤，我的《道心種魔大法》肯定泡湯。以明瑤的決斷和一向狠辣的作風，會在曉得我失敗後，立即把寶卷燒掉，我想強搶都不行，何況強搶成功的可能性微乎其微，更不知她會把寶卷藏到哪裡去。唉！不是你殺我，就是我殺你。我還要提醒燕兄，如果你留手的話，我會利用你這愚蠢的破綻，把你殺掉。」

燕飛淡淡道：「這麼重要的東西，明瑤肯定隨身攜帶，貼身收藏。」

向雨田笑道：「這就是你昨晚未說出口的提議了！他奶奶的，先不說明瑤本身的武功，只是貼身保護她的八大秘衛，已不容易對付。何況我怎可向自己族人下殺手？你的武功雖已達超凡入聖的境界，但要生擒活捉明瑤是不可能的。縱然你能勝過明瑤，你肯辣手摧花嗎？不生擒她又如何爲我取回寶卷？橫想豎想，仍是沒有法子。」

向雨田愕然道：「你裝死？」

燕飛道：「我裝死又如何呢？」

燕飛道：「對！我裝作被你殺掉，如此你便可向明瑤交差，取回寶卷。」

向雨田現出感動神色，沉吟片晌，搖頭道：「還是不行，今次我是爲你著想，你是不能死的，裝死也不行，因爲邊荒集會立告崩潰，荒人的信心將雲散煙消。唉！讓我們面對現實吧！明瑤絕不是容易就被欺騙的人，明晚我們全力出手，如我落敗身亡，只會怪自己學藝不精，一點也不會怪你。做了冤魂，我仍會當你是朋友。」

燕飛微笑道：「別人裝死或許騙不過她，但我裝死卻絕對可以騙過任何人，因爲我是眞的死掉。」

向雨田愕然望著他，雙目神光轉盛。

燕飛道：「向兄想到甚麼呢？」

向雨田不能相信的道：「燕兄是否練成了道家傳說中的元神？噢！我的娘！我終於想通了，昨晚是你的元神附在劍上發出鳴響，他奶奶的！燕飛你眞的很棒。」

燕飛道：「我並不是胡謅的，首次與孫恩決戰於鎭荒崗上，我便被孫恩擊斃，隱伏一旁的尼惠暉搶走我的屍體，帶往遠處埋葬，但一段時間後我便復活過來，破土而出。」

向雨田興奮的道：「聽過聽過，這台說書叫〈燕飛怒拚慕容垂〉，但卻說你只是假死過去，最後憑一口未斷的眞氣，重續心脈，且從此擁有超越常人的靈覺。」

接著露出感動的神色，道：「老燕你眞夠朋友，但我向雨田是何等樣人，怎能害你犧牲整個邊荒集的利益？哈！我的腦筋回復靈活了！呵！一定有辦法可想，一定有兩全其美的辦法。」

燕飛欣然道：「你清楚明瑤的情況，當比我想得更周詳。」

向雨田苦惱的道：「坦白告訴我，如果我和你合作去誆騙明瑤，算不算出賣自己的族人？」

燕飛道：「讓我們這麼想如何？明天晚上，我們在所有荒人和遊客的眼睛監視下，公平的來一場決戰，大家全力以赴，如果你能殺死我，你便完成任務，但假設你不幸落敗，你的任務便失敗了，但你確已盡力而爲，履行了你對明瑤的承諾，所以你並沒有對不起明瑤，更沒有對不起你的族人。」

向雨田一呆道：「你眞有把握擊敗我嗎？」

燕飛道：「像你老哥如此可怕的對手，我怎有必勝的把握呢？大家坦白點吧！你縱能勝過我，但肯定負傷，且是令你沒法憑鐵舍利遠遁，絕對不輕的傷勢，難逃被憤怒的荒人亂刀分屍的結局。以向兄一向的作風，豈會做這種蠢事？當然是趁仍有能力離開之際，知難而退。在這樣的情況下，你和我的鬥爭仍未停止，只不過把戰場轉移到北方。對嗎？」

向雨田皺眉道：「在這樣的情況下，我是不可能向你全力出手的，因我根本沒有殺你的心。」

燕飛道：「向兄是何等樣人，只要想想殺了我肯定可以得到寶卷，自然不會劍下留情。我的想法是這樣，只有當你全力出手，仍沒法幹掉我，才會在殺我一事上死心，掉過頭來乖乖與我合作，那是唯一能取回寶卷的方法。說不定你還爲族人做了好事，只有你我合作，方可把族人的傷亡減到最低，當我們能令明瑤也知難而退時，大家都有個好的收場。唉！他奶奶的！我可以殺死明瑤嗎？」

向雨田點頭道：「對！如果我眞的沒法殺死你，便等於我落敗身亡，但我並沒有死，只是在不分勝負的情況下開溜，明瑤便不會怪我，而我們之間的鬥爭還會繼續下去。哈！待我想想。」

接著向燕飛瞧去，道：「還有其他事嗎？」

燕飛道：「當然還有其他事，只有向兄才能解我心中的疑團。」

向雨田起立道：「讓我們找個好地方把酒深談，我喝酒的興致又來了！哈！雪澗香的滋味眞教人懷念。」

燕飛起立道：「今天那罈是最後一罈夠火候的雪澗香，怕向兄要失望了。」

向雨田探手搭上他肩頭，笑道：「有燕兄陪我喝酒便成，管他是甚麼娘的酒。」

兩人對視大笑，出門去了。

第三十三章　離間之計

絲絲雪絮從天飄降，向雨田放任的躺在橋上，伸展四肢，狀甚寫意。

燕飛坐在橋沿，凝望橋下雪花中的小湖，想起當日紀千千初抵邊荒集，自己領她到此觀賞「萍橋危立」的美景。那晚可否算是他和紀千千的定情之夜呢？

向雨田舒服的道：「這個地方眞好，像有某種魔力似的。」

燕飛提起身邊裝著燒刀子的酒罈，往他拋過去，笑道：「喝兩口酒後，你將感到一切會更好。」

向雨田坐將起來，一把接著酒罈，捏碎封蠟，拔開壺塞，大喝了幾口。笑道：「燕兄是否想灌醉我，教我醉後知無不言，言無不盡？」

燕飛目光往他投去，道：「當年你和明瑤離開秦宮，看到我在宮外以秘族的手禮向你們問好，明瑤的反應如何？」

向雨田再灌了兩口酒，把酒罈拋給燕飛，雖沒有把罈口塞著，卻沒有半滴酒濺出來，現出沉湎回憶的神情，道：「當時我看不到明瑤的表情，只知她和我同樣的震撼，有種被揭穿身分，一切努力盡付東流的失敗感覺。但她和我有一個分別，就是她在那一刻認出你是誰。」

燕飛接過酒罈，順道喝了三大口，另一手又接著向雨田以指勁射給他的罈塞，封好罈子，隨手放到一旁，道：「你認不出我嗎？」

向雨田道：「當年你和拓跋珪參加我們狂歡節的事，在我的記憶裡已非常模糊，一時怎記得起來？何況你的外表變了這麼多。但明瑤顯然對當年的你有頗深的印象，所以當你展示只有我們秘人曉得的禮數時，她便把你認出來。」

燕飛道：「當時她有甚麼反應？」

向雨田道：「先說我有甚麼反應吧！我向明瑤請纓去殺你滅口，明瑤卻反問我知道你是誰嗎？」

燕飛現出震動的神色。

向雨田訝道：「這句話有問題嗎？」

燕飛嘆道：「接著她怎麼說？」

向雨田道：「我當然問她你究竟是何人，爲何可看穿我們眞正的身分，又懂我們秘族問好的手禮？她卻沒有直接答我，只說這事她要親自處理，又保證你不會洩露我們的秘密。到後來我曉得你就是曾參加我們狂歡節的兩個拓跋族少年之一，便再沒有深究她當時說的這句話。現在給你提醒，這句話確實有點問題，像我該曉得你是誰般，且是似乎我該與你有點關係。」

燕飛道：「我懂得秘語，你不覺得奇怪嗎？」

向雨田道：「奇怪！非常奇怪！不過卻非沒有可能，柔然族便有人精通秘語，你屬拓跋族的王室，懂得秘語亦不稀奇。你不是曾告訴我這是你娘教你的嗎？」

燕飛道：「你們秘族的狂歡節是絕不容外人參加的，爲何獨對我們兩人破例？」

向雨田沉吟道：「肯定得族長點頭，其他人都沒有這個權力，包括當時的明瑤在內。唔！愈想愈令人感到古怪。」

燕飛道：「當時尊師在場嗎？」

向雨田的眼神像兩枝利箭般朝他射去，奇光迭閃，沉聲道：「我們的交談愈來愈有趣了！燕兄是否曉得一些我不知道的東西呢？先師從不參加我們的狂歡節，獨有那次是例外，就在那一晚，他從眾多本族青年裡，挑選了我作他的傳人。」

燕飛暗嘆一口氣，道：「令師長相如何？」

向雨田露出震動的神色，呆瞪燕飛半晌，道：「燕兄問這句話定有原因，但我無法回答燕兄，因為我從沒有見過先師的真面目。」

燕飛失聲道：「甚麼？」

向雨田現出緬懷的神色，徐徐道：「那晚是我首次遇上先師，我雖曉得有他這麼一個人，但因他隱居在沙漠邊緣的山區，所以沒有把他放在心上。他一直以重紗覆臉，直至我把他埋葬，也依他遺言沒有揭開他的面紗，據他所言，他是因練聖舍利時出了點岔子，毀了自己的容顏。」

燕飛愕然道：「聖舍利是甚麼東西？」

向雨田苦笑道：「連不應對你說的都說了，燕兄須為我守口如瓶。聖舍利就是藏在鐵球內的寶貝，可令人得益無窮，也可令人萬劫不復，內中蘊藏著本門歷代宗主臨終前注入的精氣神，充盈能令人功力增強的元氣精華，也充斥各種死氣、雜氣和邪氣。我師兄便是因誤吸邪氣發了瘋，變成了花妖。但如果沒有聖舍利之助，我也沒法在短短七年間，練成魔種。」

燕飛難以置信的道：「世間竟有這樣的東西？」

向雨田哂道：「你死了都可以再活過來，還有甚麼是不可能的？」

接著懇切的道：「燕兄為何忽然問起先師的長相？唉！讓我用另外一種方式問吧！燕兄和先師是

否有點淵源關係？那晚燕兄兩人能參加我們的狂歡節，會否是由先師提議，再經族長允許呢？噢！你當然也只是止於猜測而已！對嗎？」

燕飛苦笑道：「對！我純是憑空猜想，卻非沒有根據，根據就是本該不會發生的事，卻真的發生了。」

向雨田皺眉道：「你究竟想說甚麼，我現在有點糊塗哩！」

燕飛微笑起身道：「明晚如果你使盡渾身解數，仍沒法幹掉我，不得不與我合作時，我再告訴你答案如何？」

宜昌桓府。

譙奉先來到桓玄身後，施禮問安。

桓玄旋風般轉過身來，欣然道：「先生今回到建康去，可有帶回來好消息？」

譙奉先從容道：「一切仍在發展中，但形勢卻對我們愈來愈有利，我更收到一個秘密消息，顯示連司馬道子也不看好北府兵與天師軍之戰。」

桓玄聽到司馬道子之名，冷哼一聲，雙目殺機大盛，然後才像記起譙奉先說的話，問道：「司馬道子曾向人表示對謝琰和劉牢之沒有信心嗎？」

譙奉先恭敬的道：「奉先一向不輕信別人說的話，可以是一時意氣之言，也可以是口不對心的謾語，但其行動卻無法瞞過有心人。」

桓玄大感興趣的道：「先生從司馬道子的甚麼行動，看出他心怯呢？」

譙奉先沉聲道：「劉裕和屠奉三已秘密潛往與天師軍開戰的前線，數天之後，大江幫更有數艘雙頭戰船從邊荒駛至，逗留了一天，到晚上趁黑開走，直出大海。」

桓玄一震道：「這麼說，劉裕已投靠司馬道子，甘心做他的走狗，否則司馬道子怎會容大江幫的戰船公然駛經建康？」

接著雙目精光閃閃地盯著譙奉先，道：「這些事理該屬最高機密，先生到建康只是二、三天的時間，怎能如此瞭如指掌？」

譙奉先蓄意壓低聲音道：「因爲我們在建康有個眼線，令我們對建康的情況無所不知、無所不曉，但愈少人曉得眼線是誰，對我們愈有利。」

桓玄大訝道：「先生說的究竟是何人？」

譙奉先微笑道：「南郡公聽過建康的清談女王嗎？」

桓玄愕然道：「先生的眼線竟是淮月樓的李淑莊，教我大感意外，此女不但名動建康，且富可敵國，是絕不容易收買的人，怎麼先生到建康打了個轉，便讓她甘於當我們的眼線？」

譙奉先不慌不忙的道：「南郡公明察，李淑莊不單是個不容易收買的人，且是個無法收買的人，而她之肯向南郡公投誠，道理非常簡單，就是她看好南郡公，加上我們譙家和她的關係，所以我才能打動她。」

桓玄若有所思的道：「李淑莊憑甚麼看好我？」

譙奉先對答如流的道：「因爲她熟知建康的高門大族，明白他們是甚麼料子，了解他們的需要，更清楚他們只肯接受家世不下於他們的人，現在當今之世，除南郡公外，還有誰有此聲威？」

桓玄的心情似乎忽然好起來，欣然道：「她會否看錯我呢？我和建康的世家子弟根本是同類人，分別只在我手上握有力足統一南方的兵權。」

譙奉先當然明白他的心意，曉得他是對艷名冠建康的李淑莊生出興趣，所以故意表示質疑她的用心，從而從自己口中多套點關於她的事。恭敬答道：「淑莊認爲南郡公的家世比南郡公手上的千軍萬馬，更是決定勝敗的關鍵，只要南郡公能利用建康高門對寒門的恐懼，最後的勝利，肯定屬於南郡公。」

桓玄動容道：「這是個有腦子的女人。」

譙奉先道：「淑莊要奉先請示南郡公，該否把劉裕的行蹤舉止，密告給徐道覆？」

桓玄興致盎然的道：「眞是個心思細密的女人，我非常欣賞她這個主意，如果能讓徐道覆曉得劉裕藏身的地點和圖謀，效果會更理想。」

譙奉先恭敬應道：「我一定知會淑莊照南郡公的意思去辦。」

稍頓又道：「可是劉裕和屠奉三到前線去幹甚麼？司馬道子父子倆都守口如瓶，連身邊親近的人也不肯透露。」

桓玄思索道：「這麼說，淑莊確實神通廣大，連司馬道子父子之旁，也有她的人。」

譙奉先心叫厲害，桓玄的才智是不可以低估的，忙道：「南郡公明察，淑莊是建康最有辦法的人。」

桓玄目光灼灼地打量譙奉先，道：「你們譙家和淑莊有甚麼淵源關係？」

譙奉先毫不猶豫的答道：「淑莊是敝兄一個拜把兄弟的弟子，此人叫陸容光，本領高強，可惜練功出了岔子，不到五十歲便一命嗚呼，但淑莊已盡得其眞傳。後來淑莊到建康闖出名堂，派人來找我們，請我們供應她優質的五石散，這樣的關係開始於五年前，維持至今，大家從沒有過爭執，關係非常良好。」

桓玄顯然對譙奉先的「坦誠相告」非常滿意，連說了三聲「好」。然後道：「劉裕一事更須通知聶天還，只要聶天還曉得江文清已離開邊荒集，重返南方，定寢食難安，必會想點辦法。」

譙奉先現出心悅誠服的表情，道：「南郡公這一石二鳥之計，確實妙絕。不過聶天還是聰明人，不會捲進北府兵與天師軍的鬥爭中，只會混水摸魚，盡量佔便宜。」

桓玄皺眉道：「在現今的情況下，聶天還可以佔甚麼便宜呢？」

譙奉先道：「江文清的根基在邊荒集，聶天還若要殲滅大江幫的殘餘力量，必須斷其後路，方可將大江幫連根拔起，在這樣的思慮下，壽陽便成爲必爭之地。而在正常的情況來說，如要攻打壽陽，定會引來北府兵的反噬，不過這是非常時期，北府兵無力他顧，聶天還怎肯錯過這千載一時的良機？」

稍頓續道：「攻打壽陽且可收另一奇效，就是給劉牢之藉口從前線撤返廣陵，任由謝琰這蠢材孤軍作戰，自生自滅。另一方面則可加重對劉牢之的壓力，逼他向我們屈服。聶天還只是南郡公的一只有用的棋子，只有這樣方可以物盡其用。」

桓玄再次動容道：「先生的提議非常精闢，不過我和聶天還表面上是夥伴的關係，我是沒法命令他去做某一件事的。」

譙奉先陰冷的笑道：「對聶天還，我們何不來個欲擒先縱之策？」

桓玄雙目放光，道：「甚麼欲擒先縱之法？」

譙奉先胸有成竹的道：「方法很簡單，除掉殷仲堪和楊佺期後，南郡公力主放過邊荒集，改而全力封鎖大江，攻佔建康大江以西的所有城池和戰略據點，如此聶天還必不同意，只好自己去攻打壽陽，南郡公便可坐著等收成了。」

桓玄皺眉道：「聶天還是老江湖，如他看破我們欲擒先縱之計，說不定會生出異心。」

譙奉先冷笑道：「聶天還豈是肯臣服他人之人？他一直有自己的想法，南郡公在利用他，他也在利用南郡公。此著最妙處是他明知是計，也要一頭栽進去，且絕不敢開罪南郡公。」

桓玄道：「可是我曾答應他，先滅邊荒集再攻建康，這麼的出爾反爾，不太好吧！」

譙奉先從容道：「此一時也彼一時，南郡公答應的是助聶天還鏟除大江幫的餘孽，現在大江幫已到了江南去，攻打邊荒集再沒有意義，反是建康成了劉裕和大江幫的根據地，只有攻佔建康，方可徹底消滅大江幫。形勢轉變，策略也該隨之轉變，南郡公只要堅持此點，聶天還可以說甚麼呢？他可以硬派南郡公的不是嗎？」

桓玄仍在猶豫，道：「雖說是互相利用，可是總算配合無間，一旦破壞了合作的和氣，想修補便非常困難。」

譙奉先沉聲道：「聶天還此人野心極大，早晚會露出真面目，若待他成了氣候，再想收拾他更不容易。南郡公不用擔心他敢反目決裂，現在是我們的形勢比他強，他若要對付邊荒集，唯一的方法是攻佔壽陽，斷去邊荒集南來的水道，而要守得住壽陽，必須得到我們全力的支援，難道每一船的糧資，都要山長水遠的從兩湖運往壽陽嗎？奉先此著是坐山觀虎鬥之計，由聶天還牽制荒人和北府兵，讓他們三敗俱傷，而建康則因我們封鎖大江，致民心不穩，日趨羸弱，如此當我們大軍沿水道東進，建康軍將望風而破，再由淑莊發動建康高門全力支持南郡公，那九五之尊的寶座，除南郡公外，誰敢坐上去呢？」

桓玄終於意動，沉吟不語。

譙奉先心中暗喜，但亦知此時不宜說話，保持緘默，等待桓玄的決定。

桓玄忽然道：「劉裕這麼到前線去，可以起甚麼作用？」

譙奉先道：「事實證明了劉裕是有勇有謀的人，加上個屠奉三，更是如虎添翼，又有大江幫和荒人的支持，肯定有他們的打算。不過只要我們讓徐道覆曉得劉裕潛往前線圖謀不軌，任劉裕有三頭六臂，也要落得垂死掙扎的下場。哼！劉裕算甚麼東西？反對南郡公的人，沒有一個會長命。」

又垂手恭敬的道：「為了助南郡公打天下，這幾年我們譙家積極備戰，建船儲糧，現在已組成一支戰船隊，由六十艘善於衝敵的海鰍船作骨幹，人員訓練有素。另有精兵一萬五千人，只要南郡公一句話，我們誓死為南郡公效命。」

桓玄點頭笑道：「有你們助我，何愁大事不成？好吧！聶天還的事就這麼決定，但一切都等收拾了殷、楊兩人再說。」

譙奉先忙跪下應命。

桓玄啞然笑道：「先生請起！我還不是皇帝，不用行大禮。」

譙奉先叩謝後方肯站起來。

桓玄漫不經意的道：「我對淑莊非常欣賞，可否設法讓我見她一面呢？」

譙奉先壓低聲音道：「奉先亦曾向她提議過，來宜昌叩見南郡公，她卻說現時仍不宜離開建康，將來南郡公登上九五至尊之位，任何時刻到淮月樓去，她必倒屣相迎，悉心伺候。」

桓玄呆了一呆，接著仰天笑道：「好一個使人心動的美人兒。」

第三十四章　不堪回首

今次返回邊荒集，他首次有回家的感覺。

從小他便沒有一個固定的家，回到娘親身旁，就算是回家，娘在哪，那裡便是他的家。

他從沒有想過，在娘辭世這麼多年後，他終於曉得父親是誰。能參加秘人的狂歡節並不是偶然發生的，而是他爹墨夷明的精心安排，好能與親兒歡敘一夜。

那年他和拓跋珪都是十三歲，但已是身手了得、高出同輩的孩子，且兩人膽大包天，竟深入柔然族的勢力範圍，去偷柔然人的戰馬，豈知被牧犬的吠叫聲驚動柔然人，惹得柔然族的戰士群起追之，兩人騎著偷來的無鞍戰馬，從黑夜逃至天亮，仍無法撇下數十追騎，慌不擇路下，跑到沙漠邊緣處的礫石區，馬兒已撐不下去，口吐白沫。

拓跋珪領頭衝入一座疏樹林，勒馬停下，躍到地上，隨後的燕飛立即放緩馬速，以鮮卑話嚷道：「這裡不是躲藏的地方。」

拓跋珪一把抓著他馬兒的韁繩，喘息著道：「快下馬！馬兒撐不住哩！」

燕飛跳下馬來，回首掃視疏林外起伏的丘原，在火毒的陽光下，無盡的大地直延伸向天際，騰升的熱氣令他的視野模模糊糊的。

拓跋珪來到他身旁，和他一起極目搜索追兵的影蹤，道：「撇掉柔然人了嗎？」

燕飛惶惑的道：「我們昨夜數度以爲撇閃了敵人，但每次都是錯的，希望今次是例外吧！」

拓跋珪回頭瞥兩匹戰馬一眼，狠狠道：「馬兒再走不動了，爲今之計，就是忍痛放棄馬兒，然後找兩株枝葉茂密的樹躲起來，柔然族那些傢伙既得回戰馬，又因見不到我們，以爲我們逃進沙漠去，自然就收隊攏馬回家，我們便可以過關。」

燕飛一震道：「我明白了！」

拓跋珪愕然道：「你明白了甚麼？」

燕飛心驚膽跳的顫聲道：「我明白爲何見不到追兵的蹤影，柔然人是故意逼我們朝這個方向逃遁，因他們曉得這邊是沙漠，我們根本無路可逃，現在他們正把包圍網縮小，從另一邊向我們逼來，今次我們死定了。」

拓跋珪倒抽一口涼氣，道：「你說得對，定是如此，只有我想出來的辦法行得通。」

燕飛搖頭道：「敵人追了整夜，肯定一肚子氣，兼且天氣這麼熱，就算人捱得住，坐騎也撐不住，怎肯就此罷休？一定會趁馬兒休息時搜遍整座樹林，說不定他們還有獵犬、獵鷹隨行，你的辦法怎行得通？」

拓跋珪不自覺地舔舔乾涸的嘴唇，抬頭朝天張望，焦急的道：「那怎辦好呢？」

燕飛道：「唯一的方法，就是眞的逃進沙漠去。」

拓跋珪失聲道：「甚麼？那是一條死路，以我們現在的狀態，一個時辰都撐不下去。」

燕飛道：「撐不住也要撐，被柔然人拿著，將是生不如死。」

拓跋珪正要說話，鼓掌聲在兩人身後驚心動魄的響起，兩人駭得魂飛魄散，手顫腳軟的轉過身，一時都看得目瞪口呆。

一個外形古怪的人由遠而近，似乎是在緩緩踱步，但轉眼間已抵達兩人身前。此人身材高頎，身穿粗麻長袍，頗有一種鶴立雞群的出塵姿態，可是卻帶著壓低至眉的大竹笠，還垂下重紗，掩住臉孔。

兩人你看我我看你，一時失去了方寸。

「鏘！」

拓跋珪定過神來，拔出馬刀，指著怪人，還以肩頭輕撞燕飛一下，要他拔刀。

怪人負手身後，似不曉得拓跋珪亮出可殺人的凶器，正深深的打量燕飛，柔聲道：「孩子！你今年幾歲？」

他說的是鮮卑語，說得字正腔圓，還帶點拓跋族獨有的腔調，令燕飛生出親切的感覺，不知如何，他直覺的感到對方沒有惡意，忙伸手攔著躍躍欲試的拓跋珪，老老實實的答道：「小子今年十三歲，他和我同年。」

怪人忽然轉過身去，仰首望天，身軀似在輕微的顫動，像是壓抑某一種激動的情緒，聲音嘶啞的嘆道：「嘴乖聰明的孩子。」

燕飛和拓跋珪交換個眼色，都看出對方心中的疑惑，但再沒有那麼害怕。

忽然一個黑忽忽的東西從怪人處拋出來，往燕飛投去，燕飛一把接著，原來是個盛滿清水的羊皮水袋。

怪人沉聲道：「讓我指點一條生路給你們走。」接著探手指著西北方，柔聲道：「循這方向走上四個時辰，會抵達一個美麗的綠洲，保證你們死不了。只有逃進這片沙漠，你們才可以撇掉柔然人，因爲這是秘族人的沙漠，柔然人等閒不會闖進秘人的地域。」

兩人尚未有機會詳問，蹄音傳至。大駭回頭下，只見丘原遠方塵頭大起，且有數處之多，分由不同方向接近。

怪人厲喝道：「快走！我爲你們阻止追兵。」

拓跋珪看看燕飛手上的水袋，又望望燕飛，接著兩人齊聲發喊，朝沙漠的方向亡命奔逃。

「你在想甚麼呢？」

高彥的聲音在燕飛耳鼓響起，驚醒了他的回憶。

燕飛回到現實，耳中立即充滿猜拳鬥酒的嘈雜聲，感受著正東居地下大堂熱烈的氣氛。同席的慕容戰、卓狂生、龐義、姚猛、呼雷方、拓跋儀、高彥、小軻、方鴻生、姬別等全定神看著他，露出疑惑的神色。

他們的桌子位於大堂一角，鄰近的三桌擠滿夜窩族的兄弟，全是爲了親近他們心中的大英雄燕飛乘興而來。

高彥恃熟賣熟、老氣橫秋的道：「不是兄弟說你，今次小飛你回來邊荒集後，不時神思恍惚，對著第一樓可以發呆，現在大碗酒、大塊肉的盡歡時刻，也可以魂遊天外。哈！你知道我們剛才談論甚麼嗎？」

卓狂生打出阻止燕飛說話的手勢，道：「小飛不要說出來！想知道箇中原因的，請於明日之後任何一晚，蒞臨敝館聽新鮮登場的最新章目〈決戰古鐘樓〉，便可以得個清楚明白，且保證會擊節讚賞，大家兄弟，我給你們一個半價優惠，在座聽者有分。」

姬別晒道：「看！老卓是窮得發瘋了，滿腦子只是生意和賺錢，比老紅這奸商更奸。小飛不用理他，你有甚麼心事，儘管向我們傾訴，這世間還有甚麼比兩次失掉邊荒集更大的事，說出來後你的心會舒服很多。」

燕飛苦笑無言。

慕容戰道：「聽說你剛才溜了去見向傢伙，那小子有甚麼話說？」

龐義道：「你是否勸他滾回沙漠去，免得被你宰掉呢？」

接著姚猛、小軻和鄰桌的兄弟們，一人一句，吵得喧聲震天。

呼雷方喝道：「大家閉嘴，這麼吵！教小飛如何傾吐心事？」

倏又靜下來。

燕飛道：「我確實有點心事，但只與明晚的決戰有少許關係，沒甚麼大不了的，有勞各位關心。」

慕容戰皺眉道：「大家兄弟，有福同享，有禍同當，說出來好讓我們爲你分憂。」

卓狂生笑道：「你們不逼他說出來，便是幫了他最大的忙。哈！」

高彥抗議道：「你可以告訴卓瘋子，爲何不可以告訴我們？」

燕飛道：「此事我眞不知從何說起，簡單點說，就是我年少時曾和秘人有一段淵源，與萬俟明瑤和向雨田都是舊識。」

眾皆愕然，包括卓狂生在內。

因怕被娘親責罵，燕飛和拓跋珪離開綠洲返回部落後，謊稱貪玩迷路，沒向人透露半句有關秘族的事，所以連拓跋儀也不曉得兩人有此奇遇。秘族的狂歡節成了兩人之間共同的秘密。

姚猛瞪著卓狂生道：「看你的表情，便知道你並不知情。」

卓狂生攤手道：「他不說，我怎麼知道呢？」接著埋怨燕飛道：「小飛你真不夠朋友，如此曲折離奇的事竟瞞著我，還被乳臭未乾的小子嘲笑。」

慕容戰舉手道：「不要鬧哩！大家聽小飛說。」

高彥仍忍不住道：「萬俟明瑤不會是你的初戀情人吧？怎可能這般曲折離奇呢？比老卓的說書更誇張。」

燕飛苦笑道：「你猜中了！」

眾人再次愕住。

卓狂生一拍額頭，道：「我的娘！這事如何解決？」

此時燕飛忽生感應，朝大門處瞧去。

眾人目光隨他轉移，好半晌後，向雨田大搖大擺地進入正東居，目光落在他們一桌處，含笑舉步走去。

整個大堂靜了下來，人人交頭接耳，交換情報，以掌握來者是何方神聖。

向雨田直抵他們的桌子，抱拳道：「各位好！向雨田特來問安。」

卓狂生喝道：「向兄請坐！大家喝一杯。」

向雨田搖手道：「卓館主不用客氣，我到此來是要找燕飛，有要緊事和他商量。」

慕容戰笑道：「有甚麼事比喝酒更重要？讓我先敬向兄一杯。」

眾人同時起鬨，更有人搬來椅子，安插向雨田坐在燕飛身旁。

向雨田卻不肯坐下，只接過高彥遞給他斟滿烈酒的杯子，舉杯道：「就讓我向雨田敬各位一杯，祝邊荒集永遠興旺，財源廣進。嘿！這兩句話似不該由我的口中說出來，不過既然說了，也收不回來。大家喝一杯。」

四席合共五十多人，加上整座大堂的其他荒人遊客，齊齊響應，舉杯痛飲。一時間，再沒有人分得清楚敵友的關係，明晚的決戰，像是永遠不會發生的事。

劉裕坐在河旁一塊大石上，呆看著暗沉的夜空。

爲何有些人總比其他人幸運，就算跌倒了也可以爬起來，即使經歷天打雷劈的厄運，仍可以取得最後的勝利。

他劉裕便沒有這種運道。淡眞之死是一種「絕運」，因爲是無法彌補的終生遺憾。像現在他更要去和討厭的劉毅交手，還要爭取他的支持，這是多麼違背他心意、多麼沒趣的事。可是他沒有另一個選擇，無可奈何下，只好做自己不喜歡的事。

爲了淡眞，個人的好惡又算甚麼？處在他這樣的位置，便要做這個位置該做的事。直到此刻，他才眞正的明白謝玄，而且謝玄更多了他所沒有的負擔，就是謝氏世家的家風和傳承，令謝玄沒法取司馬氏而代之。一直以來，他不佩服謝玄的就只有這方面，此刻卻有著同情和諒解。

自和司馬道子妥協後，他明白了首要之務是求存，違背心願只是等閒之事。爲了淡眞，爲了邊荒集，爲了所有支持他的人，個人的好惡只好拋在一旁。

要說服劉毅這自負和有野心的人站到自己的一方來並不簡單，日後要壓抑他更不容易，想到要和這卑鄙小人、這在自己危難時算計他和犧牲他的無義之徒，將會有一段沒完沒了、糾纏不清的關係，劉裕便要大嘆倒楣。

屠奉三來到他身旁坐下，道：「睡不著嗎？」

劉裕點頭道：「我想起兩個人，有點不舒服。」

屠奉三訝道：「哪兩個人？」

劉裕道：「陳公公和李淑莊。」

屠奉三苦笑道：「我不是沒想過他們，只是想也沒有用。到今天我們仍弄不清楚陳公公是否天師軍在朝廷的奸細。但我們已盡了人事，希望司馬道子能爲我們守密。」

劉裕嘆道：「司馬道子是不會防陳公公的，我們的難處是沒法明言陳公公最是可疑。」稍頓續道：「至於李淑莊，更是來歷不明，令人難以看透，這兩個人極可能會成爲我們致敗的因素，假如他們其中之一通知徐道覆我們潛到前線來，以徐道覆的才智，大有可能猜到我們的圖謀。」

屠奉三冷笑道：「猜到又如何呢？只要徐道覆找不到我們，便沒法奈我們的何，他的反擊計畫已如箭在弦，不得不發，若因我們而改變，只是自亂陣腳，非智者所爲。」

劉裕道：「我們能避過全力找尋我們的天師軍嗎？」

屠奉三沉吟片刻，終於搖頭道：「這是不可能的，他們既熟悉這區域的環境，附近的民眾又大多是他們的支持者，何況他們人多勢眾，大小船隻過千艘，只要有足夠的時間，定可找到這裡來。」

劉裕道：「我們定要改變策略，如被徐道覆掌握到我們的行蹤，我們肯定會全軍覆沒。」

屠奉三道：「明早大小姐到來後，我們可以從長計議，只要能找到一個比長蛇島更理想的地方，把船隊藏起來，我們就像在戰場上隱了形，立於不敗之地。」

劉裕道：「我愈想愈不妥當。」

屠奉三道：「不會那麼嚴重吧？」

劉裕道：「告訴我，長蛇群島是否你心目中這附近最理想隱藏船隊的地點？」

屠奉三劇震道：「對！我們想得到，徐道覆肯定也想得到。」

劉裕道：「我們現在立即坐奇兵號趕往長蛇島，還要毀去所有我們曾在這個漁村逗留的痕跡。」

屠奉三跳將起來，道：「我立即去辦。」

屠奉三去後，劉裕頓感渾身舒泰輕鬆，這才曉得此事等於刺心的利刃，但因危機若隱若現，有點霧裡看花，未能看得清楚，兼且這幾天忙於找尋天師軍的秘密基地，無暇分心去想，所以直到此刻靜下心來，方認眞思量應付之法。

忽然他想起邊荒集。

與身處之地比較，邊荒集是完全不同的另外一個世界，刺激有趣，充滿了動人的活力。劉裕暗嘆一口氣，離開邊荒集愈來愈遠了，在往後一段很長的日子，假如他沒有戰死沙場，仍不知何時才可以再次踏足邊荒集，與自己的荒人兄弟盡興歡敘。

老手此時來到他身旁，恭敬的道：「劉爺的顧慮很有道理，事實上我一直感到長蛇群島太接近會稽，不太妥當。」

劉裕皺眉道：「何不早點說出來？」

老手壓低聲音道：「因是屠爺的主意，我當然信任他的決定。」

劉裕搖頭道：「這豈是做兄弟之道？有甚麼想法，放膽說出來，因你也可能一起沒命。」

老手道：「我有一個提議。在長蛇島以東六十多里，還有一系列的無名島嶼，我們可以躲到那裡去。再留下探子藏身長蛇島內，等天師軍的戰船來搜過後，我們便可重返長蛇島去。」

劉裕拍腿道：「好提議！簡單而有效，這叫一人不抵二人智。」

老手得劉裕採用他的辦法，大喜去了。

半個時辰後，奇兵號駛離漁村，進入大海。

第三十五章　因愛成恨

邊荒集。小建康。

向雨田和燕飛兩人坐在位於最上游一座小碼頭臨河盡端邊緣處，聽著河水溫柔地拍打碼頭下方夯進水裡的木樁。

在這燈火不及的地方，夜窩子的喧鬧聲只像蜜蜂在遠處飛過的嗡嗡聲音，並沒有破壞這區域的寧靜。

向雨田忽然笑了起來，以和燕飛商量的語調道：「我裝死又如何呢？」

燕飛淡淡道：「你沒有把握殺我嗎？」

向雨田也是奇怪，沉默下去，好一會兒才道：「自我練成魔種後，只有兩個人是我看不透的，一位是先師，另一位是你老哥。」

燕飛目注河水，漫不經意的問道：「慕容垂又如何？」

向雨田仰望暗沉的夜空，道：「慕容垂也是可怕的對手，但我卻能把握他的厲害，曉得若是生死決鬥，要看誰傷得重一點，誰先捱不下去。」

接著往他一瞧，微笑道：「昨夜和你交手，我打開始便控制著戰局，有把握在十招之內取你之命，直到你的蝶戀花鳴響示警，一剎那間，整個戰局逆轉過來，我再沒法掌握你，還有一種被你愚弄入局的感覺。嚴格來說，我已輸了半招，氣勢因迷失而受到重挫，雖然我不知道你是否有能力發動全面壓制我的反擊，但在心理上我確已處於下風。」

燕飛道：「既是如此，爲何你仍要約期再戰？」

向雨田道：「我可以有別的選擇嗎？得不回寶卷，不如轟轟烈烈戰死，何況我收拾心情，重整陣腳後，說不定可以在決戰中勝出。哈！現在當然是另一回事。」

燕飛迎上他的目光，道：「你裝死怎行呢？萬一明瑤把寶卷燒掉以祭你的亡魂，豈非弄巧反拙？」

向雨田冷笑道：「寶卷關係重大，她怎捨得燒掉？我死又如何呢？她絕不會掉半滴眼淚。」

燕飛訝道：「你似乎對明瑤非常不滿。」

向雨田默然片刻，輕輕的問道：「告訴我！你和先師是甚麼關係？明瑤是否曉得你和先師的關係？」

燕飛知道無法瞞過他，嘆道：「你不可等到明晚決戰再問嗎？」

向雨田道：「你不說出來，我也猜到了。只有在一個情況下，你和拓跋珪才可參加我們的狂歡節，就是先師向族長提出要求，而這要求必須合情合理，且能打動族主，原因是你老哥就是先師的親兒，這也解釋了爲何你想知道先師的長相。明瑤是曉得此事的人，否則在長安不殺掉你才怪。告訴我，你怎會懂得秘語呢？」

燕飛苦笑道：「知道我是誰對你並沒有好處，明晚你還如何全力出手？」

向雨田啞然笑道：「燕飛你是否想氣死我呢？口口聲聲要我全力出手，一副穩贏我的樣子，你真的那麼有把握嗎？我有一套借傷催發潛力的奇功，一怒之下說不定會與你拚個同歸於盡，我才不信你分開變成兩截後仍可復活過來，要我全力出手，對你有甚麼好處？我們若一起死掉，只會正中明瑤下懷。」

燕飛淡淡道：「你會這麼做嗎？」

向雨田頹然道：「當然不會，我豈是意氣用事的傻瓜？又給你看穿了。」

燕飛目光移向對岸，道：「明瑤對你是因愛成恨，可是我和她是在和平的氣氛下分手，她爲何恨我呢？」

向雨田道：「換了是昨夜，我是不會告訴你的，因爲不想說她的壞話。但猜到你是先師的兒子後，我對她的看法有急遽的轉變。她太狠心了，明明曉得我絕不可以殺你，殺了你即使她把寶卷還我，我也永遠練不成道心種魔大法，這一著對我是多麼狠毒、多麼殘忍。我向雨田最敬愛的人是先師，卻要我去殺先師的親兒，你說我對明瑤能不心死嗎？」

稍頓續道：「在明瑤心中，你仍是在長安遇到的那個拓跋漢。唉！拓跋漢，『漢』指的該是你的漢人父親吧！總言之她認定我必能殺死你，那她的毒計便可得逞，又可以毀了我一生，破壞我的夢想。女人狠起心來，比男人更要狠心。她是要徹底毀掉我。」

燕飛無言以對。

向雨田續道：「在我決定投入道心種魔大法的修煉前，曾在她與法之間的取捨有過激烈的內心掙扎，二者間我只可選取其一，而師尊則予我決定的自由，因爲他曉得這種事是勉強不來的。你當然知道答案，我並沒有選她，還自此避往秘地潛修，與她再沒有往來，對她不聞不問。接著發生了敝師兄出賣族主的事，師尊亦因此心結難解，練功出了岔子，含恨而逝。我則對練功仍是如癡如醉，沒有理會明瑤。唉！我的情況大致如此，明瑤確有痛恨我的理由，但我仍罪不至此吧！你老哥來給我評評道理吧！」

燕飛嘆道：「以明瑤高傲自負的性格，你肯定傷透了她的心。但你仍是深愛著明瑤，對嗎？」

向雨田點頭道：「該是如此，因我確實一心爲她辦事還債，從沒想過以巧取強奪的方法把寶卷弄回來，只希望她心甘情願的把寶卷還給我。以我的性格，肯這樣子做只有一個解釋，就是我心存歉疚，不想再傷害她。所以縱然她對待我多麼不合理、不公平，我仍容忍她，盡量去滿足她。直到今夜此刻，我仍沒法對她狠下心腸。」

又苦笑道：「你的出現，曾給予我很大的希望，渴盼明瑤她能從此收心養性，把對我的愛轉移到你身上，可是你也知道了，你只是她另一個玩物，她並沒有眞的愛上你。或許這麼說並不能切中事實，該是你無法彌補她心中的創傷，即是說你仍未能代替我。唉！他奶奶的，可能是那時的你在很多方面都在她之下，以她的驕傲，是不容她愛上一個及不上我向雨田的人，可是你又擁有吸引她的過人魅力，令她感到矛盾、痛苦和不安，以致對你時冷時熱、喜怒無常，有時更故意羞辱你、打擊你，意圖逼你露出缺點。只是沒有想到你竟會斷然離她而去，還幹下轟動長安的驚人之舉，於不可能的情況下刺殺慕容文，這令她對你又恨又愛，且觸及她因我而來的舊傷疤。唉！我的娘！你若沒有愛上紀千千或會好一點，可是你和紀千千的戀情天下皆知，明瑤會怎麼想呢？當然認定你是繼我向雨田之後她生命裡的另一個負心漢，至乎比我更可惡，竟見異思遷，移情別戀。在明瑤心中，如果我是萬惡不赦，你燕飛也一樣罪該萬死。哈……」

向雨田以笑聲結束這一番吐露心聲的長話，笑聲透出心寒無奈的意味，教聞者心酸，更顯示他對萬俟明瑤並非無情，故而因她的手段而黯然神傷。

燕飛像只是聽到別人的事般平靜，道：「向兄有沒有深思過，令師竟把關係到你這唯一傳人畢生成就的寶卷，交到一個外人的手上，其中是否另有深意呢？」

向雨田哂道：「令師？你不可以喚師尊一聲『爹』嗎？是否很不習慣呢？你的意思是師尊讓明瑤保有寶卷，不止是逼我還債那麼簡單，但我眞的想不到還有甚麼含意？」

燕飛苦笑道：「『爹』！唉！我眞的不習慣，自懂事以來，我便只有娘沒有爹，每次我見到我娘愁懷難舒，我便在心中咒罵遺棄了我娘的那個男人，你沒試過其中的滋味，很難明白我的感受。我娘在彌留之際，我曉得她最想見的人便是他，恨不得能立即把他押來見我娘，逼他在我娘身旁懺悔認錯，但我卻無能爲力，眼睜睜看著我娘在我面前含恨而逝。」

向雨田劇震道：「我明白了！唉！事實上我一直不明白師尊爲何要這樣做，他臨終的遺命我敢不從嗎？偏是要把我的命根子交給明瑤。」

燕飛微笑道：「你今天嘆的氣，恐怕將以往的嘆息加起來還沒這麼多。」

向雨田瞥他一眼，搖頭道：「虧你還可以笑得出來。」

接著似是自言自語的道：「師尊眞的有這樣的意思嗎？就是要我重新考慮我的選擇？我還有可能走回頭路嗎？那是不可能的，絕對不可能。」

燕飛道：「令師也許亦知道你不會改變意向，但這是他至死難解的一個心結，也是對你的一個警告，如果你繼續堅持，最終會步上他的後塵，就是拋妻棄兒，既傷害了最心愛的人，另一方面亦全無所得，兩頭皆空。他把寶卷交給明瑤，若你能令她心甘情願把寶卷還你，那至少你已爲拋棄她做了足夠的補償。」

向雨田嘆道：「只是師尊沒想過，明瑤竟想出這麼一條毒計出來。」

接著勉強振起精神，道：「過去的算了，後悔於事無補，只是白折磨自己。好了！你認爲我裝死是否行得通呢？」

燕飛斬釘截鐵的道：「絕行不通。」

向雨田不滿道：「不要這麼武斷好嗎？」

燕飛道：「我是爲你著想，你已失去了明瑤，如再失去寶卷，做人還有甚麼意思？所以此事不容有失，例如你完全錯估了明瑤的反應，不但爲你的死傷心欲絕，還把寶卷燒了祭你……」

向雨田打個寒顫道：「不要說哩！不要再說！你說得對，此事是不容有失。」

燕飛道：「只有我死了，明瑤才會以爲圖謀得遂，先把寶卷還你，再告訴你已成功殺掉令師的唯一親兒，看著你一場歡喜一場空。這是唯一的辦法，且是萬無一失。」

向雨田雙眼開始發亮，沉吟道：「對！明晚我和你來個不分勝負，事後我可向明瑤辯說我有足夠的能力殺死你，但必會負上重傷，難以借鍊子球逃離邊荒集，然後我當著她與你再次決戰，把你幹掉。嘿！想想都毛骨悚然，如果你眞的死掉，豈非糟糕至極點？」

燕飛道：「你會比孫恩更厲害嗎？」

向雨田欣然點頭，道：「對！孫恩殺不死你，我也該沒有令你形神俱滅的本事，只要不損傷你的身體便成。如此絕計，肯定前無古人，後無來者，想得出來也辦不到，哈！」

燕飛道：「明瑤現在身在何處？」

向雨田道：「我亦不知她現在甚麼地方，但當然有辦法找她。」看了看燕飛的神情，皺眉道：「你不是懷疑她此刻在邊荒集吧！這是不可能的，在她心中，我和你加起來都及不上秘族對她的重要性。從小開始，她便被培養爲族長的繼承人，她絕不會爲了我們，置族人的生死安危不顧，拋下一切到邊荒集來。這更不符她和慕容垂協議，她只負責對付拓跋珪，你老哥則由我伺候。」

燕飛道：「你肯定邊荒集只有你一個秘人？」

向雨田信心十足的道：「當然肯定，若有其他秘人在，怎瞞得過我？」又道：「但慕容垂一方會派探子到邊荒集來收集情報，透過慕容垂，明瑤可以掌握集內發生的所有重大事件。我們的所謂決戰當然瞞不過她。」

燕飛提醒他道：「明天你記得全力出手，絕對不要留情，我們不但要騙慕容垂的人，還要騙過我的荒人兄弟，這才可騙過明瑤。」

向雨田苦笑道：「難道我見你捱不住仍痛下殺手嗎？你的要求似乎過分了點。」

燕飛道：「就當是幫我一個忙好嗎？我是借你來練一種特別的劍法，天下間能在這方面助我一臂之力的不出三人，而你正是其中之一。明白嗎？只要你想想我是打不死的，便可以放心出手。」

向雨田不是滋味的道：「你可以掌握我的深淺嗎？」

燕飛沒好氣道：「若我能把你看通看透，你根本就沒資格成爲我練成劍法的對手。」

向雨田容色稍緩，道：「這兩句話我比較聽得入耳，坦白說，有時你說的話眞令我滿肚子窩囊氣。不要怪我婆媽，天下間哪有一種練功方法，是在與相持的對手作生死決戰時進行的？一個不好，就要賠掉老命。」

燕飛從容道：「告訴你一個秘密，我昨晚擋你的三招，全是臨時創出來的，沒有你，肯定練不成這三招。」

向雨田動容道：「你不是說笑吧？」

燕飛正容道：「當然不是說笑。我必須在一夜間悟通整套劍法，而你是我速成的唯一捷徑，明白嗎？」

向雨田問道：「那明晚決戰時，我該在何時收手，鳴金收兵呢？」

燕飛理所當然的道：「當然是你感到結果將是兩敗俱傷，不得不收手，否則將難全身而退的一刻，如此才能使人信服，不會懷疑。」

向雨田有點恨得牙癢癢的道：「給你說得我不但心癢，更是手癢。你只嘗過我鍊子球的滋味，卻未試過我的劍法，而使劍才是我武技的精華所在。」

燕飛笑道：「放手而為吧！如此才刺激有趣，坦白說，你我難得遇上對手，不盡興一場，如何對得住老天爺？」

向雨田搖頭失笑道：「真怕收不住手，斬下你的人頭，看你還如何復活？」

燕飛道：「那我只好怨自己學藝不精，你亦不用心中內疚，向明瑤討回寶卷後，放情大笑三聲，然後好好去修煉你的種魔大法。」

向雨田一震道：「對！在這樣的情況下殺死你，我對得住天地良心，不論明瑤說甚麼也不能再影響我。」

燕飛欣然道：「這才是最正確的態度，我們更不用約定日後該這樣做或那樣辦，一切順乎自然，只要你保持不殺人作風便成。」

向雨田道：「我倒另有主意，我可以託辭修煉某一種武功，告訴明瑤練成後便可殺死你，那當她日後無法奈何你時，就會央我出來對付你，如此我便暫時不用捲入你們和她的鬥爭裡，靜待和你再決雌雄的一刻。」

燕飛讚道：「聰明的傢伙。」

向雨田愕然道：「這正是你爹向我說的第一句話。」

燕飛呆了起來，心中百感交集。冥冥之中，像有一道命運的絲線，把他、向雨田和萬俟明瑤緊縛在一起。

向雨田喟然道：「今晚的感覺眞古怪，我很少當別人是朋友，但和你的關係卻非常離奇，似是最親密的人，偏偏明晚卻要與你生死相搏，但大家又是合作夥伴的關係，令我愈想愈糊塗，愈想愈有趣，但又有一種高度的危機感，怕玩火玩過了頭。」

燕飛道：「多想無益，回去好好睡一覺。不要再來找我了，害我要不停向自己的兄弟交代。」

向雨田笑道：「其中一個要你交代的人，肯定是卓狂生。」

言罷跳了起來，拍拍背上長劍，道：「我這把傢伙名『思古』，是我親自鑄造打煉的神兵利器，當年硬闖秦宮，沒有人是我三合之將，希望燕兄不會令我失望吧！我已決定全力出手，因你胸有成竹、穩操勝券的言語神態，令我很不服氣。」

燕飛笑道：「我成功了，我是故意激起向兄的求勝之心的。」

向雨田苦笑著去了。

第三十六章　雪中送炭

向雨田回到小建康的旅館，王鎮惡正在大門外等候他，神情肅穆。向雨田笑道：「難怪剛才見不到王兄參加燕飛的洗塵宴，原來到了這裡來，抱歉讓王兄久候了，不知有何賜教？」

王鎮惡隨他往住房舉步，道：「我等了差不多有一個時辰。咦！向兄神態看來非常輕鬆。」

向雨田領著他沿廊道而行，笑道：「不論是對陣沙場，又或兩人對壘，事前必須盡量放鬆自己，方能以最佳狀態出戰。不信的話，你可以看看燕飛，他根本不把明晚一戰放在心頭。」

王鎮惡大訝道：「你真的去見過燕飛？」

向雨田來到客房前，推門而入，道：「王兄請進來。」

兩人坐好後，向雨田點頭道：「王兄說得對，燕飛的確是個難以形容的人，到現在我仍摸不清他的底子。」

王鎮惡鍥而不捨的問道：「向兄剛才因何事找燕飛呢？」

向雨田終於親自體會到燕飛向他的荒人兄弟砌詞解釋的爲難處，王鎮惡雖然不算是兄弟，但至少是半個朋友，不能請他閉嘴了事。苦笑道：「我和燕飛是認識的，那時他有另一個名字，這算不上甚麼秘密。王兄今回來找我，有甚麼事呢？」

王鎮惡問道：「明晚你和燕飛的決戰可以取消嗎？」

向雨田笑道：「認識歸認識，但我和燕飛，一個代表秘族，一個代表荒人，爲的並不是個人恩怨，決戰是勢在必行，王兄可以省回要說的話。」

王鎮惡道：「首先我要對向兄表明，我今次來見向兄只有善意而無用心不良的企圖。事實上我們荒人對向兄亦只有好感而沒有惡感，且非常佩服向兄的手段、才智和武功。但燕飛也是荒人最尊敬的人，我們實在不願看到你們任何一方有甚麼閃失。」

向雨田啞然笑道：「王兄雖然說得客氣，但骨子裡卻透露著要我量力和知難而退的意思。告訴我，在王兄和你的荒人兄弟心中，是否沒有人想過燕飛會輸呢？」

王鎮惡對向雨田的坦白大感難以招架，只好道：「荒人對燕飛的信心，並不是一朝一夕建立起來的，而是他總能在最惡劣的情況下，創出令人意外的奇蹟，至乎將整個局勢扭轉過來。在荒人心中，燕飛已非凡人，而是像神一般擁有超凡的力量。試問這樣的一個人，怎會有輸的可能？」

向雨田大感興趣的問道：「王兄你本身又有何看法？是否也認爲我向雨田贏面極低，至或必敗無疑？」

王鎮惡苦笑道：「我確實受到荒人對燕飛的信心感染，但仍可保持理智，就事論事。以向兄的性格作風，如果可以的話，昨晚便不該讓燕飛活著回來，卻又約期明晚再戰，可知向兄在殺燕飛的行動上，遇上困難。」

向雨田聳肩道：「但也可以是我已摸清楚燕飛的斤兩，認爲若能在荒人圍觀的情況下，斬殺燕飛才能得到最佳的效應，所以我沒有宰掉燕飛，燕飛也沒有宰掉我，暫時休戰。」

王鎮惡訝道：「向兄這番話絕非由衷之言，因爲要得到最佳效應，把燕飛首級高懸集內任何一處便成，何用於集內再決一生死，成功後還要躲避荒人的追擊，豈是智者之選？」

向雨田攤手嘆道：「給你看破了，我眞的很難向你解釋清楚。」

王鎭惡欣然道：「我是首次感到向兄當我是朋友，所以感到爲難。我有個提議，只要向兄肯點頭，我可以設法讓向兄風風光光的下台，不用冒這個險，向兄不是最珍惜生命嗎？人死了便一切皆空。我不是認定向兄必敗無疑，這方面當然只有向兄清楚自己勝出的機會。」

向雨田點頭道：「你很夠朋友，不過其中的情況異常複雜，我是不得不戰，燕飛也沒有別的選擇。好了！這方面王兄不要再浪費唇舌，王兄的好意我心領了。」

王鎭惡仍不死心，問道：「眞的沒有別的選擇？」

向雨田斷然道：「絕對沒有。」

王鎭惡失望的道：「這是何苦來哉？」

向雨田忍不住的嘆了一口氣。

王鎭惡奇道：「向兄爲何嘆氣？一副滿懷心事的樣子。」

向雨田有感而發的道：「邊荒集是個奇妙的地方，很合我的喜好，離奇的玩意到處都是，集內在一片委靡頹廢、醉生夢死的氛圍中，偏又充滿追求自由的活力，人人都可放手幹自己所喜歡的事，只要遵守規矩，便沒有人干涉。我一直以爲沒有任何人或事可以改變我，但我剛才竟感到對你有點心軟，由此我便知道自己有些兒改變了，邊荒集的感染力眞厲害。」

王鎭惡道：「你仍認爲我在這裡是等死嗎？」

向雨田微笑道：「那就得看明晚的戰果，只要燕飛眞的死不了，那輸的將是我們秘族和慕容垂。邊荒集是個教人驚異的地方，彷彿有用之不盡的力量。我可以說的就是這麼多，王兄不用再把時間浪費在我身上。」

王鎮惡知他在下逐客令，識趣的告辭離開。

劉裕、屠奉三和老手三人站在指揮台上，觀看漆黑一片、波濤洶湧的大海。

天上灑下絲絲細雨，星月無光，老手憑他的夜航奇技，在船上沒有一點燈火照明下，「奇兵號」昂然在海面靠岸滿帆疾駛。

他們離岸足有二十里許遠，更遠處數十點燈光時現時隱，卻看不清楚是屬哪類型的船隻。

老手沉聲道：「肯定不是漁舟，漁家也有成群結隊去捕魚的，但絕不會數十艘船一起出動，分薄了漁獲。更不會只在船尾掛上一盞風燈，而該是燈火通明，不會如此鬼鬼祟祟。」

劉裕道：「也不會是北府兵的戰船隊，因為沒有隱蔽行藏的必要。唯一可能性，那就是天師軍的船隊。」

屠奉三沉聲道：「他們若是到長蛇島去，就是要偷襲我們。」

劉裕冷靜的道：「依時間看，該是文清的船隊引起了徐道覆的警覺，因而發現了我們的海上基地。」

接著問老手道：「我們可否趕過他們，先一步到長蛇島去？」

老手傲然道：「這個完全不成問題，依現在我們和敵人在船速上的差距，我有把握比敵人早半個時辰到達長蛇島。問題在敵人可能不止一支船隊，而是有數支之多。」

劉裕道：「這已不在我們現時考慮的範圍內，一切要靠你了！」

老手一聲領命去了。

屠奉三道：「我們是有點低估了徐道覆，如非劉爺你忽然心血來潮，連夜趕回長蛇島去，後果將不堪設想。」

劉裕道：「或許我確實是真命天子，又或許只是我們命不該絕，不論如何，只要我們尚有一分氣力，就會拚下去，直至取得最後勝利。」

「呵！」

紀千千醒轉過來，第一個感覺是渾身舒泰，氣脈暢順，一時間不知身在何處，且有點忘記了自己是誰。

「小姐醒了！」

紀千千心忖這個聲音很熟悉，記起是風娘的聲音時，有人撲到她身上，哭了起來。紀千千張開眼睛，入目是哭成淚人兒的小詩，自己仍躺在床上，風娘立在床旁，一臉關切的神色，也帶著點疑惑。

房內點亮了油燈，窗外黑沉沉的。

紀千千摟著伏在身上泣不成聲的小詩，坐起身來，訝道：「現在是甚麼時候？仍未天亮嗎？」

小詩想答她，但又說不出話來，只是不住痛哭，卻是歡喜多於悲傷。從她哭得紅腫的眼皮來看，她該曾哭過多次。

風娘坐到床沿，輕撫小詩背脊，愛憐的道：「不要哭哩！小姐沒事了，小詩姑娘該笑才對。」又答紀千千道：「這是第二夜，小姐睡了足有一日一夜，一直發著高燒，卻沒有病狀，呼吸慢、長和細，似是練功的狀況，所以我一直勸小詩姑娘不用憂心，也沒有找大夫來看小姐。小姐現在感覺如何？」

紀千千的回憶倒流回腦海裡，想起昏睡前那美妙的一刻，當時她在心靈內呼喚燕飛，正撐不下去時，她再次聽到燕飛愛劍的鳴叫聲，就如那次在邊荒四景之一的「萍橋危立」聽到的一樣，分別在今次鳴音來自心靈的最深處，彷如暮鼓晨鐘，震盪著她每一道經脈，渾渾融融，在她和燕飛連結起來的心靈空間內來回激盪，餘音不絕。

在劍鳴的一剎那，她的心靈與燕飛渾然合一，無須任何語言便完全徹底地掌握了燕飛的處境和狀況，得知燕飛不但仍在人世，還曉得他活得比任何人都好。

然後她便失去知覺，直至此刻。

紀千千道：「我沒事哩！」

小詩從她懷裡抬起頭來，梨花帶雨的哭著道：「小姐真的沒事嗎？嚇死小詩了。」

紀千千心叫不妙，如慕容垂曾來看過她，憑慕容垂的精明，說不定會看出一些端倪的，再不會像以前般對自己全無戒心。微笑道：「我真的沒事！」

轉向風娘道：「我現在感覺很好，肚子還有點餓呢。」

風娘拍拍小詩肩頭道：「小詩姑娘沒聽到嗎？小姐肚子餓哩！」

小詩慌忙起立，又再深深的看了紀千千兩眼，出房去了。

剩下紀千千和風娘兩人，氣氛登時異樣起來。

風娘輕輕道：「皇上前天離開滎陽，到現在仍未回來。」

紀千千更生出心虛的感覺，曉得風娘看破她的心事，不過她的心已安定了下來，因爲任風娘如何聰明，深通人情世故，也萬想不到自己竟擁有與燕飛心靈相通的奇異能力，只會猜自己是在秘密練某一種奇功，目的就是要逃走。風娘這兩句話，更令她生出希望，風娘似是站在她和小詩這一方，至少同情她們。

紀千千道：「風娘……我……」

風娘微笑道：「小姐沒事便好哩！不願說的便不說吧！最好是當作沒事發生。沒有人知道此事，老身也不會告訴皇上。」

紀千千感激的道：「風娘……」

風娘阻止她說下去，道：「有此事最好是不要說出來，小姐的眼睛回復了神采，比以前更明亮，小姐再見皇上時，須留意一下。我去看看小詩姑娘，她一直沒闔過眼，我怕她會累病了。」

說罷離開房間。

紀千千閉上眼睛，忽然間，她心中重燃起希望的火苗，自被擄北來之後，她從未有一刻感到前路如此光明，不但因燕飛尚在人世，令她有失而復得的狂喜，更因風娘態度上的轉變，等若雪中送炭，使她在冰天雪地的環境裡仍感到溫暖。

燕飛想想都覺荒謬。

由最初他費盡唇舌，不惜洩露仙門的秘密，力圖勸向雨田打消決戰的念頭，到剛才千方百計激起向雨田爭勝之心，其中只隔了一個白晝。

在這短短的一段時間內，他的心情亦經歷了天翻地覆的變化，解開了不少自懂事以來便長繞心頭的疑團。

他明白向雨田，可算是向雨田的眞正知己。向雨田雖然是貨眞價實的正宗魔門傳人，且是最出類拔萃的魔門高手，但卻不像譙奉先、李淑莊等魔門中人，他完全不受魔門的傳承囿限，不但擁有自己獨立的思想、理念和追求目標，還是個熱愛自由的人。

向雨田最大的優點是肯坦誠面對自己、認識自己，所以他放過高彥，因爲明白殺死高彥會爲他帶來歉疚終生的後果。

因他正是這樣的一個人，故直到今天，他仍感到對不起萬俟明瑤。

燕飛逼他全力出手決鬥，正是要他向萬俟明瑤淸償欠債，只有向雨田淸楚自己已爲萬俟明瑤盡了最後的一分力，依然無功而還，他的心結方能解開，安安樂樂的與燕飛合作，設法取回《道心種魔大法》的下卷。

燕飛這麼做也是爲了萬俟明瑤，當她明白向雨田確實爲她盡了全力，而不是打開始便背叛她，她的心會舒服多了。

向雨田雖然聰明絕頂，但聰明人往往對與己身有關的事聰明一世、糊塗一時。故此並不明白燕飛的眞正心意。

向雨田像萬俟明瑤般高傲自負，最受不得激將法，尤其受不了來自有足夠資格作他對手的人的輕蔑。

他有把握擊敗向雨田，但又不重創他，達致他要求的戰果嗎？

他不知道。

他唯一清楚的，就是向雨田並未練成「魔種無極」，不像孫恩令他完全掌握不到能擊敗他的方法。

如果他眞能令向雨田知難而退，繼而合作，他還要感謝向雨田，因爲沒有他昨夜的一戰，他是沒有可能悟通整套全新的劍法。而明天的決戰，將是他試劍的最好機會。

他同意向雨田對萬俟明瑤的看法。

萬俟明瑤心高氣傲，向雨田的離棄深深傷害了她，亦非常不服氣，故她不停地在找尋另一個在各方面都不遜於向雨田的情人，但每一次她都失敗了，於是她不住的拋棄情人，斬斷情絲，直至在長安遇上燕飛。

燕飛到今天才明白向雨田爲何對他那麼友善，因燕飛曾是他的希望，向雨田比任何人更希望萬俟明瑤有個好歸宿。

但燕飛當時卻有個缺陷，就是武功尚差萬俟明瑤兩籌，當然更比不上向雨田。

命運就是如此，假如燕飛當年有現在的本領，命運會循另一個方向進行，燕飛也不會有後來的奇遇，而該是隨萬俟明瑤返回沙漠，過他們只羨鴛鴦不羨仙的生活。

可是造化弄人，事實並非如此，萬俟明瑤始終無法完全接受燕飛，令他們的熱戀變成一種苦難，同時更折磨著燕飛、萬俟明瑤和向雨田，三個人都是受害者。

那令燕飛不堪回首，只想忘記的一天終於來臨，萬俟明瑤一時憤怒下辱罵他及不上向雨田，更表示她愛的是向雨田。

或許她只是一時的氣話，但已嚴重地傷害了燕飛。

就在那個神傷魂斷的晚上，燕飛在沒有一句道別話下悄悄離開，結束了他和萬俟明瑤糾纏數月的苦戀。

前塵往事，不堪回首。

燕飛站起來，準備離開碼頭，就在這一刻，他心中生出被人暗中窺伺的感應。

第三十七章　魔門鬼影

燕飛大感驚懍。

窺視他的人藏身潁水對岸的黑暗中，一座羌燕聯軍遺留下來的箭樓之上。感應一閃即逝，以他的靈銳，也有是否錯覺的懷疑。

這個人該是自他和向雨田到這裡說話後，因怕引起兩人警覺，故潛往對岸遙遙監視他們，即使被發現，也因有河道阻隔，可以從容逸走。

他並不擔心對方偷聽到他們的對話，因爲他和向雨田交談時都以眞氣蓄聚聲音，只送往對方耳中，不虞外洩。

他擔心的是對方具有極高明的潛蹤匿跡之術，竟可瞞過他的靈覺，可知不是一般凡俗的心法。直至他起立打算離開，對方心靈始露出一絲空隙，讓燕飛感應到他的存在。

天下間竟有如斯功法。

對方輕功極端高明不在話下，最教人驚異是其能隱蔽心靈的功夫。天下眞是無奇不有，想到這裡，心中一動，記起李淑莊曾提起過的魔門高手鬼影，人如其名，只聽外號便知此人必是精通遁術的高手，所以才被派去監察他和孫恩在縹緲峰的戰況。只從鬼影準確地掌握兩人不分勝負的離開，而他和孫恩均沒有察覺，便知此人名不虛傳。

這時燕飛敢肯定隱伏於對岸的正是鬼影，不由心中殺機大盛，心忖此人從太湖一直追蹤著自己到這裡來，有如附骨之蛆，不幹掉他，以後如何過日子。

心中一動，詐作回集去了。

劉裕和屠奉三極目前望，黑暗的海面上另一艘沒有任何燈火的船，正從遠處全速駛近，與他們一樣靠岸而行，但離岸比「奇兵號」遠上數里。

劉裕發出命令道：「亮燈號打招呼！」

屠奉三皺眉道：「如果不是大小姐的座駕舟，我們豈非暴露行藏？」

劉裕沉聲道：「你認爲機會大嗎？」

屠奉三點頭道：「確有很大的可能性。」

劉裕道：「只要有三分的機率，我便會試試看，因爲失之交臂的後果會非常嚴重，天師軍的戰船隊正在後方趕來。」

燈火閃亮，打出荒人問好的燈號，黃色和綠色的燈光交替閃爍，如是者共閃十六次，又回復先前的烏燈黑火。

劉裕和屠奉三緊張起來，如果來船是天師軍又或北府兵的戰船，都會令他們惹上麻煩。

起初對方似乎沒有反應，驀地來船同時亮起紅、白、藍三色燈號，達三息之久，倏又斂沒。

「奇兵號」上的兄弟齊聲歡呼。

劉裕欣然道：「這一著押對了，果然是我們的大小姐。」

屠奉三如釋重負的道：「大小姐安然無恙，證實了我們佔上先機，搶在敵人的前頭。」

老手不待劉裕吩咐，改變航向，朝江文清的雙頭艦駛去。

兩船不住接近。

劉裕一顆心忐忑躍動，心情有點像浪跡天涯的遊子，流浪多年，嘗盡人世間種種滄桑後，回到一直盼望他回家的小情人身旁，準備向舊情人懺悔過去的胡作非爲，請求她的原諒。

燕飛潛入向雨田隔鄰的客房，盤膝坐下，功聚雙耳，聽覺提至極限，以他的功力，縱然對方以氣功蓄斂聲音，仍難避過他的聽覺。

要瞞過身具魔種的向雨田並非易事，但燕飛因有與孫恩玩這個特別遊戲的經驗，懂得如何收藏心靈的信息，兼且這是人多氣雜的旅館，遠比在空曠無人的荒野容易。

那個他認爲是叫鬼影的魔門高手，於上游渡河，接著便朝小建康的方向潛去。在暗裡監視的燕飛見到他迅捷的身法，也要自認不如。此人身法之高明，是他從未見過的，明明見著他在騰躍閃動，也有疑幻疑眞的感覺，尤其對方充分利用了黑暗和建築物的掩護，身形有若失去了實質，確不負「鬼影」之名。

要跟蹤這樣的一個人，以燕飛之能，亦自問辦不到，幸好他猜到鬼影該是到旅館找向雨田，遂先一步到旅館去。

向雨田房內全無聲息，換了一般高手，會以爲房內沒有人，但燕飛卻憑直覺曉得向雨田在房內。

待了半晌，終於有動靜了。

向雨田房外傳來彈甲的聲響，共四下，前三下是連續的，最後一下隔了三息之久。

向雨田的嘆氣聲在房內響起，有氣無力的道：「早猜到你們會來找我。」

正在竊聽的燕飛更肯定對方是魔門高手鬼影，否則向雨田不會有這句話。無意間他學會了魔門相認身分的信號。

向雨田聲音轉細，顯是運功蓄斂音浪，道：「唉！今次更頭痛，原來是你老人家。」

燕飛心中奇怪，以向雨田的武功，是不用怕任何人的，爲何見到鬼影會叫頭痛。

向雨田說了句更奇怪的話，道：「寫吧！」

燕飛大惑不解時，向雨田嚷起來道：「我的娘，我和燕飛交談時，你竟在對岸！」

直到此刻，燕飛仍沒有聽到鬼影說的話，他根本沒有發出任何聲音，向雨田就像對著空氣自言自語。

燕飛醒悟過來，鬼影原來是個啞巴，所以向雨田要他把話「寫」出來。通常啞巴也是聾子，但鬼影顯然聽得到向雨田的聲音，否則向雨田也得把要說的話寫出來，讓鬼影看。

房裡沉靜下來，但燕飛知道對話仍在進行著，只因鬼影書寫需時罷了。

向雨田忽道：「這句要再寫過，我掌握不到。」

燕飛一時間糊塗起來，不明白向雨田爲何有掌握不到的情況，難道鬼影寫出來的字太潦草，難以辨識？旋又明白過來，鬼影該是在向雨田攤開的手掌上寫字，才會發生這種情況。

好一會兒後，向雨田嘆道：「你是要逼我殺了你嗎？」

燕飛被向雨田這句話嚇了一跳，完全不明白爲何忽然要喊打喊殺。

一陣沉默後，向雨田問道：「你曉得燕飛是誰嗎？」

燕飛愈聽愈糊塗。

向雨田忽又笑起來，語氣輕鬆多了，道：「差點給你唬倒，我心中一直在想，又黑又暗，加上我們說話時仰天望湖，又或側頭說話，就算你的眼睛比我更銳利，亦難盡見我們嘴皮子的動作。哼！竟敢來騙我向雨田，是不是活得不耐煩哩！」

燕飛恍然大悟，鬼影不但是啞巴，且是聾子，不過他卻有讀懂唇語的超人本領。向雨田說得對，當時又黑又暗，鬼影卻躲在離地十多丈的箭樓上，隔了一條寬闊的潁水，任他眼力如何厲害，只能掌握他們小部分的談話。所以向雨田試探清楚後，如釋重負。要騙向雨田，實在非常困難。

燕飛心叫好險，幸好他和向雨田談話的環境特別，否則如被鬼影「讀」得他們所有對話，後果眞的不堪想像，只要他向萬俟明瑤透露，他們的大計便要胎死腹中。如果萬俟明瑤一怒之下燒掉寶卷，就更糟糕。

不過即使鬼影對他們的交談一知半解，仍是嚴重的事，故而向雨田心中不住轉著殺人滅口的念頭，只因念著大家同屬魔門，以致猶豫難決，否則以向雨田的性格，早對鬼影動手。

向雨田的聲音又傳來道：「鬼影你雖然來見過先師，但不等於你是先師的朋友，先師便曾說過，聖門中人一切以利益先行。你對我有利，便是夥伴朋友；不合我的利益，便是敵人，沒有甚麼人情可說的。你要我為聖門出力，但我卻認為聖門現在做的事根本只是緣木求魚，盡做著最愚蠢的事。這是個大亂的時代，沒有人有能力逆轉整個局勢。你來勸我，我卻要反勸你們，省點氣力吧！現在仍不是時候。這是我對你們最後一次好言相勸，由今夜開始，以後再不要來煩我，你當我很有空嗎？如敢再來煩我，休怪我向雨田翻臉無情。」

房內沉寂下去。

陰奇騰空而起，落到奇兵號。

劉裕大訝道：「大小姐呢？」

陰奇笑道：「這是我和大小姐分手前，告訴大小姐我猜劉爺會說的第一句話，果然給我猜個正著。」

劉裕老臉一紅，道：「這個不難猜吧！你是去迎接大小姐，卻不見你和她一起來，不問這句問哪一句呢？」

兩船並排在海浪上推進，海風颳來，吹得眾人衣袂飛揚。

屠奉三笑而不語，陰奇拿江文清來開玩笑，正代表荒人希望劉裕和江文清可以有情人終成眷屬，亦代表眾兄弟對江文清的擁戴和愛護。

陰奇與江文清關係極佳，更是大力撮合兩人。

陰奇笑嘻嘻道：「劉爺也可以問『宋爺到哪裡去了？爲何見不到宋爺？』對嗎？」

劉裕招架不來，苦笑道：「好吧！爲何不見大小姐和宋大哥隨你一起來呢？」

陰奇正容道：「大小姐率船隊在來此的海途上，發覺被天師軍的戰船跟蹤，雖撇掉敵人，但已知不妙，所以到達長蛇島後，立即開往離岸更遠的島嶼躲避，並著我回來告訴你們。」

屠奉三道：「大小姐這個決定很高明，天師軍的戰船隊正蜂擁而來。」

陰奇神情古怪的道：「今次我見到大小姐，她給我煥然一新的感覺，又或可以這樣說，她又變回當日的邊荒公子了。」

劉裕心中欣慰，曉得在此關鍵時刻，江文清終於回復了信心和鬥志。

屠奉三大喝道：「改變航向。陰奇你來領路。」

兩船的兄弟同聲叱喝，戰船偏離陸岸，往大海的東南方乘風破浪去了。

向雨田嘆道：「我們錯失了殺他的唯一機會，但我眞的沒法狠下心腸，我快變成個心軟的娘兒哩！」

燕飛明白過來，鬼影離開了，向雨田這句話不是說給鬼影聽的，而是說給他燕飛聽。不由心中苦笑，向雨田的魔種確實不在他的金丹之下，明晚將是非常艱苦的一戰。

向雨田續道：「我們剛才在碼頭處的對話，即使有人在旁邊聽著，也只會聽得一頭霧水，何況是只靠眼睛去讀人說話的鬼影，所以我反不擔心他會洩露我們的秘密。問題只在他已對我們生疑，而鬼影是天生有缺陷的人，懷疑心會比一般人更重。唉！他娘的！明天想不全力出手也不成。讓我告訴你吧！鬼影曾到沙漠去找你爹，央他出山。你爹拒絕了他，但亦請他到長安探聽族長的情況，所以鬼影是認識明瑤的，我今晚開罪了他，他是不會罷休的。」

燕飛道：「我殺了他如何？」

向雨田道：「你爹曾向我說過，天下間只有鬼影是他完全沒有把握能殺死的人，因爲沒有人可追上他。他若躲了起來，更是任何人也無計可施的事，包括你和我在內。」

稍頓續道：「如果高彥是邊荒集最出色的風媒，鬼影便是聖門最高明的潛蹤匿跡超卓探子。明天你眞的有把握嗎？在鬼影的監視下，我稍有保留都會露出破綻，若被他看破我們弄虛作假，我們的大計將要泡湯。」

燕飛道：「兄弟！全力出手吧！千萬不要有任何保留，只要你想著寶卷，自然會盡力而爲。我走哩！好好睡一覺。」

聶天還像從沉思裡醒轉過來般，瞥了正跨檻進入小廳的郝長亨一眼，道：「長亨坐！」

郝長亨走到他身旁坐下，識趣的沒有說話。

聶天還若有所思的沉吟了好一會兒，才找到話兒似的問道：「多年以來，我們一直與桓家爲敵，但我們仍能不住壯大，長亨可知是甚麼道理呢？」

郝長亨忙道：「全賴幫主英明領導，我幫上下又齊心抗敵，故能保不失。」

聶天還道：「長亨尚未能說出其中關鍵的因素。」

接著雙目閃閃生輝，續道：「直到今天，我們的實力仍難與雄霸荊州的桓家相比，但桓家仍沒法奈何我們，桓玄更改弦易轍，與我們結盟合作，許以種種利益，實因我們兩湖幫的獨特形勢。」

郝長亨直至此刻，仍不曉得聶天還找他來有甚麼吩咐，只好恭敬的聽著。

聶天還忽然岔開道：「剛才我去看雅兒，她睡得香甜，嘴角還掛著笑容，該是在作好夢。唉！這孩子。」

郝長亨心忖自己亦準備上床睡覺，卻被聶天還召來，肯定聶天還有心事。

聶天還又返回先前的話題，道：「一直以來，我們採取的是與民共利的策略，故影響力能深入社會的各個階層，與民眾的利益結合，但我們從不稱王佔城，亦沒有予敵人可攻打的固定基地，等於整個兩湖都是我們的基地，所以即使以桓家的強大實力，亦對我們無從入手，奈何不了我們。」

郝長亨點頭道：「確實如此，每次敵人大舉來犯，我們便坐上戰船，遁入兩湖，從有影變成無形，再覷準敵人強弱擇肥而噬之，令敵人每次都損兵折將而回。」

聶天還沉聲道：「長亨可有想過，我們這種無影無形的策略，將隨我們的出擊而徹底改變過來呢？」

郝長亨愕然道：「幫主的意思……」

聶天還道：「我沒有甚麼特別的意思，也不是要半途而廢，只是在思索形勢發展的每一種可能性。桓玄這小子秘密與譙家結盟，引起了我的警覺。如果桓玄與我們合作竟是引蛇出洞的陰謀詭計，那桓玄實比死鬼桓沖更高明厲害，我們怎都要防他一手。」

郝長亨點頭道：「桓玄從來都不是可靠的夥伴。」

聶天還微笑道：「昨晚我忘記問你一件事，當雅兒為高彥說話時，當時她是怎樣的一副神態，以你對她的認識，她是說眞話還是為高彥撒謊呢？」

郝長亨大感頭痛，現在輪到他選擇該說眞話還是假話，眞話當然是尹清雅為高彥說假話，但若如實說出來，等於出賣尹清雅，只好中間著墨，道：「清雅說自己與高彥沒有那種關係，肯定是眞的，她……」

聶天還不耐煩地截斷他道：「只聽長亨這兩句話，便知你像雅兒為高彥說好話般在為雅兒開脫。我要聽的是最坦白的話，因為我想曉得雅兒是否對高彥情根深種。」

郝長亨頹然道：「清雅的確是愛上了高彥，否則怎會為高彥說好話呢？」

聶天還全身一震，再說不出話來。

郝長亨心忖聶天還心中早有想法，只不過想經由自己去進一步證實，待要為尹清雅美言幾句，聶天還像失去談話的興趣，揮手要他離開。

第三十八章　沙漠真情

拓跋珪策騎馳上坡頂，勒馬停下，雙戟交叉掛在背上，從肩後左右斜伸出來，配合他高挺的體型、雄偉的容顏襯著披肩的長髮，坐在軒昂的駿馬上，確有不可一世、君臨大地的霸主氣勢。

楚無暇緊隨他快馬加鞭的奔上山坡，來到他馬旁。她把秀髮束成數十條髮辮，自由寫意的垂在兩肩和香背，突出了她修美的頸項，強調了她美麗的輪廓，加上她動人的體態，與拓跋珪並騎而立，英雄美人，相得益彰。

三十多名武功高強的親隨，散往四方，監察遠近的動靜。

參合湖寧靜地躺在長坡的盡處，反映著天上星月的光輝。

比之當日參合陂之戰時的情景，又是另一番面貌。這夜天氣極佳，彎月斜掛夜空，大地鋪著白雪，掩蓋了幾個活埋了數萬燕兵的萬人塚，純淨的白雪，把一切醜惡淨化了。

拓跋珪雙目閃閃生光，居高臨下掃視這扭轉他命運的戰場，耳際似是響起千軍萬馬廝殺的聲音，震徹雲霄，腦海浮現著燕人被活埋時慘厲絕望的面容。

他的兩千兵馬，經一天一夜不停的趕路，此時停歇下來紮營休息，他卻無法入睡，忍不住到此憑弔戰場。

拓跋珪比任何人更清楚，參合陂之戰是他平生功業的轉捩點，如果輸掉此仗，他將永無翻身的希望。

但他贏了，且是大獲全勝。

拓跋珪探手往下，輕撫掛在馬旁的長矛，此矛重三十斤，長一丈，是他在馬上作戰的最佳伴侶。若論騎射功夫和馬上作戰的能力，他自十六歲後便趕過拓跋儀，成爲族中之冠，即使強如燕飛，在這方面都要遜他一籌。這當然是指以前的燕飛。

他忽然往楚無暇瞧去，剛好捕捉到她別頭凝視著他的眼神，楚無暇被他看得嬌軀微顫，竟不自覺的避開他的眼光，垂下頭去。

拓跋珪也心神一震，因爲他還是首次看到這美女嬌羞的神情，當他出奇不意望進她秀眸裡去，看到的是她心迷神醉的思緒，就像把她的心剖了開來，掌握到她的眞心。

拓跋珪微笑道：「無暇害羞哩！」

楚無暇耳朵都紅透了，嗔道：「族主在使詐，明明看著那個湖，忽然卻看人家。」

拓跋珪心忖我不但在看湖，還想著湖旁積雪和泥土下的「東西」，唉！如有選擇，誰願把大批活人埋掉？沒有人比他更明白當年漢人的秦將白起把敵人埋掉的心情，因爲那也是他的親身體驗。

白起把秦國與敵人的兵力對比扭轉過來，導致秦國從此變成一強獨大；他亦把與燕人的兵力對比拉近，否則冬天還未來臨，他早被逐回盛樂等死。

他不知道白起是不是沒有選擇，但他清楚自己確實沒有另一個選擇。

忽然間，他只想遠離此地，且永遠不再回來。

拓跋珪平靜的道：「我們回營地去。」

楚無暇以帶點撒嬌的語氣，輕輕道：「我累哩！」

拓跋珪沒好氣的道：「我剛才早勸你留在營地休息，你卻堅持要隨我來，現在又是你先喊累。」

楚無暇白了令他心跳的一眼，然後輕巧的從她的馬背翻到他的馬上去，嬌軀偎入他懷裡，拓跋珪自然而然的騰出一手摟緊她。

楚無暇呻吟一聲，閉上美目，全身嬌軟無力。

拓跋珪一手按在她沒有半分多餘脂肪的小腹，另一手控韁馳下長坡，楚無暇的坐騎懂性的追在身後。

拓跋珪生出擁著一團烈燄的感覺。

那天亦非常的炎熱，沙漠的熱浪蒸烤著他和燕飛，身上的水分不住蒸發消失，體內的血液也似因缺水而過於濃稠致無法流動，腳踩在滾燙的沙上傳來鑽心的痛楚，雖沒有脫靴察看，但憑感覺便知腳板起滿了水泡，水泡爆破後的感覺更令他們苦不堪言。

拓跋珪強忍著隱隱作痛幾近乾裂的喉嚨，感到呼出來吸進去的全是烈火。

四周是一個接一個的沙丘，沒有絲毫生命的跡象，沒有盡頭，荒蕪的情景令人徹底被失去所有希望的沮喪支配。

走了近五個時辰，那怪人說的綠洲仍沒有出現，太陽早移往西面，但其威力卻是有增無減。

拓跋珪嘆道：「我們是否當了傻瓜？」

燕飛苦笑道：「我可以說甚麼呢？」

拓跋珪蹲了下來，道：「我想過自己會被人殺死，會被餓狼咬死，甚至是自盡而死，卻從沒有想過就要渴死。這算哪門子的命運？」

燕飛學他般蹲下來，取出水袋，搖晃了一下，道：「只剩下兩口水，要不要現在喝了它？」

拓跋珪點頭道：「再不喝，可能捱不到太陽下山。」

燕飛拔開塞子，珍而重之的舉起水袋喝了半口，然後遞給拓跋珪，後者一把接過，飲乾了水袋餘下的水，接著一震道：「小漢！」

燕飛微笑道：「大家兄弟，誰多喝點誰少喝點有甚麼關係。」

拓跋珪心中一陣激動，哽咽著道：「你眞是我最好的兄弟，自己喝一小口，卻讓我喝一大口，如果我這次死不掉，我永遠會記著這件事。」

燕飛道：「我們一定死不了。我們在這裡等太陽下山，老天收火後，我們掉頭回去，天明前該可離開這鬼地方。」

拓跋珪沮喪的道：「對於沙漠我比你知道的要多一點，白天和黑夜是兩個極端，如白天是火，晚上便是冰，一熱一冷，我們撐得住嗎？我和你都是衣衫單薄。唉！」

燕飛斷然道：「既然如此，我們便繼續往前走。」

拓跋珪失聲道：「你還信那怪人害人的謊話嗎？我們給他害得還不夠慘嗎？」

燕飛垂頭道：「我們一定不可以就這麼放棄。」

拓跋珪明白燕飛正想念他娘，探手抓著燕飛道：「相信我，我拓跋珪是永遠不會放棄的，只要有一線希望，我就會奮鬥下去。你和我都不會死。」

燕飛輕輕道：「我相信他。」

拓跋珪不悅道：「害我們到這種田地，還要相信？快五個時辰哩！由日出走到日落，仍見不到綠洲的影兒。」

燕飛道：「或許我們是走錯了方向，或許四個時辰是以那人的腳程計算，又或許是過這沙丘區拖慢了我們的速度。」

拓跋珪皺眉道：「你憑甚麼這般相信他呢？」

燕飛搖頭道：「我不知道，或許是因他看我時的表情，不像是騙人的。」

拓跋珪失聲道：「你怎能看破那層厚厚的面紗？不要自己騙自己了！咦！是甚麼聲音？」

兩人精神大振，循聲望去。

在最接近他們西面的一座沙丘，傳來一下接一下的「沙沙」聲。

燕飛道：「不可能的，是否我們臨死前的幻覺？」

拓跋珪道：「我們離死尚遠，怎可能有幻覺呢？且是同時聽到聲音。」

「沙沙」聲忽然休止。

兩人你看我我看你。

拓跋珪壓低聲音道：「過去看看如何？」

倏地一個龐然巨物現身在沙丘頂處，赫然是一頭純白色的駱駝。

兩人看得目瞪口呆，千思萬想也想不到是頭駱駝，但這還不是他們看呆了眼的原因，真正令他們驚異的，是駱駝背上的人。

太陽此時剛落到沙丘頂後的位置，照射著他們的眼睛，令他們更感如幻似真，分不清楚是現實還是幻象。

騎在駱駝背上的人全身被純白的布包裹著，只露出一雙眼睛，兩人的眼睛在陽光刺激下，看不眞切，駱駝背上的人就像一團閃爍著陽光的白影。

那駱駝在兩人眼睜睜下，馳下沙丘，朝他們緩緩而至，荒蕪不堪的沙漠刹那間轉化成另一個天地，既神秘又刺激，眞實與虛幻的分野模糊了。

忽地一連串有如天籟的聲音傳入兩人耳鼓裡，但拓跋珪卻聽不懂半句，只知耳中聽到的是人世間最悅耳動聽甜美的少女聲音。

然後身旁的燕飛興奮的回應著，說的也是拓跋珪聽不懂的語言。

在那一刻拓跋珪明白了，來的是秘族的少女，大漠最神秘民族的人。

然後他看到一雙眼睛，一雙他永遠忘不掉的美麗眼睛，一雙驚人地吸引人、深嵌在彎彎的秀眉下，令人傾倒的明眸。

離開長坡後，戰馬開始加速，親衛從四面八方追至，聚集到他馬後去。拓跋珪擁著懷中的美女，心中奇怪爲何會在此等時刻，記起少年時那段既美麗又使人魂斷神傷的沙漠旅程？或許是與秘族的鬥爭正如火如荼的進行著吧。

萬俟明瑤會否就是她呢？

王鎭惡步入大堂，直抵慕容戰的桌子前，施禮後坐下。

慕容戰皺眉道：「睡不著便該到夜窩子湊熱鬧，保證時間過得很快，轉眼便天明，然後會倒頭大睡，天塌了下來仍不察覺。」

王鎮惡道：「戰爺爲何又不去乘輿呢？卓館主他們仍在正東居喝酒。」

慕容戰笑道：「看來大家都沒有睡覺的興趣，只不過誰都沒有把心事說出來，但事實上大家都在擔心明晚古鐘樓的決戰，希望事情快點有結果，那麼一切可以繼續如常進行，我們又可以計畫將來了。」

王鎮惡苦笑道：「向雨田可以非常自豪了，竟能令本是對燕飛信心十足的人不再那麼有信心。」

慕容戰道：「幸好燕飛本人仍是信心十足。」

王鎮惡道：「那是一種眞正高手的自信，向雨田何嘗不具有同樣的本色？當你單獨對著向雨田時，想像有另一個人可擊敗他是不可能的，面對燕飛時感覺也是如此，他們都有一種能永保不敗的氣勢和自信。」

慕容戰點頭道：「你可能是集內唯一用心推敲他們兩者高低強弱的人，這當然不會有任何結論，因爲不論是燕飛或向雨田，均屬無法揣測的級數。也正因如此，你才會憂心忡忡，跑來找我聊天，對嗎？」

王鎮惡嘆道：「我的心情很矛盾，既希望燕飛勝出，也不願見向雨田落敗身亡。坦白告訴你，我曾去勸向雨田，卻被他拒絕了，這一戰已是無可避免。」

慕容戰道：「你說出了大部分荒人的想法，向雨田雖然把邊荒集鬧個天翻地覆，但因他沒殺過半個荒人，又在明明可殺死高彥的情況下，仍放過那小子，已贏得所有荒人的敬重和好感。試問在這樣的情況下，誰想見他血濺邊荒集呢？」

王鎮惡沉吟片刻道：「你說燕飛對這場決戰有甚麼想法呢？」

慕容戰瞪著他，微笑道：「這才是鎮惡夜訪我的原因吧！」

王鎮惡道：「向雨田說了幾句非常奇怪的話，他說其中的情況非常複雜，他是不得不戰，燕飛亦沒有選擇。燕飛為何沒有選擇呢？」

慕容戰聳肩道：「我倒覺得合情合理，向雨田既不肯退讓，燕飛當然要奮起應戰，難道還有別的選擇嗎？」

王鎮惡道：「難怪戰爺會這麼想，因為我說漏了一番話，向雨田之所以這麼說，是我向他提出讓他風風光光下台的建議，但向雨田的反應，卻讓我感到向雨田根本無心決戰，反是燕飛選擇了非戰不可。」

慕容戰聽得眉頭大皺，疑惑的道：「這是不可能的，由第一天認識燕飛開始，我便清楚他不是好勇鬥狠的人。」

王鎮惡苦笑道：「或許是我誤會了。」

又道：「假設輸的是燕飛呢？」

慕容戰嘆道：「這也是不可能的，燕飛怎會輸？唉！擔心卻又難免。就算明知反攻北潁口是有勝無敗，但大家仍是戰戰兢兢的，這是人之常情。對明天一戰，我們荒人的擔心亦正是類似的心情。」

王鎮惡苦笑無語。

慕容戰道：「不要把話藏在心裡，儘管說出來。」

王鎮惡道：「我想說的，戰爺肯定聽不入耳。」

慕容戰笑道：「那我更想聽哩！」

王鎮惡道：「或許是我初來乍到，又或我對燕飛認識不深，但向雨田是極端聰明的人，又因某種我們不知道的原因非常愛惜自己的生命，而他在與燕飛交手後仍敢挑戰燕飛，且是公開在古鐘樓進行決戰，怎樣也該有幾分把握。所以我認爲誰勝誰敗，是五五之數。」

慕容戰一震道：「對！你這是理智的分析，不像我們盲目般深信燕飛必勝。」

王鎮惡道：「人最難接受的，就是深信不疑的事被推翻，認定了的看法被證明是不對的，正如竺法慶被燕飛斬下首級，整個彌勒教立即崩潰，所有彌勒教徒都瘋狂了，因爲他們根本承受不起那種打擊。燕飛於邊荒集的精神作用亦是如此，如他明晚落敗，邊荒集將永難振作起來。」

慕容戰沉聲道：「如燕飛勝了又如何呢？」

王鎮惡道：「邊荒集的氣勢將攀上巔峰，邊荒勁旅必成爲無敵的雄師，即使強如慕容垂者，也有敗北的可能。」

慕容戰道：「你說的話我完全同意，但我們還可以幹甚麼呢？」

王鎮惡道：「我本是想請戰爺去探燕飛的口風，看可否取消決戰，又或把決戰改在私人的場合下進行，那樣不論誰勝誰負，都可把損害減至最低。」

慕容戰嘆道：「太遲了，現在整個邊荒集都知道明晚子時，燕飛將在古鐘樓之頂決戰向雨田。我們荒人從來是說一不二的。」

接著目光投往屋樑，苦思不語。

王鎮惡道：「戰爺在想甚麼呢？」

慕容戰道：「我在想著向雨田的血解，不知是否受到你的影響，想到一旦向雨田施展這種能令他奔得快逾奔馬催發潛力的奇功，燕飛不知能否應付得來？」

王鎮惡歉然道：「是我不好！」

慕容戰勉力振起精神道：「你是一番好意，處處為邊荒集著想，怎可以怪你。唉！姓向的傢伙那天竟是故意捱我一刀，我當時完全不曉得，只從這點，便知向雨田是如何高明。還是朔千黛在事後說破，我才知道自己是多麼窩囊。這傢伙的確令人又怕又愛。」

王鎮惡欲語無言。

慕容戰道：「好哩！假設燕飛敗了，當然一切謀略泡湯。但若燕飛勝出，我們亦須周詳的計畫，借勢進行。這方面由鎮惡負責，希望你想出來的東西，不會白白浪費吧！」

王鎮惡答應後告辭離開。

第三十九章　退隱之心

太陽升離海平面，漫長的一夜終於過去。

兩艘戰船一先一後在無邊無際的大海破浪航行，不見陸岸。

老手指著前方，道：「這個島群我在年少時來過一次，由三十多個露出海面的島嶼和沙洲組成，分東、西兩群，東部漁民稱之爲上七島，西部叫下八島，只有東部的上七島適合船隻停泊，下八島太多暗礁了。上七島中又以永興島最大最美，是南海諸島中最大的島嶼。想不到大小姐也知道有這系列的海島。」

在指揮台上聽他說話的劉裕、屠奉三和陰奇均感佩服，老手不單航海經驗豐富，且對海上的形勢瞭如指掌。

陰奇忍不住讚道：「照我看沒有甚麼島是你沒有到過的，對嗎？」

老手雙目射出熱烈的神色，道：「自懂事以來，我便對海洋生出狂熱，別人怕風浪，我卻要有風浪才成。海面下的世界更令人著迷，是個色彩燦爛的世界，充滿了千姿百態的奇異生命。閒時我也喜歡看海，對著大海我可以看個不停，永不生厭。」

耳鼓傳來老手說的話，感受著老手對海洋的熱愛，劉裕極目眺望老手指示出現前方的列島，彷似深居海洋中凡人難以踏足的禁地，山崖險峻，層巒疊翠，在晨曦斜暉裡，宛如仙境，飄浮於滔滔汪洋的深處，驚濤拍岸，岩礁堆雪，佳趣天成，令人嘆爲觀止。

忽然間劉裕心生奇想，如果能從此避居此群島，閒時登高望遠，豈非可遠離戰火，再聽不到戰號、戰鼓驚心動魄的聲音，只聽浪濤、松濤的自然天籟。

想到這裡，劉裕心中苦笑。

這種寧靜和平避世退隱的生活，只能在腦海中想想，他根本沒有這種緣分和福氣，老天爺早決定了他要走的艱苦道路，他也沒法子拒絕又或違抗老天爺的意旨。

背負在他身上的，不但有淡真的恥恨，還有江文清的血仇，他只能盡全力與敵周旋，沒有逃避退縮的可能，他更不容許自己做逃兵懦夫。

想到即將見到江文清，他的一顆心灼熱起來，想起她對自己的溫柔多情，而自己仍三心兩意，來自內心深處的愧疚便不由自主湧起。

燕飛說得對，他是不能永遠活在痛苦和仇恨裡的，人世間尚有很多美麗的事物，只看個人有沒有爲自己的幸福快樂著想。

在這一刻，他恨不得能長出翅膀，像掠過船首的一群自由自在、無拘無束、不理人間恩怨的海鳥般，朝美麗的海島飛去。

邊荒集。

東大街的老王饅頭舖人頭攢動，擠滿了夜窩族的兄弟，人人興高采烈，交頭接耳，鬧哄哄一片。

卓狂生、姚猛、小軻、龐義、姬別、方鴻生、慕容戰都是座上客，話題當然離不開今晚子時古鐘樓的決戰。

程蒼古和劉穆之並肩而來，前者甫進舖門便道：「今晚最佳的觀戰位置肯定是廣場四周樓房的屋頂，為防止人多過重把屋頂壓破，所以我和劉先生商量後，決定每個屋頂只許二十人觀戰，額滿即止，各位有沒有問題？」

兩名夜窩族兄弟慌忙讓坐。

姚猛看著兩人坐下，笑道：「怎會有問題？只要老子有分到樓頂觀戰，甚麼問題都沒有。」

眾人齊聲起鬨，都是要為自己爭取樓頂的席位，吵得喧聲震耳。

程蒼古喝道：「給我靜一點！」

眾人靜了下來。

程蒼古道：「為了公平起見，鐘樓議會的成員又或有資格列席者，當然可佔最佳的席位，其他則讓夜窩族的兄弟姊妹以抽籤的方式決定席位，拿得好籤的，可在樓頂觀戰。」

眾人又一陣鼓譟，沒有人反對議會的成員有特權，因為這是理所當然的事，只是摩拳擦掌，希望能盡快抽籤，看誰是幸運兒。

姚猛見自己有分，笑逐顏開，再不說話。

有人道：「鐘樓高起達十五丈，雖說觀遠台四周是石欄杆，無阻視線，可是若站在廣場上望上去，有些位置肯定是在目光之外，豈非看不到整場決戰？像聽說書般每到精采處說書的人便變啞了，多麼掃興！照我看不如請我們的小飛和姓向的傢伙，改在廣場上決鬥，方可全體盡興。」

姬別大聲壓下眾人附和或反對的聲音，嚷道：「在廣場上便沒有問題嗎？只有前幾排的人看得清楚，其他人只能看別人的屁股，何況現在邊荒集自己人加上外人足有五萬多之眾，只有鐘樓之頂才可以讓所有人一起觀戰。」

卓狂生笑道：「姬大少說的是現實的需要，但有一個更重要的原因，就是決戰地點的意義。古鐘樓的觀遠台不但是邊荒集的最高點，且是我們邊荒集的聖地，只有這個地方，始配得起小飛的身分地位，你們明白嗎？」

另一人嚷道：「更是爲方便你的說書，說起來也可以鏗鏘些兒。」

眾人大笑。

程蒼古道：「劉先生還有一個提議，就是數萬人聚在一起，很容易出亂子，所以必須讓每一個人曉得如何禮讓、如何進退，更須找人維持秩序，這方面由劉先生全權處理，大家不得有任何異議。」

各人紛紛同意，還稱讚劉穆之想得周詳。

慕容戰問道：「小飛呢？」

卓狂生答道：「該仍在驛站高枕安臥，高彥已奉命去把他押來。」

方鴻生皺眉道：「該讓他老人家多休息嘛！怎可以去吵醒他呢？」

小軻笑道：「像小飛這種高手，是不用睡覺的。不過如有人到向雨田的旅館敲鑼打鼓，把向傢伙吵醒，弄得他沒精打采的，老子絕不反對。」他的話登時引起哄堂大笑，亦表達了眾人的心情。

紅子春此時跨步進來，向程蒼古道：「最新的賭盤是賠多少？」

程蒼古撚鬚微笑道：「你指的是哪個盤？」

紅子春道：「當然是最熱的那個盤，就是賭燕飛在十招內幹掉向雨田，沒有其他賭盤比這盤更刺激了，因爲尚是未知之數，難道蠢得去賭小飛輸嗎？」

眾人又再起鬨，各陳己見，個個都是專家般的語氣和模樣。

此時老王端來一盤疊得像小山、香噴噴熱氣騰升的饅頭，豈知尚未放下，早給搶掠一空，老王慌忙返回廚房去再接再厲。

小軻叫道：「燕爺來哩！」

一時間店內靜至落針可聞，數十雙眼睛投往大門去。

燕飛在高彥、拓跋儀、呼雷方、費二撇和十多名兄弟簇擁下，悠然而至。

卓狂生大喝道：「小飛狀態如何？」

燕飛輕鬆的答道：「待我以饅頭祭過老子的五臟廟後，再告訴你答案。」

眾人爆起轟天笑聲。

《邊荒傳說》卷十二終

國家圖書館出版品預行編目資料

邊荒傳說／黃易著. --初版.--台北市 ：
蓋亞文化，2015.07－
冊; 公分. --

ISBN 978-986-319-161-2 (卷12 : 平裝)

857.9　　　　　104000521

邊荒傳說

卷12

新編完整版

作者／黃易
封面題字／錢開文
裝幀設計／克里斯
出版／蓋亞文化有限公司
地址◎台北市103赤峰街41巷7號1樓
電話◎（02）25585438　傳眞◎（02）25585439
部落格◎gaeabooks.pixnet.net/blog
服務信箱◎gaea@gaeabooks.com.tw
投稿信箱◎editor@gaeabooks.com.tw
郵撥帳號◎19769541　戶名：蓋亞文化有限公司
法律顧問／義正國際法律事務所
總經銷／聯合發行股份有限公司
地址◎新北市新店區寶橋路二三五巷六弄六號二樓
電話◎（02）29178022　傳眞◎（02）29156275
初版一刷／2015年08月
定價／新台幣 280元
Printed in Taiwan

ISBN／978-986-319-161-2